転生令嬢は精霊に愛されて最強です……
だけど普通に恋したい！ 10

The Reincarnated Count's daughter is the strongest as she is loved by spirits, though she is only wishing for regular romance!

風間レイ
◆
イラスト：藤小豆

TOブックス

です……だけど普通に恋したい！

e n t s

イラスト／藤小豆　デザイン／伸童舎

c o n t

[ディアドラの精霊獣]

イフリー

火の精霊獣。
全身炎の毛皮で包まれたフェンリル。

リヴァ

水の精霊獣。東洋の竜。

ジン

風の精霊獣。
羽の生えた黒猫。

ガイア

土の精霊獣。麒麟。

[ベリサリオ辺境伯家]

ディアドラ

主人公。元アラサーOLの転生者。前世の反省から普通の結婚を望んでいる。しかし精霊王からは寵愛、皇太子からは求婚され、どんどん平穏から遠ざかってしまう。

オーガスト

ディアドラの父。精霊の森の件で辺境伯ながら皇族に次ぐ待遇を得る。

ナディア

ディアドラの母。皇帝と友人関係。

アラン

ディアドラの兄。シスコンの次男。マイペースな突っ込み役。

クリス

ディアドラの兄。神童。冷たい腹黒タイプながら実はシスコン。

characters

【皇族】

アンドリュー皇太子

アゼリア帝国の皇太子。
ディアドラの良き理解者。
クリスとは学園の同級生。

[ルフタネン]

サロモン

侯爵家嫡男だが、
カミルを気に入り
彼の参謀になる。

カミル

ルフタネンの元
第五王子。現在は
公爵。国を救う
ため、ベリサリオ
に訪れる。

モアナ

ルフタネンの
水の精霊王。
瑠璃の妹。

[アゼリア帝国精霊王]

瑠璃

水の精霊王。
ベリサリオ辺境伯領
の湖に住居をもつ。
精霊を助けてくれた
ディアドラに感謝し
祝福を与える。

蘇芳

火の精霊王。
ノーランド辺境伯領
の火山に住居をもつ。
明るく豪胆。琥珀や
翡翠に怒られること
もある。

翡翠

風の精霊王。
コルケット辺境伯領
に住居をもつ。感情
を素直に表すタイプ。

琥珀

土の精霊王。
皇都に住居をもつ。
精霊の森とアーロン
の滝まで道をつなげ
ることを条件に精霊
を与えると約束する。

story

同人誌作りに没頭しすぎて命を落としたアラサーOLが転生したのは、砂漠化が迫る国の辺境伯令嬢・ディアドラだった。ある日、親友のカーラがニコデムス教徒の人質になってしまう。しかも、妖精姫を婚礼に呼び出す計画の結婚詐欺に巻き込まれるかたちで。親友の危機に怒ったディアドラは、計画に乗っかるふりをして詐欺師を騙し返し、ニコデムス教の本拠地へ乗り込んでいくのであった。

私は平和的に話し合いしてるつもりだった

カーラがフェアリーカフェで体調を崩したという連絡を受けてから、私はギアをトップに入れて全力全速で動いた。

相手に準備する時間を与えないって大切でしょ？

今回こそニコデムスを壊滅させてやるんだから、遠慮なんていっさいしないわよ。

それに陛下だっていつでも出陣する準備は出来ているって言っていたし、まだ皇宮内にニコデムスの残党がいる可能性があるから、作戦は迅速に進めたいって話だったの。

だから急いだんだけど……さすがに早すぎた？

カザーレが屋敷を出て行った途端、いっせいにみんなが動き出してもう大騒ぎよ。

少しでも早く皇宮に報告するために、精霊の森にある転送陣まで空間を繋いだら、移動する人の列が出来てしまった。

もしかして、やっちゃった？

「ディア、大丈夫なの？」

ジェマやエセルまで忙しそうで、のんびり椅子に腰を下ろしているのは私とカーラとハミルトンだけだ。

ふたりは、これから自分達が何をすればいいのかわからなくなってしまっているみたい。

「大丈夫に決まっているじゃない。計画通りよ」

「ディアはそれでいいんだろうけど、周りが大丈夫じゃないんじゃないかな？」

転びそうになりながら転移魔法の穴に飛び込んだ兵士を、気の毒そうに見送りながらハミルトンが言った。

さっき話をしている時にも、彼は時折、こいつマジでやばいんじゃないかって顔で私を見ていたのよね。

「話では聞いていたけど、これほどとは……」

「すごいわ。やっぱりディアはすごい」

彼とは対照的に、カーラはすっかり吹っ切れたような明るい顔をしている。

「見た？　カザーレったらきょとんとした顔をしていたわよ。ずっとディアのペースで、こちらの思い通りに話が進んだわ。さっき、クリスまで慌てた顔で走ってたわよ。ふふふ、ディアには誰も勝てないわね」

げっ。クリスお兄様まで慌てていた⁉

それはマジでやばいかもしれない。

ルフタネンやベジャイアも巻き込んで三国の軍が動くのに、さすがに作戦開始が明後日っていうのは無謀だったかしら。

「ディア！　何をボケッとしているんだ」

噂のクリスお兄様が部屋に駆け込んできた。

「すぐに皇宮に行くぞ。ネリー、着替えの準備は出来ているな」

「はい！」

さすがにこのドレスで皇宮に行くのは駄目か。

最近、早着替えが特技の項目に増えそうな勢いだ。

「これからすぐですか？」

「当たり前だろう。大臣や高位貴族に招集をかけるように陛下に伝令を送った。三時間後には会議が始まる」

「うわ。はやっ」

まだカザーレが帰ってから十分経っていないのに。

「あの、私達は」

「ああ、カーラとハミルトンも会議に出てもらうよ。着替えは精霊の森の屋敷に準備してあるから、着替えてベリサリオの控室に来てくれ。僕とディアは、会議の前にやらなくてはいけないことがあるんだ」

「すっかり全部まかせてしまってすみません」

功績をあげ、自分達の力で家を復興させると決意したのに、ベリサリオに頼り切っている状況がもどかしいのかな。ハミルトンは少し悔しそうだ。

でも子供に出来ることには限度があるし、ベリサリオに借りを作りまくることなら心配いらないんじゃない？

ニコデムスの尻尾を見つけてくれた功績は、全部チャラになるくらいにでかいんだから。

「ベリサリオは全面的にきみ達に協力すると約束した。だから謝罪などいらない。明後日から最前線に立って活躍するのがきみ達の仕事で、そのための舞台を整えるのが僕の仕事だ」

会議の席で反対意見が出たり、平民になったカーラ達を侮辱するやつらが出たりしないようにしなくてはね。

彼らの後ろにはベリサリオがついているんだと周知させなくては。

そのためにも、最初に話をつけなくてはいけないのはノーランドよ。

「皇宮に行けば、心無い言葉をかけてくる馬鹿もいるかもしれない。だが、俯くな。胸を張れ。文句があるのならベリサリオに言えと言えばいい。妖精姫を敵に回す覚悟があるのかとね」

「はい」

「心配しなくてもふたりだけにしたりはしない。警護に何人か付けるし、ライの指示に従ってくれればいいようにしてある。今後の説明も彼がしてくれる」

「何から何までありがとうございます」

「礼もいらないよ。それより」

クリスお兄様はハミルトンの肩に手を置いた。

「これからディアに振り回されることになるだろうから、常識にはあまり意味がないことをよく覚えておくんだ。気をしっかり持つんだよ」

「クリスお兄様？　それはどういう意味かしら？」

「細かいことは気にしないで、きみは早く着替えておいで」

おかしいなあ。私はふたりの身を守る守護神みたいなものなのに。

そんなふうに言われる意味がわからないわ。

ノーランドと話をするのは昨日の時点でもう決まっていて、皇宮の会議室も押さえてあった。

会議室っていうだけで楽しい話じゃなさそうでしょ？

ノーランド当主だけではなく、先代のバーソロミュー様とその奥様。そしてノーランドでは長老的な立場にあるスウィングラー伯爵まで名指しで呼び出しているのだから、なんの話かわからなくてどっきどきよ。

そこにお父様とクリスお兄様と私が従者もつけずに登場したものだから、部屋の中がなんとも言えない緊迫した雰囲気になった。

「お待たせして申し訳ない」

この状況で、笑顔で話しかけるお父様、素敵です。

「いえ、我々も報告は聞いております。それに関するお話ですよね？」

私達を待っている間会話していなかったのか、喉がいがらっぽいような掠れた声で現当主のコーディ様が言った。

こうやって見ると、彼とジュードはよく似ている。

コーディ様は魔力が強く、剣の腕はそれほどでもないためか細身で顔つきも温和だが、目元や鼻の形だけを見るとジュードともバーソロミュー様ともそっくりだ。さすが親子。

「はい。カーラとハミルトンのおかげで、ニコデムスの一味と接触出来ました。おかげでシュタルクの平民や、反ニコデムス派の貴族達を傷つけることなく、現シュタルク王やニコデムスの神官共を捕らえることが出来そうです。その功績に報いるためにも、ふたりの希望に沿う形で、彼らをベリサリオの保護下に置くことに決めました」

少しだけ場の雰囲気が柔らかくなったところで、お父様は一気に話を進めた。

この件に関しては予想していたんだろうな。

ノーランドの三人はいっさい感情を表に出さなかったけど、唯一スウィングラー伯爵だけは露骨に不満そうな顔つきになっている。

「カーラとハミルトンがそれを望んでいるんですね」

コーディ様は質問しながら、壁際に座っていた私とクリスお兄様の表情を探るように見ていた。

「そうです。それにノーランドの置かれている立場を考えれば、彼らが無事に爵位を取り戻すまで、少々彼らと距離を取った方がいいでしょう。そうお考えだからこそ、ノーランドは彼らと接触しないでいるんですよね？」

「……またバントック派の話を持ち出して、彼らに爵位を取り戻させて権力を広げようとしていると言いがかりをつける者が現れるでしょうね」

お父様の嫌味に乗じて話を進めたつもりでしょうけど、カーラ達が爵位を取り戻したいと思っていることなんか知らなかったくせに、それを理由に距離を置いていたわけがないでしょう。

カーラたちも我々ベリサリオも、まさかノーランドの人たちが理由もなくカーラたちを放置したりはしないだろうって考えていたのよ。

だからこういう話の持っていき方をすれば、話せる範囲だけでもいいから、実は……ってノーランド側から言い出してくれると期待していたのに……。

「ではこの件に関しては同意していただけますかな」

「オーガスト」

「なんでしょう、バーソロミュー殿」

お父様は飄々《ひょうひょう》として捉え所がない分、もしかしてクリスお兄様より何を考えているかわかりにくいかもしれない。

以前はブレインの仲間として毎日のように顔を合わせ、親しくしていたバーソロミュー様相手にも、明らかに親しみは排除した、でも穏やかな微笑と声で答えた。

「我々が子供達に会うのは問題ないのだろう？」

「おや。彼らにお会いになる気がおありでしたか。私が受けている報告では、去年の年末以降、バーソロミュー様はいっさい彼らに接触していないようですが？」

「…………」

「ああ、失礼しました。彼らのために離れていたと今聞いたばかりでした。去年からもう、そこまで考えていらしたとはさすがですな。ただ、護衛はもう少ししっかりなさった方がよかったと思いますよ。ベリサリオが彼らの周りに人を配置していたのに気付かないようでは困ります。カザーレの店の周りにも、ノーランドの警備の者はいっさい配置されていないと報告がありました。あの姉弟が何をしようとしていたかご存じでその対応は……、ノーランドは思い切ったことをなさいますね」

聞きようによっては慇懃無礼というか、喧嘩売ってんのかっていう態度よね。

お父様、やっぱり怒っているんだろうな。

どことなく、畳みかけ方が私と似ている気がする。やっぱり親子だわ。

ノーランド側は、まさかベリサリオに敵意を向けられると思っていなかったのか、表情が固まったまま反応がない。

ここからは、私の出番ね。

「お父様、私からノーランドにお願いがあるんです」

「ああ、そうだったね。では、場所を交代しようか」

飾りの少ない濃藍《こいあい》のドレスのスカートを片手で摘まみ、もう片方の手に同色の扇を持ち、今度は私が大きなテーブルの前に座り、お父様が壁際に移動した。

クリスお兄様も私の隣に座ったのは、私のフォローをするためじゃなくて、やりすぎそうになったら止めるためなんですって。

「私はベリサリオの代表としてここにいるのではなく、個人としてここにいるということをご理解くださいな」

だからさ、たかだか十四歳の女の子を前にして、お父様と話している時以上に緊張するのはやめなさいよ。

そっちの伯爵だけよ？

この小娘がって顔をしているのは。

「私は十八になれば帝国を離れる身ですし、政治のことに関しては全くわかりません。ですので、好きな人の味方になりたいと思うのは、ごく普通の感情だと思うんです。私にとって大事なのは家族であり、友人達です。ノーランドで言えば、モニカが一番に大事で、ジュードは……男で自分の身は自分で守るでしょうから……あ、でもエルダと結婚するなら幸せになってもらいたいですね。でも今日の話の結果次第では、結婚の話も考え直してもらわないといけないかもしれません」

扇を口元に当ててにっこり微笑んで首を傾げてみせたら、コーディ様の右の目元がぴくっと痙攣《けいれん》した。

「次に親しいのはグレタ様です。モニカのお母様ということでお話しする機会も多いですし、魅力的な貴婦人でありながら弓の名手だなんて素敵です。他の方々とは個人的なお付き合いはないので、私が守る必要はない方々です。そしてもちろんカーラとハミルトンは私の大切な友人です。……誰でも好きな人を傷つけられたり侮辱されたら怒りますよね。私の大事な友人を故意に傷つける人がノーランドにいるんですけど」

いったん言葉を区切って、向かい合う席に座るノーランド側の人達を順番に見つめた。

「その方、クラリッサっていう名前なんです。なぜノーランドは彼女を野放しにしておくんでしょう」

バーソロミュー様はノーランド当主としてもブレインとしても有能で、人格も素晴らしくて素敵な方だったのに、今になってがっかりさせないでほしい。

バーソロミュー様も奥様も、娘可愛さに孫を犠牲にするような人達だったなんて思いたくないわ。

「あいつが……何をしでかしたんですか？」

兄であるコーディ様だけはもう、クラリッサを見放しているんだったよね。

「あの方、自分が母親だということを忘れていらっしゃるようですけど、離婚して一度だけハミルトンに会ったことがあるそうなんですよ。その時になんて言ったと思います？　ハミルトンだけならノーランドの人間として助けてあげる。貴族として生きていけるようにしてあげる。だからカーラを捨てて、私と一緒にノーランドに行こうって言ったんですって」

「あの馬鹿は本当に……もう救いようがない」

コーディ様だけは怒りに顔を歪《ゆが》ませて、バーソロミュー様と奥様は真っ青な顔で黙り込んでしまった。

バーソロミュー様も奥様も、まだまだ若く見えるとはいえ孫のいる年齢だから、ストレスが多いのはちょっと心配になってくるわ。

スウィングラー伯爵はもっと年上だけど、わざと存在を無視しているところなんで、いっさい見ていない。

「今は子供の存在が邪魔なんでしょうね。でも、ふたりが功績をあげて爵位を取り戻したら？　領地を手に入れたら？　母親だからと図々しく領地に乗り込むとは思いませんか？　自分が女主人だと好き勝手に振る舞い、カーラを追い出そうとするでしょう。そのようなこと私はとても許せません」

「そんなことはさせません」

「どうやって？」

コーディ様の返事にすかさず聞き返す。

「私どもがきつく言って聞かせます」

今度はバーソロミュー様が答え、奥様と目を合わせて頷きあった。

「言い聞かす？」

おふたりには悪いけど、それでは私は納得しないの。

「何を甘いことをおっしゃっているんです？　言い聞かせるなんて時期はとうに過ぎています。私はクラリッサの件に関しては、バーソロミュー様と奥様はいっさい信用していません」

まさか私がここまで強く言うとは思わなかったんだろう。

ノーランドの四人は、目を大きく見開いて息を呑んだ。

「確か……ヨハネスと離婚した時に、あまりにクラリッサの評判がひどいことになっているために、バーソロミュー様の屋敷に引き取り、謹慎生活をしながら社交界での立場を改善する話になっていたんですよね？」

未来の皇妃の叔母が若い男に貢ぎまくって離婚されたなんて、今後ずっと、モニカへの嫌味に使われるだろう醜聞よ。

「でも、年末にはずいぶんと派手に遊んでいらしたそうですね。子供達は平民になり、友人にも会えずひっそりと生活させられているというのに、母親は三十人以上集めて毎日のように、昼間から酒を飲んで遊んでいるなんて、聞いた時には怒りを通り越して呆れ返ってしまいましたわ」

私の話を聞くうちに、ノーランド側の四人の顔色がみるみる白くなってきた。

青いじゃなくて白い。

もう色がなくて、唇まで赤味が消えている。

ちょっと大丈夫？

お父様じゃなくて私が話しているのは、ノーランド対ベリサリオという状況を今はまだ作る段階だとは思っていませんよってことだし、政治的には何も意味がなく、私が好き嫌いの感情で言っているだけですよってことよ？　さっき説明もしたよね？

「……なぜ……それを？」

「コーディ様？」

「なぜそれをベリサリオがご存じなんですか？」

「そりゃあ、帝国中に招待状をばら撒けば話が入ってきますよ。ベリサリオに恩を感じている貴族はたくさんいる……」

あまりに勢いよくはじかれたようにノーランドの三人がスウィングラー伯爵を見たので、驚いて言葉を切って私も彼に注目してしまった。

「スウィングラー伯爵、これはどういうことだ？」

うわ、コーディ様から魔力が漏れてる。

なるほど、あまりに怒ると魔力が漏れてうっすら光ってオーラみたいになるのね。

以前ベジャイアのアホ相手に私も発光したんだけど、自分の状況は自分じゃわからないじゃない？

たしかあの時はもっと眩しかったから、皇宮の真ん中でド派手なことをやらかしたわけだ。

「い、いえ……私は……」

「ノーランド内の親しい友人だけを招待したと話していただろう！」

「え？　そんな話になっていたんですか？　パオロにも招待状が届いたそうですよ。しかも新婚なのにミーアには招待状を送らないで、パオロだけ来てくれってバカなことを書いてあったそうで怒っていましたよ」

「ああ、なんてこと」

奥様は両手で顔を覆って俯いてしまった。涙声になっている。

「スウィングラー伯爵、きさまは嘘の証言をしていたのか？」

「ま、待ってください。誰を招待するのか決めたのはクラリッサ様です。私は知りません！」

「コーディ、おそらく本当にクラリッサの責任なんだろう」

バーソロミュー様も一気に疲れた様子で肩を落とし、ごしごしと掌で頬を擦った。

「ずっと屋敷から出ない生活をしていて、年末からの社交シーズンも招待状は全て断らせたので、ごく親しい友人を何人か招いて、ささやかな茶会を開くくらいはかまわないと言ってしまったんだ。それが……私と妻が皇都に出向いている間の昼間なら目立たないと思ったのか、派手に遊びだして……これでバレないと思うなんて……」

「前から愚かだとは思っていましたけど、ここまでだったとは。父上も母上も甘すぎると何度も話したでしょう。あいつは何年か軟禁するべきだったんです」

クラリッサは短絡的な女性だとは思っていたけど、歳を重ねるごとに重症になってない？

若い時は何もしなくても周りがちやほやしてくれたから、目立たなかっただけ？

親の目を盗んでパーティーして怒られるって、成人前のガキと一緒だよ。

「それで、今クラリッサはどういうお咎《とが》めを受けているんですか？」

「……」

「まさか、言って聞かせただけなんてことはありませんよね？」

本当はふざけんなよと言いたいところだけど、私も令嬢のはしくれだから仕方ない。

ニッコリ笑顔で言ってあげた。

「嘘だろう……」

コーディ様が大きく息を吐き出しながら頭を抱えてしまった。

まあ、ちょっと落ち着こうか。

今のところはまだ、彼女の黒歴史がまたひとつ増えただけよ。

帝国中の笑いものになって、モニカがそのせいで多少苦労するかもしれないけど、ベリサリオが口出しするようなことじゃないのよ。

「内輪のことだからと事実確認せず、なかったことにしようとなさったんですね」

もう十四歳になったから、年齢を気にしないで話せてらくちんよ。

扇をバサッと開いて口元に当てて、思いっきりため息をついた。

「ノーランドは皇妃になる方の実家だということを忘れていませんか？　あなた方に落ち度があった時、つらい思いをするのはモニカなんですよ。場合によっては、婚約解消しないといけない事態も充分にあり得るんです」

「そ、そんな、いくらなんでも」

ハンカチで目元を押さえていた奥様が、慌ててテーブルに手をついて身を乗り出した。

「クラリッサが、あの子が妖精姫様をこれほど怒らせるような、そんなことをしたんですか？」

「はい」

ひっと息を呑んで倒れそうになった奥様を、バーソロミュー様が慌てて支えた。

あ、今のなし。

そんなに怖がられると思ってなくて、素直に返事しちゃった。

「スウィングラー伯爵はご存じですよね。クラリッサのパーティーに通い詰めていらしたようですから。だいぶ酔っていらしたのか、大きな声で話していたみたいじゃないですか。たとえば……モニカの教育係をベリサリオやグレタがやっているのはおかしい。グレタなんて弓を担いで猛獣と戦う野蛮人だ。恥ずかしいからノーランドから外に出すな、とか」

「うっ……」

視線だけで相手を凍り付かせそうな冷ややかさでコーディ様に睨まれて、スウィングラー伯爵は剣の使い手として有名な人とは思えないような怯えた様子で、慌てて椅子に座ったまま後方に移動した。

「私のお母様についても、娘のおかげでちやほやされているだけの女狐《めぎつね》だ。本来なら皇妃を輩出したノーランドがベリサリオより上の地位に就くべきだ。妖精姫が嫁いだら、あいつらには価値がないんだから潰してしまえばいい、でしたっけ？」

静かな部屋に私の声だけが響いて、どんどんノーランドの人達を追い詰めていく。

こんなに衝撃を受けると思っていなくて、でも説明はちゃんとしなくちゃいけないから、話しながら罪悪感が半端ないんだけど。

「申し訳ありません。本当に……」

「奥様、落ち着いてください。まだまだあるんです」

「えええ⁉」

「伯爵、妖精姫のおっしゃっている話を知っていたのか？」

「……あ、いえ、クラリッサ様が……その……」

これ、私が話を続けても大丈夫？

余計にダメージがでかくなってない？

「クリスお兄様」

「うん。僕から話そう。事務的に端的に話した方がよかったね」

まさかこんなに慌てるとは思ってなかったし、ここまで何も知らないとも思っていなかったからなあ。

クラリッサの発言をノーランド内のほとんどの人が知っていて、それが問題になっていたから、ただでさえ社交シーズンで忙しいのに余計に仕事が増えて、カーラ達にまで手は回らなかったってことなんだろうな。

まともな人は出戻りの当主の妹なんて、全く相手にしていなかっただろうから、それで意地になって暴走したんだろうか。

「ベリサリオが一番に問題にしているクラリッサの発言は、妖精姫を島国なんかに嫁がせても得をするのはベリサリオだけだ。シュタルクに差し出した方が今後の帝国のためになる。彼女のせいで皇宮にニコデムスが入り込んだんだから、責任を取らせて国から追放すればいい、です」

「あ……ああ……」

ハンカチをきつく握りしめた奥様の目から涙がはらりと零れて頬を伝った。

バーソロミュー様は胸を押さえてきつく目を閉じてしまっている。

「もう一度聞く。伯爵、妹がこのような発言をした時にその場にいたのか？」

コーディ様は歯の間から絞り出すような声で話しながら立ち上がった。

「……そばではなく」

「その場にいて止めなかったのか？　叱らなかったのか？　まさか同調したのか？」

「それは……」

『ほう、ディアをシュタルクに差し出せと？』

あーーー、来てしまったあ！

急に窓から強い風が入り込んでカーテンをはためかせたから、なんだろうと不思議に思って視線を向けたら、瑠璃《るり》と蘇芳《すおう》が立っていた。

いやあ、いつ見てもイケメン……じゃなくて、こわいからその顔。

精霊王が出て来たら話がややこしくなるじゃないかー!!

『それはノーランドの意向か?』

思わず目を閉じて天を仰いでしまった。

さすがにバーソロミュー様とコーディ様は無様な真似はせず、すぐに椅子を横にどけて跪《ひざまず》いた。

バーソロミュー様は奥様を支えることも忘れなかったわよ。

スウィングラー伯爵はコーディ様に注目していたために窓に背を向けていたので、一瞬反応が遅れて、慌てて床に土下座していた。

『ディアに対するその暴言、ディアが許しても我が許さん』

待って。落ち着いて瑠璃。

室内の温度が急激に下がったような気がするから。

『ノーランドと住居を繋げるのはもうやめだ。ディア、他にいい場所を紹介してくれ』

蘇芳も落ち着いて!

蘇芳がノーランドを担当から外したなんて知られたら、モニカの立場がやばい。

その原因が妖精姫を追放しろ発言だなんて、婚約解消になりかねない。

「お待ちください、ノーランドはそのようなこと思ってもおりません。暴言を吐いた者達は厳重に処罰します。どうぞお許しください」

コーディ様まで跪いた状態から土下座に移行している。

これ、どうすればいいの?

見物している場合じゃないでしょってクリスお兄様とお父様を見たら、ふたりとも気の毒そうにノーランドの様子を見た後、どうにかしてと言いたげに私を見た。

私？　私か。

私がどうにかしなくてはいけないのか。

『処罰とは？』

「スウィングラー伯爵とその場にいた者達はプレイステッドの塔に収監し、取り調べの後、首謀者は処刑します」

プレイステッドの塔って、魔獣がたくさんいる草原の真ん中に建っていて、脱獄しても魔獣に殺されるって監獄よね。

それに、処刑？　え？　処刑⁉

「伯爵の一族は全員捕らえ、共謀していれば全員処刑。無関係であっても爵位剥奪し領地も取り上げます」

家族まで処刑⁉

この世界は人の命が軽く扱われているのはわかっているけど、なんでそこまで⁉

あ、そうか。この伯爵、クラリッサと組んで当主の地位を狙っていたのか。

それで仲間を増やすために集まって、それで酒に酔って大騒ぎ？

馬鹿なの？

しかもクラリッサは伯爵の狙いがわかっていなくて、帝国中に招待状をばら撒いた？

やだ。馬鹿すぎて笑えてくる。

「クラリッサもうかばいようがない。父上、母上、覚悟を決めてください」

「わかっている。甘やかした私のせいだ。あの子を処刑して、私も死ぬ」

「あなた、私も一緒に」

は？

え？

『ではそのように』

「ちょっと待ったああ!!」

思わず立ち上がって、片手を思いっきり前に出しながら叫んだ。

「なんでこんな話になってるの？　違うから。違うでしょ。違うって」

「ディア、落ち着いて」

「クリスお兄様も少しは慌ててください。瑠璃も蘇芳もやめて。気持ちは嬉しいけど駄目！」

でかい男がふたり並んで、きょとんとした顔をするな！

私が望んでいるのはこんなんじゃなーーい！

お父様とクリスお兄様は苦笑いしつつ一歩引いて我関せず状態だし、ノーランド側は全員土下座状態なので、私が動くしかない。

瑠璃と蘇芳に駆け寄り、ふたりの腕を掴んで近くのソファーまで引っ張って座らせた。

よく状況が飲み込めないまま、精霊王がおとなしく並んで腰かけている様子がシュールだ。

「いい？　瑠璃も蘇芳もよく聞いて。まだクラリッサは何もしていないのよ。具体的な計画も何もないの。彼女が考えているのなんて、男性にモテてちやほやされたいってことくらいよ」

背後で誰か咳払いをしたけど、今は話し方に遠慮している場合ではないのだ。

精霊王達の怒りを鎮めないと、ノーランドだけでなく皇族まで大ダメージを食らってしまう。

「酒を飲んで酔っ払って気が大きくなって、いつもは言わないようなことをぽろっと言ってしまうなんてことは、人間にはよくあることなの。身内以外の人も招待している場でやっちゃうクラリッサも、そんな彼女を旗頭《はたがしら》にしようと考えた伯爵も、頭の中がお花畑なんでしょう。どうせ誰も彼らの味方に付こうなんて思わないわよ」

『その者達が愚かなのはわかっているが、そういう話は人間同士でやれ。我らが問題にしているのは、ディアに対する暴言のみだ』

『待て、瑠璃。そいつは精霊をまともに育てていないだろう。ノーランドには精霊に助けてもらいながら戦うのは、戦士として二流だと言っているやつらがいるんだ』

ベジャイアみたいなやつがノーランドにもいるのか。

なんで脳筋って、なんでも筋肉で解決したがるの？

『魔道士のコーディが当主なのも気に入らないし、精霊王も気に入らない。だから、そいつは一度も俺のいる場に顔を出したことがない』

「まあ、そうなの？　精霊王に取り入ることも考えられないなんて、無能なのに野心家って性質《たち》が悪いわね」

努めて明るい口調で腕を組んで何度も頷きながら言ったら、スウィングラー伯爵に睨みつけられた。

私はね、ノーランドのために蘇芳の機嫌回復を図っているの。

あんたに睨まれる筋合いはないのよ。むしろ感謝しなさいよ。

「蘇芳、あの方は気の毒な方なのよ。もう頭が固くて、新しいことを理解して取り入れることが出来ないの。近接戦闘する人だって精霊がいた方が強いのなんて当たり前じゃない。ひとりで戦う人と、補助が四人もついている人じゃ差があるのは当然なの。それをプライドがないとか邪道だとか言えるのは、実戦で最前線に立ったことがなく、万が一、怪我をして戦えなくなっても問題がない貴族ぐらいのものよ」

立ち上がって足を肩幅に開いて立って、片手を腰に当てて扇を伯爵に突き付けた。

「自分が死んだら家族が生きていけない人達や、怪我をして戦えなくなったら収入を得る手段がなくなってしまう冒険者達に、邪道も何もないのよ。回復魔法を使ってくれる精霊を育てるのは当然でしょう。だいたい、魔道士の何がいけないの？　敵を倒せればいいんでしょ。得意なやり方で戦うのは当たり前よ。そこに上下をつけるなんて、第三者からしたら滑稽なだけよ」

「ディア……ディア、話がずれてる。その年寄りはどうでもいいから放置で」

クリスお兄様が小声で指摘してくれたけど、距離があるから部屋の中にいる人全員に聞こえてるって。

スウィングラー伯爵ってば床についていた手を握り締めて怒りに震えているわよ。

「そうでした。重要なのはバーソロミュー様と奥様です。ブレインをなさっていた時には、あれほど聡明で冷静で決断力もおありだったバーソロミュー様が、どうしてこんな愚かな態度を取るのですか。クラリッサが精霊王を怒らせて処刑され、先代の当主と奥様も責任を取って死んだなんてことになったら、陛下とモニカは破談ですよ」

子供の頃からつらいことばかりだった陛下が、ようやく幸せな結婚をして新しい家族を作れそうなのに、ここでモニカと破談になったりしたら気の毒すぎるでしょう。

「だが……もうこれ以外に精霊王様にお詫びのしようがない」

俯いて話すバーソロミュー様に奥様がそっと寄り添った。

床は石で出来ているから膝が痛いし、冷たいんじゃないかな。

「当主をしていた頃は多忙で、コーディにもクラリッサにも父親らしいことを何もしてやれなかった。せめて引退した今ならと父親らしいことをしようとしたのに、どうやらそのせいで年配の者達はコーディを当主として認めず、私の許にやってくる。クラリッサもどうせ私達がどうにかしてくれるだろうと考えているようで、子供達の邪魔になっている」

「そうですね」

答えてから気付いた。

足を広げて立って両手を胸の前で組んで偉そうにふんぞり返っているって、令嬢として終わってない？

ドレスでよかった。

足が見えないもん。

「でも、たいていの貴族の家は同じ状況ですよ。高位貴族で権力を持ち、重要な仕事をしていたら忙しいのは当たり前。どこの家の子供も高位貴族としての責任や義務とは何なのかを学び、両親の置かれている立場を理解するんです。そんなことに罪悪感を抱いて、クラリッサを守ろうとしたせいで、他の人達が大迷惑ですよ。モニカは？　カーラは？　ジュードは？　ハミルトンは？　コーディ様は？　そしてノーランドは？　守らなくていいんですか？」

しっかりしてくれ。

マジしっかりして。

バーソロミュー様の豪傑ぶりは伝説となっているし、ノーランドを豊かにした功績は大きいんだから、次の当主は認められるまで大変なんだ。

それを考えると、お父様に当主の座を譲ってすぐ、お婆様と旅に出てしまったお爺様ってさすがだわ。

『ディア、だが何も罰を与えずに済ますことは出来ないぞ。妖精姫に対する暴言がひどすぎた。これで我らが動かなかった場合、後ろ盾と言っても実際は何もしないんだと思う者が現れる恐れがある』

「わかっているわ」

瑠璃と視線を合わせて頷き、瑠璃と蘇芳の間に腰を下ろした。

「クラリッサとスウィングラー伯爵にはしっかりと罰を受けて……」

扉を開ける音が聞こえて顔を向けたら、ジュードが少しだけ顔を覗かせて、室内の様子を見て驚きに目を丸くしていた。

それで扉を持つ力が弱まったのか、ずずずっと扉が閉まりジュードを挟みそうになって、慌てたのか横から別の手が出てきて扉を押さえた。

「どうしたんだよ」

「ジュード？」

あ、ハミルトンとカーラの声だ。

「いや……それが……来てはいけなかったかもしれない」

「どういうこと？」

注目の的になっていることに気付いているジュードは部屋を出ようとしているのに、カーラとハミルトンに押されて身動き出来なくなっている。

なんで来たかな。

カーラ達に知らせない方がいいと思っていたのに。

「え？　精霊王様!?」

「うわぁ」

そりゃ驚くよね。

私は精霊王に囲まれて座っていて、大きなテーブルの横の椅子に座っているのはお父様とクリスお兄様だけで、ノーランドの人達は従者や警護の兵士も含めて全員、床に額を押し付けて土下座しているんだから。

「姉上！」

ハミルトンが止めるのも聞かず、カーラは何歩か部屋に入り、私や精霊王に向かって跪いた。

「突然、侵入して申し訳ありません。発言をお許しください」

必死な表情で、慌てているのか声が上ずっている。

せっかく綺麗なドレスを着て髪を整えたのに、またカーラにつらい思いをさせてしまったわ。

『誰だ？』

『クラリッサの娘だ。ディアが四歳の頃からの友人だ』

『幼馴染ってやつか』

昨日から何度もカーラと話をしているので、瑠璃は彼女がどういう子かわかっている。

ヨハネスは瑠璃の担当地域だったので、私とカーラが四歳の頃から一緒にいる場面を何度も見ていたそうだ。

これは、ノーランドにとっては頼もしい味方が現れたことになるかも。

『申してみよ』

瑠璃が精霊王っぽい話し方をしたので笑いそうになったら、がしっと頭を掴まれた。

ひどい。

「ジュードから聞きました。母が……また皆さんにご迷惑をおかけしたそうで。ディアには何度も助けてもらっているのに、本当に申し訳ありません」

ジュードとハミルトンもカーラと並んで跪いて頭《こうべ》を垂れている。

私だけ座っているのは落ち着かなくて、お尻がむずむずするわ。

「母のことは諦めています。自分のしたことは責任を取らなくてはいけません。でも、でも出来れば叔父や祖父母は許してはいただけないでしょうか。お願いします。母以外はベリサリオと親しくしていますし、ディアのことも大好きなんです。もちろん精霊王様方に感謝していて、蘇芳様は特に我らの精霊王だと敬っています。ノーランド領に住む大半の人間がそう思っているんです」

『うーーむ』

唸っているだけの蘇芳の横腹に、つい反射的に肘鉄をお見舞いしてしまった。

『おい』

「痛くないならいいでしょう。それより、私の大事な友達を虐めないでよ」

『なにもしてねえだろう』

「何もしないのが問題なの。あなた、ノーランドの担当になって約十年、彼らと付き合ってきて気に入っていたんじゃないの？　あなたの住居に続く道の手前に、あなたへのお供えをするための建物が出来て、冒険者は無事に狩りを続けられるお礼にって、戦利品をお供えして感謝の言葉を伝えるのが習慣になっているって聞いたわよ」

『まあな』

もうほとんど宗教よ。

この世界の人間にとっての神様は精霊王で、人間との距離が近くて運がよければ会えることもあるから、余計に人々の想いが強くなっている。

蘇芳は見た目的にも性格的にも、ノーランド人に好まれる要素をたくさん持っているから大人気だ。

本当の神様は……ほら、コミュ障だから……。

「それなのにノーランドを出て行っちゃっていいの？」

『ディア、おまえわかってねえな』

「何を？」

『確かにノーランドとの付き合いで何度も言葉を交わしている者はいるし、あそこの風土も気に入ってはいる。だが、ディアを守ることに比べれば、ノーランドの人間達がどう思うかなんてことは些末なことだ。どうせ今生きているやつは百年後には誰も残っていない。場所を変えても、また新しい土地の人間達との関係を築けばいい。時間なんていくらでもあるんだ』

ありがたいけど、喜べない。

これはもう、作戦を変えよう。

正攻法や理屈では無理だ。

「でもノーランドの人達は私と仲良しなの。みんなが泣いたら私も悲しいの。今まで大変な思いをしてきたカーラがまた悲しむなら、私もすっごく悲しいの」

ここはかわいさアピールよ。

羞恥心は捨てるんだ。

『そう言われてもな……』

「妖精姫が、モニカやカーラを悲しませないでってわがままを言ったから、仕方なく許したってことにしちゃ駄目？」

　蘇芳の腕を両手で掴んで揺らしながら、上目遣いでお願い作戦よ。

『それは……まあ……おまえを悲しませては彼らを罰する意味がないのだが』

「そうでしょ。さすが、蘇芳！」

『ディア、何を言って……』

「瑠璃もお願い！　カーラはいい子でしょ？　ハミルトンもしっかりした子だし、ジュードはエルダと婚約するのよ」

『ほう？』

「それなのにノーランドが壊滅したら、みんな不幸になっちゃう。陛下もモニカと破談になったら悲しむわ。そしたら琥珀が怒るんだから！」

『いや、あいつもディアの』

「瑠璃、お願い！」

　今度は瑠璃の手を掴んでぶんぶん揺らした。

　他にどうすればいいかわからないのよ。

　これって甘えてることになってる？

『ま、まあ、処罰は少し考えよう』

「ありがとーー！　ふたりとも大好き!!」

　思いっきり両手を広げてふたりに抱き付く。

これはめっちゃ恥ずかしいわよ。

私のキャラじゃないもん。

「精霊王ばっかり……」

「父上、ノーランドの件は他人事《ひとごと》ではないですからね？」

背後からお父様とクリスお兄様の声が聞こえるし、たぶん、カーラやジュードは驚いているんだろうな。

「カーラ達やノーランドの皆さんはもう椅子に戻ってもいいわよね？」

『ああ、その姿勢では話がしにくい』

よかった。

少しは譲歩してくれそうだ。

「でもスウィングラー伯爵はそのままにしてて。あなたとクラリッサの罪までは許してはいないから」

精霊王から離れて立ち上がり、土下座したままの伯爵を見下ろした。

なかなか立ち上がらないバーソロミュー様達を促し、手を貸して椅子に座らせてくれたのはクリスお兄様だ。

コーディ様もその様子を見て立ち上がり、精霊王に深々と頭を下げてから椅子に戻った。

伯爵以外全員が着席したのを確認して、私は先程カーラ達が入ってきた扉から外に顔を出して、お茶と軽食を持ってきてくれるように頼んだ。

土下座している伯爵に気付いても、無表情を貫いている皇宮の従者達はさすがだ。

カーラとハミルトン、そしてジュードが座るソファーの前にもテーブルを用意してもらった。

「この後、続いて会議だから、少し食べておいた方がいいわよ」

「おまえ、すごいな」

ジュードに感心した声で言われたので、カナッペを食べようと口を開いたところで動きを止め、口を閉じてから振り返ったら、

「悪い。食べてくれ」

なぜか謝られてしまった。

『これは美味い』

『ディアは会議のたびに何か食べているな』

「そんなことはありません」

機嫌を直してくれたのはいいんだけど、私の周囲とテーブルにいる人達との温度差がすごい。

床が冷たかっただろうから温かいお茶を飲んでもらいたかったのに、誰も手をつけないで深刻な表情で待っている。

「皆さん落ち着いたところで、話の続きを再開しましょうか」

「ディア、先に少し、私が話してもいいかな？」

「はい。もちろんです」

お父様に言われて頷いた。

正直ありがたいわ。

ベリサリオ対ノーランドにならないようにしようってことで私が話したのに、余計に問題が大きくなっちゃったもんね。

「今回の問題をノーランド領内だけで処理したのは、かなりまずかった。以前ならよかったんです。十年前ならそれで問題がなかった」

テーブルに両肘をついて手を組んで、お父様は静かな口調で話し始めた。

「辺境伯領は帝国との戦争に負けた国だった地域で、我々は帝国人と民族が違うため、中央の者達は我々を下に見ていた。コルケットは放牧や農業しか出来ない田舎《いなか》で、ノーランドは魔獣の住む野蛮な土地。そしてベリサリオは戦争になれば帝国を守る壁になるための地域だと思っていました。だから、そこで何があっても気にしなかった。どうでもよかったんです。でも今は違います」

ベリサリオは精霊王絡みで力をつけて、今では貴族の中で最高位になっている。

コルケットもクッションやシートの素材になる魔獣の育成に成功して、これからますます発展して金持ちになっていくだろう。

ノーランドだって、皇妃の実家ということで発言権が増し、中央にも勢力を広げていくはずだ。

この十年は精霊王の登場で帝国内に大きな変化が起こり、次は新皇帝の即位により、産業を中心に勢力図が塗り替えられていく十年になると思う。

国中のベッドやソファー、精霊車のシートがどんどん新商品に変わっていくわよ。

「今は帝国中の貴族が、ノーランドに注目しているんです。ディアが妖精姫と呼ばれるようになった頃のベリサリオもそうでした。すり寄って来る者もいれば、どうにかして引きずり落とそうとする者もいる。罠を仕掛けてくる者もたくさんいましたよ」

……そんな話、聞いたことないんだけど。

もしかして私が学園に入学する年齢まで、フェアリー商会の仕事に没頭出来る環境にあったのは、それに夢中にさせて引き篭もり状態にしておくためだった？

変なやつらと関わらなくていいように？

うわ。家族に守ってもらっていたんだ。

「クラリッサが帝国中に招待状を送っても、ほとんどの者が断ったはずです。では、彼女の招待を受けたのはどういう者達だと思いますか？」

「内情を探るために、各貴族が寄越した者達なのでは？」

コーディ様の答えにお父様は頷いた。

「大半はそうですね。ベリサリオも何人か参加させていたので、どんな話が出ていたのか知ることが出来ましたから。でも他にもいたんです。彼らはクラリッサや伯爵に酒を飲ませ、おだて、煽《あお》り、失言を誘っていたそうです。あなたの計画に、不自然なほど積極的に賛同している者達がいませんでしたか？」

お父様に聞かれて、スウィングラー伯爵は床に呆然と座り込んだ。

まさか本当に賛同者がいたと思っていたんじゃないでしょうね。

「どこの誰が煽っていたか、リストを作っておきました。おそらくすでにクラリッサの暴言は帝国中の知るところになっているでしょう。今日の会議でその話を持ち出そうとしている者もいるかもしれません。バーソロミュー殿、この件の片を付けないうちに死んでも、詫びにはなりませんよ。周りが余計に大変なことになるだけです」

「……なんてことだ。クラリッサひとりのために……こんなことに」

「もうノーランドは権力の中心に立ってしまった。このような問題はこれから何度でも起こります。モニカ様が結婚した後も、皇妃と陛下の仲を裂こうとする者が現れ、皇子が生まれれば、また新たな権力争いが起こるでしょう。バントック派の二の舞になるなという意見はもっともですが、足場を固め、それなりの力を持たなくてはモニカ様が気の毒だ。なんなら今からでも、コーディ様がブレインに加わる方がいいと思いますよ」

「なんならベリサリオは抜けて……」

「クリス」

モニカが陛下の婚約者候補になったのは、私の友達だったからで、私が推薦もしたんだった。

責任感じるなあ。

あの頃は、愛情が大事とか、ちゃんと婚約者候補に向き合ってくれとか、そんなことばかり気にしていて、その後の権力争いまで考えていなかったわ。

特権階級の中でも、侯爵家以上の高位貴族ってひと握りだからね。

金と権力に群がる人は、どこの世界にもいるもんよ。

「ノーランドを陥れようとする者がいた……」

バーソロミュー様とコーディ様の顔つきが変わった。

瞳に光が戻ったというか、顔つきがきりっとしたというか。

バーソロミュー様なんて闘争心で若返った気さえするわ。

最初からお父様が話せばよかった。

私から話すと、精霊王に敵対する気なのかという脅しになるとは考えてなかったわ。

私もうちの家族も、妖精姫という立場がここまで力を持っているとは思っていなかった。

そうか。新生ディアドラは強いんだ。

精霊王がすぐに駆け付けちゃうし、三国の最高権力者に、約束がなくても面会出来る立場だということを忘れちゃ駄目ね。


皇帝陛下が招集した会議は、大臣や主だった貴族達が集まり定例会が開かれる大会議室で行われた。

会議室というよりは議会の行われる部屋に似ている。

五段くらい高くなったところに陛下が座る席があって、その周囲に議長や書記の座る椅子と机が用意されている。

大臣達が右の最前列に座り、左の最前列はブレインや高位貴族の席だ。

その後ろに会議に参加する資格を持つ貴族達の席が並んでいる。

私は陛下が用意してくれた席に、カーラとハミルトンと一緒に座った。

これから会議で話す内容に関係する私達の席は、陛下のいる場所にすごく近い。

クリスお兄様はブレインの席だし、お父様はベリサリオの席にいるので、私がふたりを守らないと。

「ニコデムス関連の話の前に、ノーランドから話したいことがあるそうだ」

この会議で、クラリッサを糾弾しようとする貴族がいるかもしれないから、先手を打って、ノーランドが自らその話題に触れることにしたんだって。

バーソロミュー様も会議に顔を出しているけど後ろの方に控えていて、発言するのはコーディ様だ。

どうやって説明することになったのか私は聞いていなかったから、コーディ様の話の持っていき方に感心してしまった。

クラリッサの催した集まりに参加した者の中に、故意に彼女を酔わせ、ベリサリオに対して悪意があると思わせるような発言を促し、ノーランドとベリサリオを仲違いさせようとした者がいる。

その場にいたベリサリオの関係者が、不審な行動をした者達のリストを作成している。

簡単にまとめるとコーディ様が話したのはこんな内容だ。

あくまでクラリッサは、故意に酔わされて、思ってもいないことを発言させられた立場だってことね。

ノーランドとベリサリオが協力して犯人探しをするということで、良好な関係を維持しているということも示したわけだ。

クラリッサをモニカの教育係にするとか、スウィングラー伯爵の野望なんかは酔っ払いのたわごとなんだから、このような席で話題にすることではないってことにしたんだな。

「よろしいですか」

パオロが議長に発言を求めて立ち上がった。

「その集まりには私の部下も何人か出席しており、我々も問題のある行動をしていた者達の身元を割り出していますので、そのリストを提出出来ます」

おおお、素晴らしい！

騎士の人達はノーランドでもベリサリオでもないから、公平な立場でのリストを入手出来るのね。

さすがパオロって、スタンディングオベーションしようとしたら、腰を浮かせた途端に四方から手が伸びてきて座らされた。

レックスはわかるけど、カーラやハミルトンまで私を押さえようとするのはどういうこと？

「たとえ悪意のある者達に利用されそうになったとはいえ、クラリッサやその場で同調した者達もそのままにはしておけません。クラリッサは我がノーランド家から追放。平民として修道院に送ります。また集まりに出席し、問題のある発言をした者達はプレイステッドの塔に収監し取り調べを行っています」

会場内がどよめいた。

だって、パーティーの席で酔っ払って問題のある発言をしただけで、牢獄送りよ。

クラリッサなんて追放よ。

何があったのか詳しく知らない人達からしたら、ノーランドはそこまでするのかって驚くわよ。

そこまでやるなら、他にも何かあるんじゃないかって思う人もいるだろうけど、関係者はすでに牢獄行きになっちゃってるから、騒いでも無意味だしね。

「尚、クラリッサの子供達に関しては、半年以上前からノーランドとは接触をしておらず、クラリッサとはもう何年も別々に暮らしております。ニコデムス討伐に関して功績をあげたことで、ベリサリオ辺境伯が彼らの後見人になってくださるという申し出があり、今後はベリサリオの保護下で生活していくことになりました」

ノーランドを罠に嵌《は》められたと喜んでいた貴族達にとっては、どれもこれも気に入らない内容ばかりなんだろう。

カーラ達の話題になったら何人かの貴族がぎろりとこちらを睨んだが、カーラ達のすぐ近くには私がいる。

わざと順番に視線を合わせ笑みを浮かべたら、全員、はじかれたように視線を逸らして二度とこちらに顔を向けなかった。

いくらなんでもそんなに怖がらなくていいんじゃない？

でも名前と顔はチェックしたわよ。

レックスが。

ふたりの時間

その後は非常にスムーズに会議が進行し、もう終わり？　って驚くぐらいに早く解散になった。

明後日の午前中に私はカザーレの船に乗るので、ともかくもう時間がなくて、会議なんてしている場合じゃねえんだよって考えている人が多かったんだろうね。

会議が終わった途端、我先にと会場を飛び出していく人の姿が、先程のカーラの屋敷から転移の穴に飛び込んでいく人達と重なって見えたわ。

やっぱり無茶な日程だったか。

でも私やヨハネス姉弟は旅の荷物をまとめるくらいしかやることがなくて、それも侍女がやってくれるので、予定通りお友達を招いて語り明かした。

婚約したり、職に就いたり、立場は変わってなかなか会えなくなっても、顔を合わせると今までと同じように会話が弾む仲間に出会えたのは幸せだ。

カーラの話を聞きたかった子が多く、カーラがみんなに囲まれて笑顔で話している姿が見られて、心にわだかまっていたつかえが取れたような気持になった。

モニカとカーラは涙ぐみながら抱き合っていた。

ハミルトンもジュードやうちのお兄様達と居間で話し込んでいたみたいよ。

男の子はパジャマを着て、ベッドでいつでも好きな時に寝られる状態で話したりはしないのかな。

修学旅行の夜みたいで楽しいと思うけど、クリスお兄様はもう十九歳だし、野郎だけでパジャマ姿でくっついて寝るっていうのはしないか。

してくれたら覗きに行くのに。

翌日は商人を屋敷に呼んで、カーラと旅用のドレスを選んだ。

夕方になる頃には、カーラは少し緊張してきたみたいで食欲もないようなので、部屋でゆっくりしてもらうことにした。

私は緊張というよりは、ようやくこれで今までの恨みを晴らすぞっていう意気込みの方が強い。

ちゃんと食べて寝て英気を養わないとね。

どこにニコデムスの残党がいるかわからないから、私がカザーレに話した通りに各自過ごすことになり、両親はベリサリオに、クリスお兄様は皇宮に、そしてアランお兄様は自分の領地にいるため、静かな夜だ。

「ディア様、カミル様がいらっしゃいました」

美味しく夕食をいただいて、部屋でまったりと過ごしていた時にカミルの来訪を知らされた。

明日には会う約束をしていたのに、こんな時間に来るなんてどうしたんだろう。

急いでガウンを羽織って、カミルが待っている居間に行って驚いた。

カミル以外誰もいないのよ。

ここまで案内でついてきたリュイも部屋に入らないで扉を閉めたから、カミルとふたりっきりよ。

あれ？　いいの？

「ディア？」

椅子から立ち上がって振り返ったカミルは、少し疲れた顔をしていた。

服はいつもの民族服だけど、襟のボタンをはずして胸元が開いているし、髪も乱れている。

急いで仕事を終わらせて駆けつけたって感じよ。

「どうしたの？　何かあった？」

ここ何日かは頻繁に顔を合わせていたので、ひさしぶりに会った時のような戸惑いはない。

それよりカミルの疲れた様子が気になって、すぐに傍に近寄って乱れた髪を整えようと手を伸ばしたら驚かれてしまったようだ。

カミルって目を大きく見開くと、瞳の色が微かに薄くなるのよね。

兄である国王と、ほとんど同じ瞳の色になる。

「こっちは何もないよ。昨日俺がルフタネンに帰ってから、きみの方が皇宮でいろいろあったんだろう？」

「私？　何かあったっけ？」

会議のことを言っているのかな？

それともノーランドとの話し合いのこと？

どちらも、いろいろあったなんて含みのある言い方をするような内容ではなかったわよね。

「詳しいことを聞こうなんて思っていないぞ。他国の俺には話せないこともあるだろう」

「へ？」

何が言いたいかわからなくて、カミルの顔を覗き込んだ。

身長差があるから首を傾げた状態で覗き込むと見上げる形になるじゃない？

カミルはいったん顎を引いて迷惑そうに私の視線を避けてそっぽを向いたあと、ちらっと視線だけこちらに向けてから、唐突に顔を近付けてきて触れるだけのキスをした。

「な、なに？」

「かわいい顔をして見上げているから」

「もう！　変なことを言っているから、何かあったのかと思って心配したのに！」

「一時間しかないし座ろうか？」

「一時間？」

「疲れた顔をしているって心配した夫人が、一時間だけディアとふたりだけで過ごす権利をくれたんだ」

お母様が犯人か。

私としては嬉しいけども、カミルってばそんなに疲れた顔をしてたの？

それなのに無理して会いに来たの？

「そんなに疲れているなら無理しなくても……あ、私は癒し効果があって疲れがとれるんだっけ。じゃあ、はい」

ソファーに座って両手を広げたら、カミルは驚いた顔で固まって暫《しばら》くためらってから、ようやく隣に腰を降ろして抱き付いてきた。

「カミルの方こそいろいろあったんじゃないの？」

「会議や手配で忙しかっただけだよ」

「じゃあ、私と同じだわ。帝国民はね、妖精姫を怒らせると子々孫々まで祟られるとでも思っているんじゃないかしら。下手に逆らうなってお触れでも出ているみたいな態度なのよ」

「そりゃそうだろう。何回も強烈な行動力を見せつけているんだから」

「なにかしたっけ？」

カミルは心底呆れた顔はしたけど、ついさっきまでの疲れた表情よりはマシかな。

「でもちょっと反省した」

カミルの肩に顎を乗せて話そうとしたら痛いと文句を言われてしまった。

しょうがないからもぞもぞと居心地のいい体勢を探して、肩に頭を乗せて寄りかかった。

「家庭内の話ってとてもデリケートな問題で、家族以外の人に関わらせたくない場合ってあるじゃない。特に仕事関係の相手とか、友人だからこそ知らせたくないとか。男性って特に」

「そうだな」

「それなのに絶妙に取扱注意の私が、ストライクゾーンど真ん中にストレートを投げ込んでは駄目よね。特に年配の男性にとっては、居心地悪すぎたと思うわ」

「また意味のわからない単語が出てきたけど、いつものように問題の核心をぶち抜いてしまったのか」

「うん。ムカついていたから言い方もきつかった。最初からお父様に話してもらえばよかったのに、しゃしゃり出てしまって反省している。でもそれくらいかな。他には特に何もないわよ」

クラリッサを今のまま修道院に入れても、逆恨みをして、また何かやらかすんじゃないかという心配があるって、あの場にいた全員が思っていた。

それでクリスお兄様が言い出したのが、修道院に行くのはまだましだったんだと思わせるような恐怖を、一度味わわせた方がいいという提案だった。

石にされて海の底に沈められるとか、砂にされて指の先から消えていくとか、悪夢でもいいから体験させたらどうかっていう話ね。

実際どうすることになったのかは私は聞かされていないけど、蘇芳と瑠璃が乗り気だったので、たぶん何かしらの罰は与えられているんだろうな。

その提案があったからこそ精霊王達は、クラリッサを修道院に入れるという提案を受け入れたようなものだもん。

「こういう時は、なんで帝国に生まれなかったんだろうって思うよ」

「え？」

あ、考えこんじゃってた？

何か話しかけてくれていたのに無視しちゃったかな。

「ディアはなんでもひとりで出来るってわかっているけど、少しは頼りにされたいし」

「してるでしょ」

「他の男に対してと俺に対してとで態度が同じでも、一緒にいる時間がもっと長ければ」

「なんの話さ。私がカミル以外とキスしていると思っているの？」

「まさか。してないよな」

「ぶっ飛ばすわよ」

ああ、いけない。

こういう時に悲しまないで、拳を作ってしまうから可愛げがないのよ。

「さっきも言ったけど、帝国の男達は私に近付いたらやばいと思っているの。友達にはなれるけど女の子とは見てもらえないのよ。彼らからしたら猛獣が服を着て歩いているようなもんよ」

「それはディアがそう思い込んでいるだけだろ。こんな可愛い子を女の子として見ないなんてありえない」

「帝国男子からしたら、カミルの考えがありえないらしいわよ」

「あいつら馬鹿なのか」

いやいや、私から見てもカミルの方が希少種よ。

自分が男だったら、こんな魔力お化けのゴリラは嫌だ。

しかも精霊王の守護付きよ。

「たぶんみんな、ディアがどんどん大人っぽくなって、女性らしくなっていくから意識して照れているんだ」

えええええ!?

「？　どうした？」

あまりに意外なことを言われたから、思わず立ち上がってカミルの額に手を当ててしまった。

大丈夫。熱はない。

「大人っぽくなった？」

「うん」

「私は成長遅くない？　こうなんというか、痩せっぽちでみすぼらしいというか」

「ディア、女の子なら一日に一回くらいは鏡を見ようか」

「見とるわ！」

毎日髪を整えてもらう時に、日によっては薄く化粧する時に、退屈しながら自分の顔を眺めているわよ。

「ディアは会うたびに綺麗になっているよ。だからしばらく会えなくてひさしぶりに会うと、変化に戸惑ってしまうことがあるんだ」

「カミル？」

「今まで通りに声をかけていいのか。会っていない間に、俺のことはどうでもよくなっているんじゃないか。ガキ臭くて魅力がないと思っていないか……もっと頻繁に会える立場なら、ディアが大人になっていくのをずっと見ていられるのに」

さっきまで真顔で可愛いとか綺麗だとか言っていたくせに、急に照れて視線を逸らしながらそんなこと言わないでよ。

やばい。きゅんきゅんする。

そうか、これがきゅん死ってやつだ。

確か前にも似たような会話をしたことあるよね。

あれからちっとも進歩してないってことかな。

恋愛に関しては全く自分に自信が持てなくて、そのせいでカミルに負担をかけているのかも。

私だって、もっと素直に自分の気持ちを言わなくちゃ。

「私も」

「え？」

「私もしばらくぶりに会うたびに、どうやって挨拶してたっけとか、どんな距離感で接していたっけとか、戸惑ってた。カミルは会うたびに背が高くなって、体型だって変わって、大人の男性に近付いていて、私は置いてけぼりになっているみたいで」

「そうなのか？」

「……照れくさくて言えなかった」

「……俺も」

ぐはっ。

嬉しくて照れくさくて、顔がにやけてしまう。

たぶん今、顔が真っ赤でふにゃっとしていて、ものすごくだらしないことになっている。

こういう時に可愛く色っぽくするにはどうすればいいの？

恥ずかしくて視線を合わせられないんですけど。

と、ともかく座ろう。

『おう、カミル。ルフタネンの精霊王に……うがっ！』

突然、空中に現れた蘇芳の顔面に、反射的にクッションを思いっきり投げつけた私は悪くないはずだ。

いざ、シュタルクへ

翌日は快晴。船旅日和《びより》だった。

客船が寄港する港ではなく貨物船や漁船専門の港だと聞いたので、襟や袖口だけ白で他は焦げ茶色の地味なドレスを選んだ。帽子も靴も茶色。黒いリボンがついているのは、このくらいはおしゃれしていきましょうとネリーが懇願したからだ。

カチコミに行くのにおしゃれは関係ないのにね。

カーラのドレスも地味なダークグレーだけど、後ろで三つ編みにした鉄色の髪が目立ってとても綺麗。

執事や侍女達は濃紺の制服姿で、ハミルトンは商人のような動きやすい飾り気のない服装なので、金持ちの商家の子供達とそのお供に見えるんじゃないかな。

戦闘になった時のことも考えて、同行しているのはルーサーとレックスの兄弟執事とジェマ。そして、リュイとのじゃんけんに勝ったミミだ。

クリスお兄様はシュタルクに乗り込んだ後、向こうの貴族やベジャイア、ルフタネンとの交渉をする役割なので今はまだ待機中。

アランお兄様は近衛《このえ》騎士団に所属しているので、皇帝の傍を離れて妹について行くわけにはいかなくて、代わりにルーサーを寄越したの。

お父様が直々にベリサリオ軍を仕切ると言い出したので、留守をさせられたとも言うわね。

港があるのは元ヨハネス領なので、カーラとハミルトンは複雑な心境かもしれない。

でもふたりとも毅然とした態度で、笑顔さえ見せている。

嫌でも強くたくましくならなければいけなかった友人達を、私は精一杯応援したい。

そしてあの大変な時期も、今になって思い返せばいい経験だったよねって笑い合えるようにしてみせるわ。

「おはようございます。お迎えに伺えず申し訳ありません」

港の入り口に到着するとすぐにカザーレが駆け寄ってきた。

「お荷物を……あまりないようですね」

後ろに三人も力のありそうな男を従えてきたのは荷物持ちのためか。

精霊獣のいる貴族の常識を、彼らは何も知らないのね。

「私達は全員、収納魔法付きの魔道具を持っているの。大荷物を持って移動する貴族は帝国にはほとんどいないわよ」

「収納……全員がですか？」

「驚くようなことではないのよ。あなた達も一属性でいいから精霊を育てなさい。収納魔法付きの魔道具を使えない商人なんて、ベジャイアでもやっていけなくなる日は近いわよ」

「あ……はい。国に帰ってから腰を据えて精霊を育てようと思っていました」

「それがいいわね。あなたなんて魔力量が多そうだから、二属性くらいは簡単に育てられるわよ」

カザーレの後ろに立っていた若い男に話しかけると、彼は自分に話しかけられたことが一瞬わからなかったのか、左右を見て背後まで見て、それから自分を指さした。

「そう、あなた」

「精霊を育てられる……」

「何を驚いているのよ。ルフタネンでも帝国でも一番熱心に精霊を育てているのは平民の子供よ。精霊がいれば仕事を選べるようになるし、フライに乗れれば騎士団にも入れる。親も熱心に協力するわよ」

「フライに……俺が乗れる……」

「おい、何をぼーっとしている。みなさんを船に案内するんだ」

自分達には精霊は育てられないと思っていたのかな。

後ろの三人が驚いた顔で立ち尽くしているのに気付いて、カザーレは大きな声で注意を引き、肩を叩き、船の方に押しやった。

せっかく妖精姫を船に乗せることに成功しそうなのに、味方が動揺しては困るんだろう。

ふふん。これは寝返る人が出てくるかもしれないわね。

歩いているうちに私達の背後にも男がふたり、さりげなくついてきた。

カザーレはカーラと並んで、私とハミルトンの少し前を歩いている。

レックスとミミが私とハミルトンの左右について、ルーサーとジェマが私達の背後を守って、神経を張り詰めさせているのがわかる。

私だけがのほほんとしているのは悪いかなって思うけど、ハミルトンも緊張でガチガチになっていそうなんだもん。

いつも通り、何も疑っていないような顔で、好き勝手やった方がいいと思うの。

「あ」

「ハミルトン？　どうしたの？」

「あの男が姉上に何か渡した」

「へ？」

目を向けたら、カーラはいつの間にか小さな袋を受け取っていて、中から何かを取り出して口に運んでいた。

「食べた」

まさかお菓子をこんな場所で渡すわけもないし、たぶんクスリよね。

酔い止めだとでも言ったかな。

「精霊が反応しないな」

カーラの頭上に浮いている精霊達が無反応なので、ハミルトンは戸惑っているみたいだ。

「あなた達は祝福を受けたじゃない。クスリや毒だとしても無害だったら反応しないわよ」

「あ、そうか。祝福すごいな」

こうして実際に効能を確認すると、確かにすごいよね。

毒物だけじゃなく、病気にもかかりにくくなるし、体が強くなるから怪我も軽傷で済むようになるらしいのよ。

それを世界中の精霊王に重ね掛けされたんだから、私とカミルがどんどん人間離れしていくのも納得だわ。

あいさつ代わりに祝福したり、通りすがりに祝福していく精霊王もいるんだから。

今まで祝福を使う機会が滅多になかったから、祝福しても問題のない相手が出来て、楽しくて祝福しちゃうんだって。

でもこれ以上人間離れしたくないんで、通り魔祝福はやめてほしい。

「だとしても、私の目の前でクスリを飲ませるとはいい度胸だわ」

「う……うん、確かに」

「楽に死ねると思うなよ」

「ディアと話していると、カミルってすごいなって思うよ」

「え？　なんで？」

地味な格好をしていても、港には圧倒的に女性の数が少ないせいで、私達は目立ちまくって注目された。

でも精霊を大量に連れて歩いている一団に絡んでくるお馬鹿さんはいないようで、手を止めて振り返るだけだ。

見た目は商家のお嬢さんでも、精霊を全属性連れている人間が三人も揃っていたら、私達は貴族ですと言っているのと同じだったね。

「あの船です」

客船ではないから、飾り気も何もないごつい船だ。

船員達が忙しそうに荷物を運びこんでいる様子が、とても慌ただしい。

表向きはベジャイア行きの船だけど実際はシュタルクに行くはずなのに、けっこう荷物を積んでいくのね。

シュタルクに不足している物資を、この機会に出来るだけ多く持ち出そうとしているのかな。

「こちらです。足元にご注意ください」

かなり古いな。

シュタルクの現状を考えれば、これだけの船を維持するのも大変なのかもしれないな。

甲板の木は木目以外の部分がすり減っていたけど、掃除は行き届いているみたいだった。

忙しそうに行き来している乗組員達は、私達に気付くと足を止めてじっとこちらを注目している。

こいつら全員、私が誰で、どこに連れて行かれるのか知っているのよね。

カーラも同じようなことを考えたのか、不安そうにこちらを見たので、大丈夫だよと笑顔を返した。

「こちらの部屋になります。左右の部屋も空いているので、好きに使ってください」

「まあ、三部屋も？　一部屋で充分だったのに。ありがとう」

私が笑顔で礼を言っている間に、さっそくミミがドアを開けて室内に入り、中を確認していた。

「一部屋ではさすがに……」

七人だから、普通に考えればそうだよね。

ここでも精霊獣のいる生活を知らない人達と、私達との常識の違いがでたわね。

部屋は奥にベッドが二つ置かれていて、壁際にデスクと椅子があるだけのごく普通の船室だ。

それでもトランクを置くための台と小さなサイドボードが付いているし、けっこう広いから、この船の中ではいい部屋を用意してくれたのかもしれない。

「狭いでしょうが客船ではないので我慢してください」

「大丈夫よ。綺麗に掃除もしてくれているし、このまま利用出来そう」

「利用？」

けっこう広いと言っても、私達七人とカザーレが入ると窮屈だ。

外に残っている三人の男達が中を覗き込んでいるせいで、入り口が塞がっているのも圧迫感がある。

早く出て行ってくれないかなと思っていると、カザーレがサイドボードの上から大きな箱を持ってきた。

「これをみなさんに着けていただきたいんです」

なんだろうと中を覗き込んだら小さな箱がいくつも入っていたので、ひとつを手に取り蓋を開けてみた。

「ブレスレット？」

うわー、カーラに渡したのと似たような魔道具だ。

こんな雑な渡し方で、私達がおとなしく着けると思っているの？

「これを着けていただいていれば、私の客人だということが誰にでもわかるので」

「船の中を自由に歩き回っていいのね！」

嬉しそうに言ったら、
慌てて否定された。

「いいえ、違います。あまり出歩かれては乗組員の仕事に支障が出ます」

「じゃあ、なんのために着けるの？　どうせ部屋にいるのなら関係ないじゃない」

「甲板に出る時に、問題が起きないようにという……」

「この船、そんなに治安が悪いの？」

「そういうことでは」

「じゃあなんなの？　それにこれ、あなたがカーラに贈ったブレスレットにそっくりじゃない？　あなた結婚を申し込む相手に、こんな大量に買い込んだ物を渡したの!?」

「……え」

カーラが私のすぐ横でショックを受けたように俯いて、ふらふらとベッドに近寄り、こちらに背を向けて座った。

さては、にやけそうになるのを見られたくなかったな。

「同じ物ではないですし、彼女には他にも贈り物を用意してあるんです！」

「あ、そうなのね。だったらいいけど」

私にも効き目があるのか試してみようかと、箱から摘んで取り出した途端、ブレスレットの宝石にピシッとひびが入り、破片がパラパラと床に落ちた。

「うわ。持っただけで石が割れたわ」

「ええ!?」

「お嬢、怪我をしたら危ないので触らないでください」

「でも、壊しちゃった」

握り潰してなんていないわよ。

宝石じゃない鎖の部分を摘まんだだけよ。

「これは魔石だったんじゃないですか？」

真剣な表情でミミが前に出てきた。

「ディア様は魔力量が並外れて多いうえに魔力回復量も多すぎて、いつも魔力が身体から漏れ出していますよね」

「そうね。おかげで私の周囲にいる精霊が元気になるもんね」

「ですから、こんな安っぽい小さな魔石では、ディア様の傍に置いただけで割れてしまうのでは？　魔石ではないのなら、魔法吸収量の多い宝石なんでしょう」

「そうなの？」

何も疑っていなそうな顔で首を傾げつつカザーレに注目する。

人口密度が高いから室内は暖かいけど、そんなに汗をかくほどではないわよ。

ふと入り口に視線を向けたら、覗いていた男達が慌てて顔を引っ込めた。

「よく……わかりません。店でまとめて作ってもらったアクセサリーで、うちの商会のマークが入っているので……それで着けてもらおうと思っただけで……」

「壊してしまったから、弁償するわ」

「い、いえいえ。気にしないでください。これは、じゃあ、つ、着けない方向で」

「そう？」

そんな突然怯えないでほしいんだけど。

この程度のことで驚いていたら身が持たないわよ？

「まだ、荷物の積み込みがあるので、いかないと！　出航する時にまた来ます！」

あー、箱を抱えて出て行ってしまった。

そんなに慌てると、余計に疑われるのに。

というか、まだ疑われていないと本当に思っているのかな。

「商人としても犯罪者としても二流以下ですね」

彼らが出て行った扉に鍵をかけながらルーサーが言った。

「いっそのこと、この船を乗っ取ってしまったらどうですか？　向こうに到着してから動きやすくなります」

「駄目よ。それじゃあ彼らの犯罪歴が一個減ってしまうでしょう。妖精姫誘拐犯という項目がつくかつかないかで、処罰が大きく変わってくるわ」

「何度も処刑は出来ませんよ」

「処刑して終わりだなんて、そんな甘い刑でニコデムスの神官を許す気はないのよ」

彼らの犠牲になった多くの人達と、精霊達の思いを晴らすためにも、二度とニコデムス教徒が現れないように徹底して潰さなくては。

「素晴らしい。さすがディアドラ様です」

「ルーサー、やめてよ。ディア様は御令嬢なのよ」

「そうだよ。船を乗っ取るなんて。乱暴なことをさせようとしないでくれ」

文句を言っているジェマやレックスより、ルーサーの方がこういう時は話していて楽ね。

アランお兄様至上主義だから、私に対しては割と雑だしね。

「本当に、カミルはすごいな」

ハミルトン、だからなんでカミルが出てくるのよ。

快適な船旅

出航する時に来ると言っていたのに、カザーレが私達の部屋にやってきたのは、船が出航して半時ほど経ってからだった。

こういうところで、カーラに惚れていないってことがバレバレなのよ。

惚れていたらこんなふうに放置しないだろうし、忙しくて声をかけられない場合は、あらかじめ説明しておくでしょう?

「カザーレ様がいらっしゃいました」

ノックの音が聞こえたので対応したルーサーが、愛想のない声で知らせてくれた。

入り口の周囲は目隠しのために衝立で仕切って、ドアを開けても外から室内を見られないようにしたので、ルーサーがどんな表情で彼を出迎えたのかはわからない。

それ以外も、室内は劇的に様変わりしている。

空間魔法を最大限に活用して広げた部屋は、豪華なクリスタルの照明の柔らかい光に包まれて、床にはルフタネン産のラグが敷かれている。

そこにバングルに収納してあった高級家具を配置したので、一流ホテルにも負けない豪華さよ。

私が座っているソファーセット以外にも、十人くらいは居心地よく過ごせるだけの食事用のテーブルや椅子、寝椅子も用意してラグジュアリーな空間を演出しているわ。

「こ、これは……」

衝立から顔を出したカザーレは、室内の変わりように驚いて口を開けた間抜け面で固まった。

「どうした?」

毎回誰かと一緒に顔を出す気なのかな。

また、男をふたりもつれて来ていた。

ひとりで乗り込む勇気がないのかしら?

「は?　え?」

「………嘘だろ」

男達もしばらく呆然とした後、私の方を恐る恐る見てきた。

こいつはやばいって顔に書いてあるわよ。

「こ、これは、空間魔法ですよね」

「そうよ。うちの精霊車に乗ったことあったでしょ？　あれと同じ」

「この部屋にあった家具は……あの」

「収納してあるわ。船から降りる時に元に戻すから心配しないで」

「ああ……ああ……なるほど……」

目の前の光景が信じられないのかカザーレは呆然としていて、後ろのふたりは目を擦ったり何度も瞬きをしている。

それで一瞬で元の船室に戻ったら、その方が問題でしょう。脳か目に異常があるってことよ。

「扉がたくさんあるように見えるんですが」

「あなたが三部屋使っていいって言ったんじゃない」

「言いました。言いましたが……扉の数が……」

「右奥が女性の寝室。右手前が侍女や執事の控室。お茶の準備が出来るように小さな調理スペースもあるわ。左奥が男性の寝室。左手前は化粧室よ」

お風呂は我慢して浄化魔法を使えば、なかなかに快適な生活が出来そうでしょ。

「あなたのバングルにはどれだけの物が収納出来るんですか」

「それは秘密。でも重要なのは魔力量と魔力の強さよ。同じ魔道具でも持つ人によって収納出来る量が違うの」

この船くらいは収納しちゃうぞーとは言えないもんね。

実際にやってみたことがないから、本当にやれるかどうかはわからないし。

「カーラの姿が見えませんね」

気付くのが遅くても今回は大目に見よう。

衝撃が大きかったようだから仕方ない。

「カーラは寝室で休んでいるわよ。船が動き出してすぐに気持ちが悪くなってしまって、今は横になっているの」

「船酔いですか？　部屋に入っても？」

「ジェマ、カーラが起きているか見てきてあげて」

「この船はあなたの商会の船なのかな？」

ふたりがけのソファーの角の部分に寄りかかり、足を組んで本を読んでいたハミルトンが、肘掛けにもたれかかったままで尋ねた。

「いや、こんな大きな船を持てるような商会ではないよ」

「それなのに出航して一時間も何をしてたんだ？　出航する時に来ると言っていたのに、姉を放置して顔も見せなかったじゃないか」

おお。不機嫌そうな演技が素晴らしい。

演技じゃなくて本気かもしれないけど、カザーレが答えに困っているのが楽しい。もっとやって。

「積んだ荷物のチェックや、船長への挨拶が……」

「出航してから荷物のチェックをしていたら遅いだろ。それにそれは部下の仕事じゃないのか？

それか荷物を預かって運ぶ船員の仕事だろう。金を支払っているんだろう？」

「それでもいつも自分でチェックしているんだよ。これが俺のやり方なんだ」

私はカザーレより、彼と一緒に来た男達の様子を眺めていた。

背が高いし、筋肉もりもりで顔もいかつい。

なにより目付きが悪い。商人の目じゃないんだよね。

「どうぞ。お話出来るそうです」

「ありがとう」

ジェマの声が聞こえると、カザーレは目を細めてハミルトンを睨んでから、他のふたりに待っているように指示を出し、ひとりで奥の部屋に向かった。

寝室に入ろうとして足を止め、一回私の方を見てから中に入っていく。

ふかふかの大きなベッドが並んでいたから驚いたのかな？

それかピンクの可愛い内装の部屋に入るのに戸惑いがあったのかも。

「さて、あなた達」

立ち上がって声をかけたら、乗船した時に会話した青年は嬉しそうに目を輝かせ、もうひとりは怯えたように一歩後ろに下がった。

私より縦にも横にも大きくて、二の腕が私の太腿より太そうなのに、びくびくするんじゃないわよ。

「もうお昼の時間でしょ。でも今日は忙しくて食事を用意出来ないって聞いたから、お弁当を持ってきたの」

「お弁当？」

「あなた達の分もあるのよ」

まずワゴンを取り出してレックスに渡す。

次に干した木の皮を編んで作った箱をひとつ取り出し、ふたを開けて中身をふたりに見せた。

「これは衣をつけて揚げた肉をパンで挟んだの。こっちはソーセージね。で、これが卵」

「おおおおお」

分厚い肉の塊と大きなソーセージを見て、男達のテンションが一気に上がった。

胃袋を掴むって、万国共通で効果があるのね。

「ハミルトン、あなたにも預けてあるでしょ」

「あ、そうか」

「私達が取り出した箱をワゴンに乗せてちょうだい」

「はい」

自分達の腹に入る物だからか、私の指示でも素直に聞いて、男達はテキパキと動き出した。

さっきまで怯えていた彼も、美味しそうな匂いに釣られて張り切っている。

「駄目です！　もう出て行ってください」

たぶん彼らはカザーレの存在を忘れていたんじゃないかな。

寝室の方からジェマの大きな声が聞こえてきたら、はっとした顔をして顔を見合わせていたもん。

「婚約者が一緒にいたいと言うのは普通のことだろう」

「カーラ様は御気分がすぐれないいんですよ。また具合が悪くなった時に、あなたに気を使わなくてはいけなくなるじゃないですか。ディア様！　この男がまた自分勝手なことを」

「わかったよ。出て行くよ。またあとで来るから」

ジェマはカザーレのことを嫌っているから容赦なくて頼もしい。

「騙すつもりなら、もう少し真面目に演技しろって思いませんか。あの男のどこがカーラ様に惚れているように見えるんです？　まともに恋したことがないいんですよきっと」

って怒っていたもんな。

でも一緒にいたいと思うのは普通なんじゃないの？

ふたりきりになりたいと言い出すのも、絶対にさせないけど、言い分としてはわからないでもないわよ。

恋人はみんなそういうものよ。

「カザーレ、何をしているんだよ」

「気分が悪いって言うから、暫く傍にいようかと思っただけだよ。でも追い出された」

「そりゃあそうよ。またいつ気持ち悪くなるかわからないのよ。もどしそうになった時に好きな人が傍にいるって嫌でしょう」

「え……ああ、なるほど。そうか……そうですね……そうなんですけど……」

「ディア、言い方……」

ハミルトンに注意されてしまった。

カザーレやお弁当をワゴンに積んでいた男達まで、残念そうな視線を向けなくてもいいじゃない。

でも大丈夫。慣れているから。

みんな、そういう顔をするのよね。

「で、これは？」

「妖精姫が俺達の分も昼食を用意してくれたんだよ」

「肉がたくさんで美味そうだった」

「すみません。気を使っていただいて」

「いいのよ。気にしないで」

三人が何度も礼を言いながら部屋を出て行き、ルーサーがドアを閉めて鍵をかけるのを確認して、

「もう平気だって知らせてきて」

精霊達に頼むと、ジンとリヴァがそれぞれ奥のドアの方に飛んで行った。

今は彼らも精霊形になっている。

船の乗員を刺激しないためと、いくら空間魔法で広くしたと言っても精霊獣達が顕現できるほどの広さはないから。

みんなの精霊獣を顕現させせたら、身動きできなくなりそうでしょ。

「あれがカザーレか」

左手の奥の部屋から出てきたのはカミルとデリルだ。

昨晩、私にクッションをぶつけられた蘇芳は、カミルと私の貴重なふたりだけの時間を邪魔してしまったことを知って、俺のせいだから延長してくれるように頼んでくるって言い出したの。

いくらなんでも精霊王にそんなことをさせるのはどうかと思って、私は気にするなって言いかけたのよ。

でもカミルがお願いしますって深々と頭を下げて頼んじゃったから、突然蘇芳に突撃されたレックス達は大慌てでよ。

勘弁してくださいって、あとから文句を言われたわ。

その延長時間に、カミルに何度もしつこく、

「すぐ呼べ。何もなくても呼べ。ひとりでしようとするな」

って言われたから、出航してすぐにシロにカミルを呼んでもらったの。

そしたらデリルまで連れてきたから、ふたりにも空間魔法を手伝ってもらって、カーラやハミルトンも加わって、ああでもないこうでもないと、わいわい楽しく模様替えをすることになって、この豪華な部屋が出来上がったわけよ。

男性側の寝室は男性陣が作っていたから、どんな部屋になっているか知らないけど、カミルやデリルがここに泊まる気なのは間違いない。

ベッドの数がおかしいもん。

乗船する時からずっと、船員もカザーレ達もミミに向ける視線だけが露骨に冷たかった。

シュタルクの人間からしたら、聖女である妖精姫は自国の王太子と結婚するはずなので、ルフタネン人が傍にいるのは気に入らないんだろう。

でも侍女どころか、婚約者本人も乗船しているって知ったらどうすんだろ？

「カザーレに飴《あめ》を持っていかれちゃったわ」

少し遅れてカーラも部屋から元気に出てきた。

本当は船酔いなんてしていない。

でもリバースしてしまったから、クスリが効いていないって思わせるのがいいかなって考えたの。

それにカザーレに自分の部屋に来ないかって誘われると困るじゃない？

「見た目じゃわからないのよね？」

「さっき比べてみたけど、ほとんど見分けがつかなかった」

「じゃあいいんじゃないか？」

本物のクスリはデリルが持っていて、帝国の船で待っている薬師に届けて成分を調べてもらう手筈になっている。

カザーレが持っていったのは、ただの飴よ。

食べないとわからないから大丈夫。

自分達の分も昼食を用意してあったので、テーブルにずらりと料理の入った容器を並べて食事をした。

お皿じゃなくて容器に入っているというのが普段と違っていて、ピクニックに来ている気分よ。

カミルとデリルもいるからとても楽しく賑やかに食事が出来た。

「おかしいな。今、敵陣の中にいるんだよな。これから本土に乗り込むんだよな」

目の前に置かれた美味しそうな料理の皿を見ながら、ハミルトンが小声でぶつぶつ言ってた。真面目ね。

「船の揺れのおかげかしら。それとも実際に作戦が始まったからかしら。最近食欲がなかったのに、とても料理が美味しく感じるわ」

カーラの方がその辺はおおらかね。

私と付き合いが長いから慣れているとも言えるか。

私達が元気にやっていると知らせないと、乗り込んできそうな人がたくさんいるので、食事が終わってしばらくして、カミルとデリルは報告のために一度転移して帰って行った。

私は食後の休憩が終わった後、寝室の床にマットを敷いて、部屋でも出来るストレッチと体操を始めた。

男子には見せられない姿だ。

カーラもたくさん食べたからと一緒に体操を始めたんだけど、御令嬢のやる運動ってダンスくらいのもので、それも平民になってからは練習していなかったそうで、だいぶ体が硬くなっていた。

ジェマやミミの手も借りてストレッチをして、太腿や二の腕に効く体操を教えてあげて、わいわい楽しくすごせた。

こういうのはひさしぶりで楽しいと、カーラは頑張りすぎてへばっていたから、たぶん明日は筋肉痛ね。

こんな時に筋肉痛になっても平気かな。

回復魔法を使った場合、せっかくの運動が無駄になるのかどうか試してみたいところだ。

夜は予想通りカザーレが一緒に夕食をと誘ってきたので、船内で一番豪華で居心地がいい私達の部屋で食事をすることになった。

カザーレが連れてきたのは、イヴァンという子爵家の五男だという男だ。

室内の変わりように驚いたみたいで、暫く入り口に立ち竦《すく》んだまま動けなくなっていた。

昼にお弁当を運んでいたふたりを従者として連れて来たけど、彼らは給仕のやり方をわかっていないので、ただ部屋の隅に立っているだけだ。

じゃあ、一緒に食事をしたら？　と聞いたんだけど、平民が貴族と同じテーブルで食事をするのはありえないと言ってイヴァンに断られた。

カーラもハミルトンも今は平民なのに、よくもまあ彼らの目の前でそんなことを言えるものだ。

もしかしたら彼らにも遠慮させて私とだけ食事をしたかったのかもしれないけど、そんなことは私が許さないし、カザーレがそれに同意したら海に落としてやるところだった。

「ぜひ、イヴァンとお呼びください」

って言われたけど、私達の方は誰ひとり名前で呼んでいいと言わなかったので、彼は私のことを不満げな顔で妖精姫と呼んでいた。

手入れの行き届いたサラサラの金髪を肩の上で切り揃えた彼は、眉毛や爪の手入れも完璧だ。

貴族を相手にする時には、目つきの悪い他の人達より彼の方が上手く商売出来るだろうけど、カーラ達に向ける視線が優越感に満ちているのがいやらしい。

この場で彼が同等と認めているのは、カザーレと私だけだということを露骨に態度に示していた。

「ではお願いね」

前菜が全員の前に並べられてすぐに声をかけると、精霊達が主の食事にいっせいに浄化の魔法をかけ出した。

「こ、これは？」

カザーレもイヴァンも顔色が一気に変わっている。

「あら、ご存じなかった？　帝国では二度もニコデムスが王宮に毒を持ちこむ事件があったでしょう。それで最近貴族の間では、毒味の代わりに自分の精霊に浄化魔法をかけてもらうようになったのよ。お互い様だから、これは主催者にも失礼には当たらないという考え方で、お店でも浄化魔法を使う人が増えているの」

二度も！　ニコデムスに！　毒を使われたせいよ。

だから、あなた達がこの料理にクスリを入れていたとしても、全部浄化魔法できれいさっぱり消してあげるわ。

「属性によって魔法を使用した時の光り方が微妙に違うのよ。それで食事会の時には、あらかじめ座る席で何属性の精霊の魔法を使うか決めて、光を楽しんだりする時もあるそうよ」

「そ、そうなんですか……」

「さあ、食べましょう」

凝った料理ではなかったけど、料理人はだいぶ頑張ってくれたみたいで、彩りも綺麗だし味も悪くなかった。

でもどんなに美味しい料理でも、一緒に食べる相手が重要よね。

昼食の時とは違って、ピリピリした雰囲気の中で食事するのは消化に悪そう。

「こうして妖精姫と食事を共に出来るとは、夢のようです」

私の隣に当然のように座ったイヴァンが気取った口調で言った。

「お美しいとは聞いていましたが、ここまで素敵な方だったとは。嬉しい驚きです」

「どうも」

「船酔いは平気なのですか？」

「まったく問題ないわ」

「ご健康で素晴らしい。今日のように波が穏やかな日に船酔いする方とは違いますね」

え？

「体が弱い方が国外に嫁ぐというのは大丈夫なんでしょうか。商家の嫁というのは忙しいものですから」

なんで結婚に反対しているようなことを言い出すの？

船に乗せてしまったからもう大丈夫ってこと?

カーラが帰ると言い出さないように、カザーレは苦労しているんじゃないの?

「イヴァン」

ほら、カザーレが怒っているわよ。

「食事の席で、そんなぐったりとした様子を見せられては。落ち着いて食事が楽しめないでしょう」

こいつはまだ、カザーレ、平民が自分と同じテーブルにいるのが気に入らないのか。

カーラ、カザーレ、ハミルトンの順番でテーブルの向かい側に座っているので、座る場所が離れてしまったカーラの表情はよく見えない。

私の向かいの席にいるハミルトンは、食事の手を止め、拳を握り締めてイヴァンを睨んでいた。

「では、別の部屋で食べたらいかが? 私の大切な友人を侮辱する方とは、落ち着いて食事を楽しめないわ」

「ぶ、侮辱など誤解です。無理をして付き合っていただいて負担になっては悪いと言いたかったんですよ」

んなわけあるかい。こいつはなんなの?

……あ、もしかしてシュタルクの貴族なんじゃない?

本当に私が船に乗るのか確認するために、シュタルクから来たのかもしれない。

それで、カザーレ側の事情をよくわからないまま好き勝手言っているのかも。

カザーレもなんで黙っているのよ。

カーラに惚れている設定はどうした。

打ち合わせくらいしておきなさいよ。

なに？　私を怒らせたいの？　それでわざと言っているの？

「妖精姫様は船がこわくはないのですか？」

「こわい？　なぜ？」

「沈んだらどうしようと考える御婦人も多いと聞いているので」

今度はなんなんだ。

船の上では自分達の方が優位だとでも言いたいのか。

「沈んでもどうもしないわよ。精霊獣が飛んで避難させてくれるもの」

「え？」

「この船で見かけた人達の誰ひとりとして精霊を育てていないのね。船が沈んだら誰も助からないわよ。どうして精霊を育てないの？」

「……忙しいので」

「ふーん。時代の流れに乗れないようでは、商人として一流とは言いがたいわね」

イヴァンは精霊獣が飛ぶことも、椅子ごと主を浮かせられることも知らないの？

フライがなんで浮くと思っているのよ。

もしかしてフライの存在も知らない？

「あなた達、今後ベジャイアで商売を手広くやっていく予定なんでしょう？　ベジャイアは今、急激に変化しているのよ。情報は集めているの？」

「も、もちろんですよ」

その割にはカザーレのほうをちらちら見て、反応を窺っているように見えるんだけど？

「じゃあ、ペンデルスとの国境紛争が終結して和解したのは知っているわよね？」

「え？」

自分は貴族だと偉そうにしたいのなら、感情を読まれないくらいのことはしなさいよ。

慌てているのが丸わかりよ。

「まあ、ご存じない？　カザーレも？」

「……はい。知りませんでした」

「紛争自体はもうずいぶん前に終わっていたのに、国境に面している領地を持つ伯爵が、ペンデルス側と協力して紛争を起こしている振りをして、不当に補助金をせしめていたんですって」

「……」

あら、この話題はまずかった？

部屋がシーンと静まり返ってしまったわ。

「それで正式に和睦して、国境近くにペンデルス人の街を作ったのよ。そこは砂の被害に遭わないようにベジャイアの精霊王が協力したの」

「ニコデムスに協力したんですか？」

カザーレもイヴァンも本気で驚いているようだ。

彼らはペンデルスの現状を知らないみたい。

ニコデムスの神官達にすっかり騙されて、掌で転がされているんだろう。

「ペンデルスにはもうニコデムス教徒はいなかったそうよ」

「は？」

「手の甲に痣《あざ》のあるペンデルス人は誰一人いなかったんですって」

「そ……そんなはず……ニコデムスの聖地があるじゃないですか⁉」

すぐ隣で大きい声を出さないでほしい。

貴族なら、ここは感心した振りでもして、食事が終わってから本国に確認するくらいのことをしなさいよ。

あなた達がシュタルクの上層部や神官達から、まともに情報をもらえない立場だと教えてくれたようなものよ。

「さあ？　どうしたのかしらね？　ベジャイアに帰れば御家族の方に教えてもらえるんじゃないかしら？　理由はどうあれニコデムスと決別したのであれば、ペンデルスともいい関係を築けるでしょう。彼らはベジャイア国民になりたいようだと聞いているから、いずれはペンデルス人のいる場所もベジャイア国に含まれるんじゃない？　砂漠に棲む魔獣の素材を手に入れやすくなるわね」

「……そう……ですね」

「……」

おーい。演技演技。あなた達はベジャイアの商人という設定でしょう。

そんな衝撃を受けた顔をしてちゃ駄目よ。

聖地だと信じていたんだもんね。

シュタルクにいる神官達は、ペンデルスはまだニコデムスの国だと話していたんでしょ？

「ニコデムスが私を聖女扱いしているってご存じ？」

「え？　ああ、それはもちろん」

「私ね、自分は聖女じゃないのにって、ずっと嫌な気持ちだったの」

「……そ、そうなんですか」

「でも今はね、ある意味聖女かもしれないって思うのよ」

イヴァンに顔を向けてにっこりと微笑んだ。

「ニコデムスをこの世界から殲滅《せんめつ》する役割を担った聖女だと思わない？」

カザーレもイヴァンも何も返事をしてくれず、会話が弾まないまま食事が終わった。

急に食欲がなくなってしまったみたいで、デザートがなかったのよ。

でも、体調が悪そうな顔をしていたから、仕方ないわね。

彼らも船酔いしたんじゃないかしら？

「イヴァンてやつ、話の途中で海に沈めてやろうかと思った」

カミルとデリルが奥の部屋から出てきた。

いつの間に戻ったのよ。

「カーラ、あんなやつは気にするなよ」

カーラがお腹を押さえながら俯いているのを気にしてデリルが言うと、彼女は慌てて顔をあげて手を横に振った。

「気にしてなんかいないわ。あの話を聞いてむっとして、わざとらしく咳払いをしてやろうかと思ったのよ」

「え？」

「そしたらお腹の筋肉が痛くて、ディアと運動しすぎたせいだと気付いておかしくて、でも笑ったら駄目でしょ？　それに笑うともっとお腹が痛いの」

「……姉上」

今回は、みんなの残念そうな眼差しをカーラが独り占めよ。

私のせいじゃないわよ。

私は無理しちゃ駄目だってちゃんと言ったから。

閑話　危険な船旅

「おまえは何を考えているんだ！」

部屋に入るなり、カザーレはイヴァンの襟を掴んで絞め上げた。

「妖精姫は友人を大切にしていると何度も話しただろう。なぜわざわざ怒らせるようなことを言ったんだ」

「くる……はな、せ」

「まさか、料理にクスリを入れてないだろうな！」

カザーレの視線を受けて、従者としてあの場にいたふたりは何度も首を横に振る。

イヴァンも首が絞まらないように襟を両手で掴みながら首を横に振った。

「くそ。ペンデルスにニコデムス教徒がいないってどういうことだ？」

吐き捨てるように言いながら、カザーレはイヴァンから手を離しどさっと椅子に腰を降ろした。

急に手を離されたイヴァンはよろめいて机にもたれかかり、首をさすりながらカザーレを睨んだ。

「あの女が本当のことを言っているとは限らないだろう。いくら見た目がよくても、あんな品のない女だったとは。ルフタネン人なんかと婚約するはずだ。そもそもなんで精霊達が魔法を使えているんだ？　魔道具をつけさせるという手筈だっただろう」

「魔石が割れたんだ」

「え？」

「妖精姫が触っただけで魔石が割れたんだよ！　二個も！」

ガンッとテーブルを叩きながらカザーレが言うのを聞いても信じられず、イヴァンは他のふたりに確認するために顔を向けた。

「本当です。指で摘まんだだけで魔石が砕けたんです」

「そ、そんな力が……」

「安い魔石は割れてしまうと言っていました。でも確か妖精姫対策に大神官が高価な魔道具を貸してくれたんですよね」

「そ、そのはずだ。まさかあんな少女が魔石を砕くなんて……おい！」

イヴァンは机に手をついてカザーレを睨みつけた。

「そんな馬鹿力女をシュタルクに連れて行って平気なのか⁉」

「いや……腕力では……」

訂正しようとした男をもうひとりが止めた。

平民の彼らに間違いを指摘された時、イヴァンが余計に怒ることを知っているからだ。

「連れて来いと言われているんだから仕方ないだろう」

「聖女で王太子殿下の運命の相手が、あんな女だと？　暴れられたらどうするんだ！」

「大きい声を出すな。海上でもここはまだ帝国だ。水の精霊王は妖精姫を可愛がっていると有名だろう」

「信じられん。あんな生意気な女を気に入るなんて。精霊王や皇帝の前では可愛い女の振りでもしているのか？」

「俺に聞くな」

妖精姫が生意気だったのではなく、イヴァンの態度が悪かったんだろうとカザーレは心の中で呟いた。

あれだけの容姿と頭のよさ。度胸もあって愛嬌もある。

味方だとしたら非常に頼もしい女性だ。

ただし敵にしたら……。

化け物並みの魔力のおかげで精霊王に好かれたのか、精霊王に好かれたせいで化け物並みの魔力になったのかは知らないが、妖精姫はすでに人間じゃない。

シュタルクを救ってもらう予定なのに、本気で怒らせたら彼女に滅ぼされてしまう。

「妖精姫の精霊獣は凶暴だと聞く。あの女の性格を考えたらそれも当然だ。船内で暴れられたら船が沈むぞ」

「そっとしておくしかないだろう。俺達はシュタルクに連れて来いと命じられているだけだ。そこから先は、あんた達の責任だ」

「……大神官が港まで迎えに来るとおっしゃっていたと聞いて、なぜそこまでしてやる必要があるのかと思っていたが、あの女が危険だったからか」

大神官が来ても、妖精姫に対して何か出来るとは思えないとカザーレ達は思ったが、何も言わずに曖昧に頷いた。

「今のシュタルクを救うには、あのくらいの力がないと駄目なんだろう」

自分に言い聞かせるように言ったが、本当にそうなのか？　疑問が浮かびそうになるのを懸命に抑える。

もう彼女に頼る以外に、シュタルクを救う道はないのだ。

「カーラと言ったか、あの女の方は大丈夫なんだろうな。クスリは？」

「本人は船酔いだと思っているようだが、クスリが体に合わないんだろう。吐いてしまった」

「魔道具は無駄にするし、クスリは駄目だし！」

怒鳴ろうとして不意に黙り、イヴァンは声を潜めた。

「まさか、妖精姫に気付かれているんじゃ」

「…………だったらなぜ船に乗ったんだ？」

その先がわかっているのにわかりたくなくて黙っていると、

「ニコデムスを滅ぼすために？」

ディアドラの精霊の話に興味を示していた男がぼそりと呟いてしまった。

「ま、まさか……」

もしそうだったとしたら、自分達はシュタルクを滅ぼす元凶を招き入れることになる。

だが今更もうどうしようもない。

「彼女達にはあの部屋の中でずっと居心地よく穏やかに過ごしてもらおう。イヴァンは会いに行くなよ。おまえは妖精姫に嫌われたぞ」

「会いになんて行くもんか。あの目を見たか。あれは少女の目じゃない。それより妖精姫とカーラを引き離すことは出来ないのか？　カーラを人質にすれば……」

「船ごと沈められる」

「…………くそ。もう俺は知らん。何も知らん」

妖精姫に会わせろと勝手に乗り込んで来たくせに、喧嘩を売って、今までの苦労を無駄にするところだったというのに、イヴァンは悪いのはカザーレだと言いたげな態度で不機嫌そうに部屋を出て行った。

「カザーレ、どうするんだ？」

残ったふたりは妖精姫の優しい面も見ているせいか、イヴァンほどには恐怖を感じていないようだ。

「おまえ達もあまり彼女には近付くなよ」

ペンデルスにニコデムス教徒がもういないという話が本当なのだとしたら……。

カーラに出来るだけ好かれて庇ってもらい、自分だけでも逃げ延びるしかない。

「ペンデルスの話は他言無用だ」

ふたりに念を押したが、彼らは金になるからついてきた平民だ。

ニコデムスになんの思い入れもないために、カザーレが何を気にしているのかわからないようだった。

それよりも妖精姫が威張り散らすイヴァンを相手にしなかった事と、平民にも態度を変えず精霊の育て方を教えてくれた事で好意を持っているようで、むしろそちらに危険を感じていた。

閑話　ベジャイア軍出陣

ディアドラがカザーレと面会した翌日の早朝、ベジャイアの国境近くの草原に七千のベジャイア兵が集結していた。

国境を越えて隣国に侵入し、王都を目指すにはあまりに少ない数だ。

なにしろ半数は、自分達のための食糧や隣国で不足している物資を、運搬する部隊とその護衛なのだ。

さらに残りの人数のうち五百人は、シュタルクの庶民の服装をした諜報部隊だ。

ただ、ほんの少し前から精霊を育てることに力を注ぎ始めたベジャイアの兵士にしては、精霊を連れている人数がかなり多い。

部隊長や指揮官クラスは、ほぼ全員が精霊を連れている。

彼らのほとんどが貴族であり、精霊の宿る大樹で自分の精霊と出会えた者達だ。

全部隊が整列を終えると、空中に風と火の精霊王が姿を現した。

帝国の精霊王に負けず劣らず、ベジャイアの精霊王達も人間の前に頻繁に姿を現すため、初めて精霊王を見る者達も話では聞いていて動揺したりはしない。

兵士達の正面にある木で組んだ檀上に光が集まり、まず革の軽装備姿のガイオが転移してきた。

もちろん彼には転移魔法は使えない。

これも精霊王達がお膳立てしてくれているのだ。

治水工事の現場や災害の起こった現地に顔を出し、平の兵士や庶民と一緒に泥だらけになりながら働くガイオの姿を、多くの兵士や庶民が目にしている。

風と水の精霊を連れた若き英雄は、貴族の中では居場所を失いそうになった時期もあるが、一般の兵士や庶民の間では今でも大人気だ。

彼が今回の軍勢を率いるとあって、兵士達の士気はかなり上がっている。

続いて姿を現したのは近衛騎士団長のビューレン公爵と、近衛の制服姿の騎士ふたりだ。

彼らは剣をいつでも抜ける姿勢で舞台前方に立った。

そして最後にバルタ一ク国王が登場すると、いっせいに兵士達から歓声があがった。

ニコデムスと手を組んだ先王を討伐するために決起した父親が戦死し、突然王位に就くことになってしまった彼は、初めは国を治めるということに慣れず、復興を思うように進められない時期もあったが、それはもう過去のことだ。

王はこうあるべきだという考えを捨て、気さくだが豪胆な性格のままに臣下や兵士と接するようになってからは、人気が急上昇している。

妖精姫と親しく、精霊王達にも気に入られているということも、彼の人気の一因になっていた。

短く刈り込んだ金髪の上に王冠をいただいた偉丈夫がマントを翻し、無骨な近衛騎士団長と若き英雄を従えて壇上に立つ様は、ベジャイア国民の抱く国王の理想像だ。

国王が軽く片手をあげて口を開くと、ぴたりと歓声がやんだ。

「王都を発つ時に、それぞれの指揮官からすでに厳重に注意を受けていることを、俺がここで繰り返すのはやめよう。それよりもここに妖精姫から皆に宛てられたメッセージがある。少女からの手紙なので一部文体的に俺が読むと違和感があるだろうが、そのまま読もうと思う」

少女からの手紙だと国王は言ったが、飾り気のない用紙は手紙にしては大きく、どちらかというと書類に見える。

国王の言葉を聞いて、ガイオは不安を隠せず眉を寄せた。

「勇猛果敢なベジャイア軍の皆さん。同盟軍として帝国と共にニコデムス教徒を名乗る犯罪者討伐にお力添えいただき感謝しています。ニコデムスのせいで国が荒れ、戦が起きてしまったベジャイアとしても、ニコデムスは敵。私からの感謝など必要ないのかもしれませんが、聖女に祭り上げられ、シュタルク王太子と無理矢理結婚させられそうになった身としては、復興の大事な時期だというのに勇猛なベジャイア軍が出兵してくださるというだけでも心強くありがたいのです」

兵士の中には王宮の大樹の傍で妖精姫に会ったことがある者もいる。

会話はしていなくても、遠くから見かけたという者も含めると、かなりの数の兵士が妖精姫を知っていた。

華奢でたおやかな雰囲気でありながら、春の日差しのように優しい笑顔の美しい少女だというのが、ベジャイア内での妖精姫の印象だが、見た目についてはどこの国でも印象は大概一致している。

ただし彼らは妖精姫の性格を正しく把握していた。

精霊王との約束を守らず、国を危険に晒した貴族に対する厳しい言動を目の当たりにしているからだ。

男尊女卑の傾向の強いベジャイアの考えのままに彼女に接し、痛い目に遭った男も何人もおり、彼女を怒らせた場合、本人からはぶっ飛ばされ、妖精姫をたいそう気に入っている国王や宰相によって厳しい罰を受けるという二段構えの報復が待っていた。

「今回の戦いは侵略ではありません。ベジャイアと同じくニコデムスのせいで国内の魔力が減り、土地が荒れ、作物が枯れ果てたシュタルクの、罪のない庶民を救うための聖戦です。倒していいのはニコデムス教徒と己の欲のために庶民を犠牲にしている一部の貴族だけです。その彼らも決して殺さず裁きを受けさせなくてはなりません。決して略奪などの行為はしないでください」

国王は言葉を切り、兵士達の顔を見回した。

ここにいるのは選び抜かれた精鋭達であり、もう何度も作戦の内容を聞いているために、どの顔にも不満の色はない。

「復興の進むこの時期に家族を残し家を離れる皆さんに、ベリサリオからもお礼をさせていただきたいと思っています。この聖戦が無事に終了した暁には、ベルトにつけられる小型のマジックバッグとフライを、それぞれに贈呈します」

ざわりとどよめきが走った。

帝国ならいざ知らず、精霊に関して遅れているベジャイアでは、貴族でもマジックバッグを持っている者など数えるほどしかいない。

それなのにフライとセットで全員にくれるというのだ。驚くなというのは無理がある。

「まだ精霊のいない方も大丈夫。この度の進軍では、進んだ先にある村々にニコデムス教徒がいないことを確認できた後、精霊と共存することを村の人たちが望むのなら、精霊王が祝福を贈り、木々を復活させ、作物が育つようにしてくれることになっています。その時にその地域の魔力が増えるので、多くの精霊が姿を現すでしょう。また、あなた方もずっと魔力の強い精霊王と行動を共にするのですから、少しは魔力が増えるかもしれません。こんなチャンスはなかなかないですよ！」

「……陛下」

「書いてあるまま読んでいるのだから仕方ないだろう」

最初のうちは真面目な内容だったのに、途中で飽きたのか、だんだん文体が崩れ始めている。

国王やベジャイアの高位貴族と会話する時でも、妖精姫はかなり砕けた口調なので、この方が彼女からの手紙らしいのではあるが、少女の話すような文章を大人の渋い男性が話すと違和感がひどい。

「日々の生活に苦しんでいるシュタルク民の前で、他国民の自分が精霊を得てもいいのかと心配したそこのあなた！　大丈夫です。心配無用です。むしろ彼らの前で魔力を放出し、やり方の手本を見せてあげてください。そして、精霊と力を合わせればよりよい生活が送れることを教えてあげてください。誤解しないでいただきたいのですが、精霊を育てることは義務ではありません。育てたくても出来ない方もいるでしょう。そういう方が差別を受けるような世界にはしたくありません。でも育ててみたいと少しでも思うのであれば、行く先々で木々に向かって手を伸ばし、魔力を放出してみてください。あなたの相棒になる精霊が待っているかもしれませんよ」

もう一度言葉を切り、少しだけ迷うそぶりを国王が見せたので、ビューレン公爵とガイオは不思議そうに目を見交わした。

「くどいようですが、くれぐれも無益な殺生や略奪はしないでくださいね。私もせっかくの精霊の宿る大樹を薪にはしたくありませんから。よろしくね」

「……薪」

誰も笑う者も怒る者もいない。

その場の雰囲気が一瞬で重くなった。

彼女ならやる。

間違いなくやる。

「あいつ、最後にとんでもないことをぶち込んできたじゃないですか！」

「落ち着けガイオ。略奪をしなければいいだけの話だ」

「しかし」

「まあ聞け」

ガイオの肩を叩きながら、国王は兵士達の方に向き直った。

「俺は、妖精姫は鏡のような存在だと思っている。誠意をもって接すれば何倍もの誠意を返してくれるが、悪意をもって接すれば必ず痛い目に遭うだろう。だがベジャイアは本当に誠意をもって接することが出来ていたか？　今はもちろん出来ている。俺を含め多くの者達が彼女に好感を持ち、友人として誠実であろうと思っている。しかし当初は、我々は何度も失礼なことをして彼女を傷つけ怒らせてしまっていたのだ」

「……」

黒歴史を持つガイオは居心地悪そうに首筋を撫でた。

今振り返ると、初対面の時の自分はなんて怖いもの知らずな態度だったのかと、今でも首筋がひやりと冷たくなる時がある。

「それでも彼女はベジャイアの現状を見にこの地を訪れ、復興のために精霊の宿る大樹を贈ってくれた。我々はその恩に今こそ報いるべきではないのか？」

おーっと空気が震えるような声が兵士達から発せられた。

妖精姫の訪問がベジャイアの未来を大きく変えたことを、もはや誰も疑ってはいない。

彼女はベジャイアにとって救いの女神だ。

そこに更に今回は精霊が手に入るチャンスがあり、マジックバッグにフライまでもらえるのだ。

兵士を辞めても新しい生活を始められる。

農業でも復興のための工事でも、きっと大活躍出来るだろう。

ついこの間まで絶望しかなかった彼らの未来は、今ではどんどん明るくなっていた。

「いいかおまえ達。妖精姫は自ら囮《おとり》になって船でシュタルクに向かうことになっている。ぼやぼやすんなよ。彼女がシュタルクに上陸したらすぐに合流出来るように突っ走るぞ！」

ガイオの威勢のいい声に、また大きな歓声があがった。

「彼女に冷ややかに出迎えられたくはないだろう。さすがベジャイアの兵士達だと笑顔で会えるように、それぞれの任務を全うしろよ。これだけ言っても余計なことをしやがったやつは、精霊王や妖精姫の手を煩わせる価値もない。俺が叩き切る！　いいな！」

片手を天に突きあげ高らかに声をあげ、ベジャイア軍はガイオを先頭に国境を越えてシュタルクに進軍を始めた。

まずは諜報部隊が行く先の村々で、ベジャイア軍の目的を知らせ、村人を襲うことは禁止されていること、不足している物資が配られることを伝えたため、特に混乱なく村人たちはベジャイア軍の通過を見守ることが出来た。

風の民とオベール辺境伯の合同軍と合流すると、シュタルクの精霊王も初めて人間の前に姿を現し、シュタルクをニコデムスの魔の手から解放するための軍隊らしくなってきた。

想像以上に荒れ果てたシュタルクの様子は、今まさに復興に奔走しているベジャイア兵には他人事ではない。

そのあまりに過酷な状況を目の当たりにして略奪に走る兵士などなく、物資を配り、精霊王の祝福で奇跡のように元の豊かな土地に変わる村を見て、シュタルク国民と共に涙を流して喜ぶ者もいたという。


ニコデムス教徒を名乗る犯罪者を全て捕らえ裁きを受けさせたこの進軍は、妖精姫の心温まる手紙のエピソードと共に、無血聖戦として何世代にも渡り後世に語り継がれることになる。

薪？

そのような単語はこの物語には一切出て来なかった。

準備万端

私の話に動揺したのか、私を怒らせたことに動揺したのかはわからないけど、翌日の朝食は入り口まで運んできて執事に渡しただけで、誰も部屋の中までは入ってこなかった。

持ってきたのは、何かとカザーレが連れて来ていたふたりだ。

事情を知っているふたり以外と私達が接触しないようにしているのかもしれない。

カザーレ側は今後の対応に頭を悩ませているだろうけど、反対にカーラの方はどんどん生き生きと元気になっている。

筋肉痛すらも楽しんで、お肌も髪もつやつやだ。

「椅子に座るのがこんなにつらいなんて。あ、いたたた」

「姉上、いったいどんな運動をしたんですか」

「運動をするのがひさしぶりだったのよ。今の家は小さいからあまり歩かなくなったし、階段の上《のぼ》り下《お》りもなくて、だいぶ不健康な生活をしていたのね」

今日は精霊獣を顕現していいことにしたの。

もう寝室は必要ないから家具をしまって、精霊獣が走り回れる広い空間を作ったので、そこで順番に遊んでいる。

カーラの精霊獣は九尾の狐で、小型化しているとデフォルメされたキャラクターのように丸っこくて、ふさふさした尻尾の重さのせいでバランスが悪いのか、走るとコロコロ転がってしまう。

浮いて移動する方が彼らには合っているようだ。

大型化すると神聖ささえ感じられるような、美しい姿になるとは思えない可愛さよ。

ハミルトンの精霊獣は、ノーランド地方に生息している魔獣の血を引いている猟犬にそっくりで、どこかで見たことあるなあって思ってウィキくんで調べてみたら、前世のピットブルという犬にそっくりだった。

もっとごつくして黒くした感じなんだけど、こちらも小型化している時はコロコロしていて、細くて短い尻尾をぶんぶん振って走っている様子なんてぶさ可愛くて、いくら見ていても飽きないわよ。

「お嬢、カザーレが来ました」

面会に来たカザーレは、目を細めてうんざりした顔つきで私の周りに陣取っている精霊獣を見下ろした。

カーラの精霊獣が走り回っているのを見て、眉を寄せたのを見逃していないわよ。

「夕べはイヴァンが失礼しました」

「謝る相手は私じゃないし、これから結婚する相手が侮辱されているのに、あの男を放置したあなたの態度の方が問題よ」

「……お客人の前でしたので。あとで注意しました」

「つまりカーラの気持ちより、あの男のメンツを優先させたのね」

毎回私に言い負かされているせいで、カザーレは私のことがだいぶ嫌になっているようだ。

シュタルクに着くまでの辛抱だと、どうにか我慢しているんだろうな。

「ああ、そういえばあなたがカーラに贈った腕輪ね、私達に渡そうとした腕輪にどのくらい似ているのか確認しようとしたら、石が割れちゃったの」

「え⁉」

「あれも魔石だったのね。なぜそんなに魔石を使っているのかしら。普通は宝石のアクセサリーを贈るわよね」

「それは……商売で魔石を取り扱っているので……」

「ああ、なるほどね」

つまり仕事で安く手に入れられる物をプレゼントにしやがったんだな、という台詞は飲み込んだ。

あまり追い詰めちゃ駄目なのよね？

逃げ道は作った方がいいんでしょ？

もう遅いような気もするけど。

彼はいつもその場の思い付きで言い訳をしているから、突っ込みどころ満載なのよ。

これでカーラに惚れているという話を信じたら、私達はだいぶ間抜けだと思わない？

「カーラ、今日は船酔いしていないんだね」

カザーレは私の相手をするのはやめて微笑みながらカーラに近付こうとして、狐達に行く手を塞がれた。

「そうなの。昨日はなんだったのかしら。今日は朝から調子がいいのよ」

膝の上に風属性の精霊獣を乗せて微笑むカーラは、私と一緒に選んだドレスを着て、薄く化粧もして、とても綺麗。

今日は大事な決戦の日だもの。

多くの人に会うことになるんだから、綺麗にしないとね。

私ももちろん白にターコイズブルーの模様の入った動きやすいドレス姿よ。

移動距離が長くなるんだから、歩きやすい靴も選んだわ。

「それはよかった」

いやよくないだろ。

あんたのクスリのせいで昨日は体調が悪かったって設定なんだから。

そのへん、ちゃんと気付いてるよね？

「よかったら、少し甲板を散歩しないか？　それか私の部屋で話をしよう」

「よくないわ」

ぶほってハミルトンがお茶を噴き出した。

「最近のあなたはいいところが全くなかったところに、夕べのあの男の態度でしょ？　故郷を離れてベジャイアに行っても、あんな態度を取られるかもしれないなんて、しかもあなたはまったく私を庇ってくれそうにないなんて、あなたの申し出を受けたことを後悔してるの」

「そんなことはない。彼にはきちんと苦情を入れたよ。もうあんなことは言わせない」

「言葉で何を言われても信用しないわ。ベジャイアで周囲の人に対してどんな態度を取るのか、私をどんなふうに紹介するのか、それで信用出来るかどうかは決めることにする。それまではディアの傍を離れたくないの。あなたとふたりだけになるのもごめんよ」

もうここまで来たら、カザーレに惚れている演技なんていらないからね。

無事に私をニコデムスに渡すまで本気で怒らせてはいけないのはカザーレの方で、私達はカザーレがどう思おうと気にする必要はないのよ。

「カーラ、たのむ。もう一度チャンスをくれないか。話し合おう」

「話し合いは無駄だって言ったでしょ。商人は口が上手いから、誤魔化されるのは嫌なの。ベジャイアに着くまで私のことはほっといて」

ふんと横を向いて立ち上がり、カーラは奥の部屋に引っ込んでしまった。

バタンという扉が閉まる音が響いた後、なんとも言えない静寂が部屋を包み込んだ。

いくら敵だからといって、この状況で嫌味を言って虐めるのはせこい。

でも慰めると、余計にカザーレはいたたまれない気持ちになるんじゃない？

こういう時はどういう態度をするのが正解かわからなくて、ハミルトンはどうするんだろうとちらっと見たら、彼も困っているようで、先程噴き出してこぼしてしまったお茶をルーサーが拭く様子を、とても真剣な顔つきで見つめていた。

ルーサーは無表情よ。

自分は執事ですから、一切関知しませんからって感じ。

「私は……これで……」

もごもごと何か呟いてカザーレは出て行った。

役に立たない仲間か自分の演技の下手さを恨んでよ。

私はいびってないからね。

おそらく彼も、もう私達が彼を信用していないとわかっているだろう。

どこまで気付いているのか心配しているんじゃないかな。

でも私達の方は計画通りに進んでいるので、それから二時間後、私は予定通りひとりでドアを開けて部屋の外に出た。

船から陸の様子は見えないけど、そろそろベリサリオ沖を走行中のはずだ。

「あ」

まさか私が出てくるとは思わなかったんだろう。

扉の左右にひとりずつ立っていた男達が、勢いよく寄りかかっていた壁から身を起こして姿勢を正した。

「あなた達は何をしてるの?」

「な、何か御用の時にすぐに動けるように待機していました」

嘘をつけ。

誰も部屋から出さないように監視していたんだろうが。

「そう。ごくろうさま」

興味なさそうに前を向き、そのまま部屋を出て歩き出す。

「あの、御用があれば伺いますよ」

「どちらに行かれる気ですか？」

もう少しましな人材はいなかったのかな。

脅すのは慣れていても、礼儀正しく説得するのに向いている男達じゃないんじゃない？

「海を見たいだけよ。どこにも行かないわ」

「あ、そうなんですね」

アンニュイな……私が思うアンニュイな雰囲気で遠くに目を遣りながら、髪を手で押さえてふらりと手摺に近付く。

「……雲が」

なかった。

晴れ渡った青い空が広がっていた。

「は？　何か言いました？」

「おかしいわね。雲がなくて、風も穏やかなのに……」

唇に軽く指先を押し付け、微かに眉を寄せて黙り込む。

噂で私の性格を聞いているかもしれないけど、初対面のふたりは困ったように顔を見合わせて、私の次の言葉を待った。

「もしかしたら気のせいかしら。でも、私の予感は当たるのに……」

「え？　どうしたんですか？　何かまずいことでも？」

「そうなの。たぶん信じてもらえないでしょうけど」

よくわからないけどたぶんアンニュイな雰囲気継続で、頬に手を当ててため息をついた。

「たぶんもう少ししたら霧が出てくるわ」

「霧？　いや、え？」

「この時間にですか？」

「そうよね。おかしなことを言っていると思うでしょ？　でも私の予感はいつも当たるの」

ふたりを上目遣いに見上げて、ぱちぱちと瞬きをする。

こういうのに男性は弱いって、どこかで読んだ気がするのよ。

最近はもう儚げな雰囲気なんて消え失せていそうだし、威圧感が出てきて守ってあげたい系野生児ではなくて、怒らせてはいけない系野生児になっているってエルダに言われちゃったんだもん。

「ベリサリオ付近ではごくたまにあるの。とても深い霧で危険だし、魔獣も出る時があるのよ」

「妖精姫の予感なら当たるんじゃないか？」

「そうだよ。これは注意するように報告しないと！」

「信じてくださるの？」

「もちろんですよ」

「霧の中の走行は危険かもしれませんけど、船の近くに黒い影が見えたら魔獣かもしれないから、決して船を停めないでくださいね」

「伝えます！」

「よろしくね」

ふたりに微笑んで見せてから部屋に戻る。

よし、疑われていないな。

よくやった私。

「あー、もう話しちゃったか」

カミルの声が衝立の向こうから聞こえたので、急いで中を覗いたら、まるで自分の部屋のように大きな態度で、カミルとアランお兄様がソファーで寛いでいた。

「アランお兄様!?　来てしまって平気なんですか？」

「陛下が心配だから様子を見て来いっておっしゃったんだよ」

あの陛下、ベリサリオに甘すぎるわよ。

「まったく心配いらないみたいだな」

「霧の話をしに行ったんだって？」

ふたりの前の席に腰を降ろしたらすぐに、今度はカミルが話しかけてきた。

カーラとハミルトンはふたりに席を譲る感じで、奥のひとり掛けの席に座っている。

遠慮しなくていいのに。

「そうよ。もう予定の時間でしょ？」

「それが予想していたよりこの船は遅くて、海峡に到達するには早くてもあと三時間はかかるそうだ」

「ベジャイアの船ってば駄目ね。ベリサリオの船ならもう海峡についているわよ」

「精霊獣に手伝ってもらって走行している船と一緒にするなよ」

まあいいわ。

何時に霧が出るとは話していないから。

適当に精霊王が霧にしてくれるでしょう。

「じゃあ僕は戻るよ」

「え？　もう？　わざわざ来たんですもの、ゆっくりしていけばいいのに」

「そうは言っていられないんだよ。皇都で心配している人達を安心させないと。あ、そうだ。陛下がね、おまえ達が怪我をするくらいなら、シュタルクが滅んでもいいぞって言ってたよ」

「よくないわよ。でも気持ちだけはありがたくもらっておくわ」

「それじゃ」

笑いながらアランお兄様は転移魔法で帰って行った。

来る時はカミルが手伝ったはずなので、彼は皇宮まで行ったり船に戻ったり、慌ただしく働いていることになる。

カミルもベリサリオに甘いなあ。

「もう向こうの部屋にこの船を制圧する部隊が控えている」

カミルが親指で指したのは、男性用の寝室に使用していた部屋だ。

「もう？　お菓子は出した？　椅子は足りてる？」

「客じゃないから、放っておいてかまわない」

えー、あと三時間以上待機なのに？

気になるわよ。

この船への転移はシロとクロのコンビの力を借りるのが確実なので、カミルが指揮するルフタネンの兵士に任せることになった。

他にもルフタネンの兵士には大切な役割がある。

彼らだけはひと目でルフタネン人だってわかるでしょ？

精霊獣を連れたルフタネン人なら、軟禁する人の屋敷に突然現れて助けに来たと話しても、ニコデムスの罠だとは思われない。

だからシュタルク人とチームを組んでもらって、船が港についたらすぐに王都を目指してもらう手筈になっているの。

「いいか。作戦通りに、すぐに俺を呼ぶんだぞ。ひとりでやろうとするなよ」

カミルは心配性だなあ。

「まかせなさい。カーラ、ハミルトン、そしてみんな、あなた達は自分の身を守ることを何よりも優先してね。そのためには相手に攻撃することもためらわないで。精霊獣を大型にしてもよし。人質にされないように、出来るだけばらけないで動いて。でも捕まっても平気だから慌てないで。私の仲間を人質にしたやつは、後悔させてやるから」

立ち上がって拳を握り締めた手をつき出した。

「カミルもやって。みんなも」

カーラやハミルトン。執事兄弟にジェマとミミも加わって、全員で円陣を組んで拳を合わせる。

不安そうな顔をしている人も怖気づいている人もひとりもいない。

「誰ひとり怪我することなく、ニコデムスをぶっ飛ばすわよ。あ、あまり私の傍に寄らないでね。敵への攻撃がみんなに当たると怖いから」

「どんだけ派手にやる気なんだよ」

カミルがぼそっと呟いて笑いが起こる。

おとなしくしている時間はもう終わり。

そろそろ相手も本性を見せてくるだろう。

ぼっこぼこにしてやるわよ。

行動開始

妖精姫の予感なんて当たらないじゃないかって、船員に噂されるのはかまわないのよ。

でも円陣を組んでさあ行くぞって意気込みだったのに、待機状態が続いているってカッコ悪いじゃない。何回も窓の外を確認しちゃったわよ。

窓の外が暗くなってきたのに気付いたのは約一時間後。

そこからはあっという間に深い霧が出て、白く煙《けむ》って何も見えなくなった。

このままみんなでお昼ご飯を食べることになったら、間抜けすぎて恥ずかしい思いをするところだったから、ホッとしたのは私だけじゃなかったはず。

「よし。そろそろね」

「ドレスで屈伸はやめませんか」

レックスに言われたけど気にしない。

ようやく動けるのよ。

「霧がひどくて危険なので、近くの港に避難しました」

カザーレが部屋に来たのは、それから二十分くらい経ってからだ。

お腹がすいてきて、クッキーに噛り付いていたところよ。

白いシャツに茶色い革のベストとパンツ姿のカザーレは、商人というよりは船乗りに見える。

「降りていただくので、必要な荷物だけ持ってついて来てください」

もう私と会話したくないのかもしれないけど、それだけじゃちっとも説明になっていないでしょ。

出航してからの時間を考えれば海峡にさしかかっていたのは確実なんだから、この近くの港といったら、ベリサリオかシュタルクの港しかないじゃない。

ベリサリオの港に行くなら私に話さないのはおかしいし、シュタルクの港に降りろって言うのなら、余程の理由がないとおかしいのよ。帝国とシュタルクが国交断絶していることを、商人のカザーレが知らないはずないんだから。

でも私達の目的も、ニコデムスに騙されてシュタルクに連れて行かれたという形で乗り込むってことなので、ここはおとなしく上陸してあげようじゃないか。

「はーい。みんな、大事な物は忘れないでね」

「姉上、ショールを持っていった方がいいですよ」

「ありがとう」

カザーレも自分の言っていることはおかしいってわかっているのよね。

だから私達が何も言い返さないで上着だけ羽織って、さあ行くぞって部屋の出口に向かう様子を見て、気味悪そうな顔をしていた。

「行かないの？」

「あ……いえ、行きます」

「うわ、霧がすごい」

昼間なので白く曇ってはいても足元が見えないなんてことはないけど、ちょっと離れると誰だか判別出来ない状態だ。

それでも扉を挟んで左右に男がふたりずつ立っているのはわかった。

「彼らは何？」

「視界が悪いので、間違って海に落ちないように警戒してもらっているんですよ」

ふーん。腰に剣を帯びて？

もうシュタルクに到着したから、怪しまれてもかまわないと思ったのかな。

本当にずさんな計画だわ。

私もいい加減に、何も気付いていないい演技をするのが面倒になってきているのよね。

「そんなに危険なら船室にいた方がいいんじゃない？　船を降りる必要はないわ」

「霧が出た夜には天候が荒れることがあります。揺れる船内より陸で休む方が安全です」

港に錨《いかり》を降ろしているのに、海が多少荒れたくらいで危険な船で航海したくないんですけど。

「ディア？　行かないの？」

私がドアを出たところで足を止めたので、他の人達が部屋から出られなかったんだね。

ここでカザーレに嫌味を言うのは時間の無駄だわ。

「止まっちゃってごめんね」

笑顔でカーラに声をかけてから部屋を出て、おとなしくカザーレについて行くことにした。

「薄暗いから明かりが欲しいわね。精霊達、よろしくね」

いっせいに精霊達が強く光り始めたので、多少は周囲が確認しやすくなった。

私達の部屋に食事を運んできていた男達は、カザーレの店の店員だそうで、多分一番信用しているメンバーなんだろう。

そのうちのひとりとカザーレが前を歩いて、彼らの後ろに私がついて、私の後ろにハミルトンとカーラが身を寄せ合って歩いていく。

その後ろがジェマ、ミミ、少し間を空けてレックスとルーサー。

そして、彼らの後ろに三人の男がついて来ているようだ。

海は横だから、落ちるのを警戒するなら横に並びなさいよ。

霧が深くて、カザーレの前にいる男の背中も霞んでしまうし、後ろを振り返っても、見えるのはカーラ達の後ろにいるジェマまでだ。

ただ精霊だけはぼんやりと光って見えるので、レックスやルーサーがどのあたりにいるのかはわかる。ミミもふたりと近い位置にいるようだ。

三人の精霊が忙《せわ》しなく空中を動いている様子からして、もしかして敵は、途中で後ろの何人かに背後から襲い掛かって殺そうと計画していたのかもしれない。

でも精霊が動き回って、ちかちかと明るくなったり暗くなったりするので、なかなか隙がないんだろう。

「ここはどこの港なの？」

「妖精姫はご存じないと思いますよ」

「だから？　私が知っているかどうかは関係ないでしょ。どこの港なの？」

「……」

無視かよ。

背中を蹴ってやろうか。

船から降りる階段は広い甲板を横切った先にある。

霧のせいで見難《みにく》いけど、うっすら見える人の形と気配を合わせて、全部で二十人くらいかな。歩いている私達を見ている人間がいるでしょ。

更に階段近くにイヴァンを含む三人の男が待っていた。

「どうしました？」

階段よりだいぶ手前で私が足を止めたので、気付かずに歩いていたカザーレが慌てて戻ってきた。

あまり、みんなとの距離が空きすぎるのは危ない。

出来るだけ固まって動きたいわ。

「後ろはついて来ている？」

「全員いますよ」

ジェマに聞くと笑いを含む声が返ってきた。

なんだろう。

ミミもレックスもルーサーもちゃんといるよね。

あれ？　執事達の後ろにいたはずの三人はどうしたの？

「お嬢、何かありましたか？」

「その男が失礼なことでも言いました？」

レックスとルーサーが、実にいい笑顔すぎてちょっと引く。

ミミもいい仕事をしたぜと言いたげに、腕まくりしていた袖を直していた。

私みたいに強い言葉を言うだけの人間なんて怖くないのよ。

本当に怖いのは、こういう無言実行の人達よ。

「……あなた方が降りないと、船員達が降りられないんですよ」

「はいはい。行くわよ」

カザーレの顔がひどくて、私も笑いそうになってしまった。

なんで執事達が残っているんだよ。あの三人はどうしたんだよって言いたいけど言えないのよね。

駆けていく足音が聞こえたから、確認に行ったのかな？

「霧のせい？　少し湿っている」

「足元に気を付けてくださいね」

階段は狭いので、一列に並ぶしかない。

カザーレに続いて階段を降りようとして、

「きゃっ」

背後からカーラの悲鳴が聞こえた。

「どうしたの？」

足を止めて振り返り何歩か戻ろうとしたら、私とカーラの間に船員の男が立っていた。

カーラを押し退けて無理矢理割り込んだな。

「どいて」

「止まらないで進んでください」

「どいて」

「わがままを言わないでくれませんかね」

背が高くて筋肉質の男は、にやにやと笑いながら私を見下ろしている。

「みんな顕現して。イフリー、この男をどけて。逆らうようなら海に落としてもかまわないわ」

「なっ」

突然自分のすぐ横の空中に精霊獣達が姿を現し、その中でも一番大きいイフリーが前足を振り上げたので、男は転びそうになりながら慌てて横に移動した。

「妖精姫、船を降りる間くらい……」

『それ以上ディアに近付いたら死ぬよ』

背後でカザーレはジンとガイアに囲まれているようだ。

「カーラ平気？」

「ええ」

船員達は他の人達の間にも割り込んで、ひとりひとり分かれさせて排除しようとしていたようだ。

私の精霊獣が明かりを灯す魔法を使って照らしてくれた時には、もう全員が精霊獣を顕現させていて、その外側を男達が取り囲んでいた。

「まあ、これはいったいどういう状況かしら？」

カザーレに向き直り、笑顔で首を傾げる。

「……階段を降りるために並ぼうとしていたんですよ」

「私達の間に割り込んで？　ずいぶんと失礼なことをするのね。ジン、大型化していいわよ」

ジンは大型化しても小型化している状態のイフリーくらいの大きさだけど、緑色を帯びた光に輝く漆黒の毛並みがとても綺麗なの。

それになんといっても素早い。

瞬間移動したんじゃないかと疑うような速さで移動して、離れた敵でも倒してくれるわ。

「カーラもハミルトンも必要なら大型化してね」

「ええ」

「うん」

ふたりとも落ち着いているな。

これなら大丈夫そう。

「こんな場所で精霊獣を顕現しないでください。船員達も船を降りるために集まっているだけです」

「夕べ、貴族に対する態度がどうのと言っていたくせに、あなた達の態度は無礼じゃない？　カザーレ、さっきの質問にまだ答えていないわね。ここはどこの港？　答えないなら船を降りないわよ」

「……ここは」

「何を騒いでいるんだ」

カザーレを押し退け、苛立った様子でイヴァンが前に出てきた。

「早くしていただけませんかね。あなたのせいでみんなが迷惑しているんですよ。急いだ船員がちょっと割り込んだだけでしょう？　その平民の女が大袈裟によろけただけだ。この状況でも気丈な態度なのは結構ですが、自分の置かれた状況を考えたらいかがです」

「平民平民って、あなたは自分がよっぽど偉いと思っているようだけど、滅亡しかけているシュタルクの子爵家の五男でしょ？　なんて家だったかしら。聞いたこともない家だったから忘れてしまったわ。カーラはノーランド辺境伯の姪で、皇帝陛下の婚約者の従妹なのよ。彼女を侮辱すると皇帝陛下が黙っていないわよ」

「うるさい！」

「落ち着けイヴァン」

カザーレが止めようとしても、イヴァンは頭に血が上っているようで聞いちゃいない。

まずふたりとも、私がシュタルクの貴族と言ったことに突っ込みを入れようよ。

「もうここは帝国じゃない！　おまえ達はもう帝国には帰れないんだから、何が起こったか皇帝にはわからないさ！」

あー、言っちゃった。

「イヴァン、黙れ！」

「その平民は縛って引きずっていけばいいんだ。妖精姫だって、帝国に帰れなけりゃ身分なんて関係ない。僕を馬鹿にするな！」

地団駄踏むって、こういうことを言うのよね。

駄々っ子かな？

「シュタルクは最古の歴史を持つ由緒正しい国家なんだ！　僕はその国の貴族なんだぞ！」

「カザーレ、なんでこんなの連れて来たの？」

「……いや……あの」

私達が誰ひとり驚いていないことに、カザーレの方が驚いている。

私達が騙されていると本気で思っていたの？

そっちにびっくりよ。

「早くそっちの男達を片付けろ！　ルフタネン人の女もだ！」

イヴァンが怒鳴るけど、精霊獣がいつでも魔法をぶっ放せる状態で睨んでいるのに、近付けるわけがないじゃない。

「何をしてるんだ！　僕の命令が聞けないのか！」

うるさいなあ。

「シロ」

『はーい！　呼ばれた！　ディアは呼ぶのが早いから好き！』

「五番目の精霊獣⁉」

突然姿を現した白く輝く精霊獣を見て、カザーレが呆然と呟いた。

「あれって出来るのかな？」

『あれが何かわかんないけど、たいていのことは出来るって』

「そっか。じゃあねえ、あんなお馬鹿さんは」

びしっとイヴァンを指さした。

「石になーれ」

私の明るい声が船上に響いた。

甲板での攻防

いやあ、瑠璃ってばすごいわ。

効果音もエフェクトもなく、私が言葉を最後まで言い終わるより早く、イヴァンは石になっていた。

ベジャイア城で石にされた人と違って青味がかった色なのは、瑠璃の好みかしら。

「は？　なに⁉」

「う、嘘だろ」

私以外、人間が石になるところを見たことがある人はいなかったみたい。

戦闘力に自信がある男達は剣を抜いて向かってくる相手より、こういう攻撃のほうがこわいでしょ。

人数的にも絶対勝てると思っていたのに、突然自分達がやられる立場になって大慌てよ。

「石になってもまだ生きてるからさわらないでね。砕けちゃったら、中の人が死んじゃうわよ」

本当に石にされているのか確かめたくて、背中に触れたり軽く叩いたりしている人達がいたので注意してあげる私ってやさしいと思わない？

でもいっそ死んでいる方が彼らとしてはよかったのかもしれない。

この状況で今後ずっと生きていかなくちゃいけないと思っているんだろうな。

砂にしちゃったらさらさらって風に飛ばされてそれで終わりだけど、石は人間に戻せるのに、カザーレ達はそんなことは知らないから、霧の中で顔色が真っ白になっていて余計に表情が判別しにくいわ。

「いったい何をしたんだ！」

カザーレの声はひっくり返って悲鳴のようだ。

船員やカザーレの部下達は、逃げるべきか、人質を取るべきか、いっそ私を殺すべきか迷っているみたい。

「私の仲間に近付いたら石に……」

「ぎゃー。本当に石だ！　石になった！」

「冗談じゃねえ！　こんなのやってられるか！」

どうやら私の注意を聞かないうちに、パニックになった男が見た目の弱そうなミミに飛び掛かろうとして石にされたらしい。

それを近くで見ていた男が喚《わめ》いている。

船の奥に逃げ出した男は、私達の部屋に待機しているルフタネン兵に捕まるだろうからほっとこう。

「私ね、ずっと不思議だったんだけど、精霊王が私の後ろ盾になっていることは知っているわよね。それなのに私をシュタルクに連れて来ようとするニコデムスは、何を考えているの？　私がこんなところにいたら、精霊王達が心配して見守ってくれているのなんて当たり前だと思わない？」

精霊王と聞いて、今にも逃げ出しそうな様子で男達はきょろきょろしだした。

かくれんぼしているわけじゃないんだから、どんなに周りを探しても見つからないわよ。

「さて、これで落ち着いて話が出来るわね。カザーレ、ここはどこの港？」

「………」

顔色が悪いなあ。

もしかして震えてる？

「う、うわーー！」

「たすけ……」

私が一歩近づいただけで、カザーレの傍にいたふたりの男達が慌てて階段を駆け下りようとして、途中で石にされていた。

彼らは黄味がかった石になったから、違う精霊王がやったのかも。

「邪魔だから石は海底に沈めておいて。残りの人生は魚を眺めて過ごしてもらいましょう」

「な……な……」

全ての石像がいっせいに消えたのを見て、敵は全員すっかり戦意喪失してしまっている。

腰を抜かして座り込んだまま、出来るだけ私から離れようと後ろにずりずり下がっていくのはやめなさいよ。情けないなあ。

うちの執事やミミの命を狙ったんだから、このくらいは当然でしょう。

もちろんニコデムスを撲滅して王宮に到着したら、石は人間に戻して裁判を受けさせるわよ。

拘束して連れて行くより石にした方が無抵抗で楽なんだもん。

「ベリサリオの港ならもっと明かりが灯っているはずよ。建物はうっすらと見えるのに窓から明かりが見えないってことは、使われていない港かしら？　海峡入り口近くでこの船が停まれるくらいの大きさのシュタルクの港といえば、精霊王の住居だったのに勝手に潰して軍港にした場所があったわね」

「……気付いて……いたのか」

「あたりまえでしょ」

「いつから気付いていたんだ！」

これは私への質問じゃない。

カザーレは私の肩越しに、後ろにいるカーラに向かって叫んだ。

「初めて会った日からよ」

「……は、はは……ははは。俺を騙してからかっていたのか」

「騙したのはあな……え？」

「ぐほっ」

むっとしてぶん殴ってやろうかと思った時、私の横をものすごい勢いで赤い塊が通過してカザーレの腹に激突した。

腹を押さえて呻いたカザーレに、今度は緑色の光を纏《まと》った小さな九尾の狐がダイレクトアタック。

カザーレはその場で尻もちをついた。

そこからは見事な波状攻撃よ。

二属性が続けて攻撃している間、残りの二属性が周りを牽制して、カザーレの仲間が助けようとして近付いたらすぐ、そちらにもふさふさの尻尾でべしべし攻撃していた。

その間、カーラのことはハミルトンの精霊獣がしっかりと守っているというナイスな協力体制よ。

「見事だわ」

なんて言っている場合ではなかった。

「はい、そのくらいにして。殺しちゃ駄目よ。彼にはまだ働いてもらうんだから」

「みんな、もういいから戻って来て」

私とカーラが呼び戻したらようやく、ずたぼろになったカザーレを残してカーラの精霊獣達が戻ってきた。

もう何か月もカーラがつらい目に遭っている様子や、クスリのせいで具合が悪くなっているのを傍で見ていたんだもんね。

それなのにカザーレに被害者ぶったことを言われたら、許せないのは当たり前よ。

「彼らを回復して」

『えーーー』

『ブーブー』

『僕はヤダ』

「まだ役に立ってもらわないといけないのよ」

カーラとハミルトンの精霊獣は、絶対に回復なんてしないぞという様子だったので、私の精霊獣達が彼らを回復してくれた。

でも見た目はかわいい狐達に、立っていられないほどぼこぼこにされたカザーレは、心が折れてしまったようで座り込んだままぼんやりしている。

彼の仲間達も、どうしたらいいかわからないようで立ち尽くすばかりだ。

「リヴァ、ダメージなしで水をぶっかけて差し上げて」

ダメージなしだって言ったのに、水の勢いで押し流すほどに派手にやったわね。

溺れかけているやつがいるわよ。

「ごほっ。げほっ。な、なにを……」

「うえっ」

「し……死ぬ」

「少しは目が覚めた？　もう一度水をかけられたくなかったら、話を聞きなさい」

「お、俺達は家族を守るために仕方なく」

「そうだ。国のためにやるしかなかったんだ」

言い訳を始めたのは、カザーレの店にいた男達だ。

金で雇われてよく事情を知らないならず者達は、私達のやり取りに興味を見せず、どうにかして逃げ出そうとしている。

「国のため？　おもしろい。どの辺が国のためか説明してもらおうじゃないの」

腰に手を当てて近付いたら、彼らは身を寄せ合って船の甲板の端っこで震え出した。

「精霊獣を弱らせる魔道具をカーラにつけさせて、二度もクスリを飲ませたわよね？　夕べの食事は？　あれにもクスリが入っていたんじゃないの？」

「ひーー」

「帝国やベジャイアにいたんだから、ニコデムスを信じるのと精霊と共存する道を選ぶのと、どちらが国民のためになるのかわかっているはずでしょう。カーラと知り合いになったのなら、全て話して私に助けを求める道もあったはず。でも楽な道を選んだんでしょ？　上からの指示に従っているだけでいいのは楽だもんね」

故郷では飢えている人もいるのに、帝国で美味しいものを食べて商人の真似事をして、楽しく暮らしておきながら、これは国のためだと言い訳して自分を正当化していたんでしょ？

そしてとうとう犯罪に手を染めて、私を騙してシュタルクに連れて来ようとした。

「あなた達、今のシュタルクの状態を知っているの？」

「……一方的に指示が送られてくるから、実際の状況はわからない」

「呆れた。ここまで愚かだったとは。ニコデムスは滅びの教えだと気付いて、国王に精霊との共存を進言した貴族達は、地下牢に入れられたり軟禁されたり、処刑された人もいるそうよ」

もう反撃する気力もなく俯いていたカザーレ達も、今の言葉で目が覚めたようだ。

驚きに目を見開き、ようやく私に注目した。

「もう王宮に残っているのは目先の権力と金に目が眩んだ馬鹿ばっかりよ。国王でさえもう何か月も姿を見せていないから、殺されている可能性があるそうよ」

「なんてことだ。なんて……」

「カザーレ、どうするんだよ。俺の家族は国にいるのに」

「有名な将軍がいるでしょ。彼は早い時期から領地に籠っていたから無事で、オベール辺境伯と一緒に兵を率いてベジャイア軍と合流して進軍しているわ」

「ハドリー将軍が？」

「じゃあ、俺達のしてきたことは？」

「もうすぐ辺境伯と将軍の軍もここに到着するはずだから、あなた達が国のためにしたことを話してみたらいかが？」

彼らの表情を言葉で表すと「絶望」だな。

ショックで泣いているやつもいる。

カザーレなんて放心状態よ。

「そんなあなた達に、国のためになる仕事を与えてあげましょう」

にっこり微笑んで言ったら、恐怖に満ちた顔を向けられたんだけどなんで？

ここは喜ぶところでしょう。

「あなた達は最初の計画通り、船を降りて私をニコデムスに引き渡してちょうだい。あとは私が適当にやるから大丈夫」

「あ……あの……」

精霊に興味を示していた男が、おずおずと手をあげた。

「俺の故郷はベジャイアとここの間にあるんです。戦場になっているかもしれないんですか？」

「ああ、その心配はないわ。その軍にはシュタルクとベジャイアの精霊王も一緒にいて、ニコデムス教の貴族だけ拘束して、精霊との共存を望む人達にはいっさい手を出さないことになっているの。むしろ精霊王が村々に祝福して回って、作物が育つようにしてくれているはずよ」

「ありがたい……ありがた……」

「くそっ……なんで、俺達……」

「本当に国のためを思うならシャキッとしなさい。あなた達にも出来ることがあるんだから。いい？　船を降りたら出来るだけ執事達の傍に固まっておとなしくしていなさい。聖女は自分から進んでニコデムスのためにシュタルクに来たって神官達は思わせたいはずなの。拉致したなんて事実は隠したいんだから、あなた達は口封じのために処分される可能性が高いわよ」

ようやく自分達の置かれている立場がわかったようね。

カザーレ達はよろめきながらも立ち上がった。

「申し訳ありませんでした」

いっせいに頭を下げたけど、許すとは言えない。

私に手を出してしまったからには、私が許しても周りが許さない。精霊王も許さない。

でもここで協力するなら、自分の故郷が蘇る様子を少しは見ることが出来るでしょう。

こうして会話している間に、金で雇われただけの男達は逃げようとしていたが、次から次へと石にされて、甲板に彫刻がずらりと並んでしまっていた。

これを全部海に沈めたら、魚達の迷惑になるかも。

ニコデムス大神官と接近遭遇

本当にこの港を精霊王に返す気があったのかは知らないけど、建物の窓にはひとつも明かりが見えないところを見ると、関係者以外誰もいないみたいね。

霧が垂れこめているせいで夕刻のように暗い中、船の階段を降りたあたりを中心に左右に等間隔にぼんやりと灯りが見える。まるで夜の滑走路だ。

示された道の通りに進んでいけば、私を拉致するためにやってきたニコデムスの神官が待っているらしいんだけど、ここで私が転移魔法で帰っちゃうかもしれないって考えた人は、ひとりもいなかったのかな。

今のニコデムスの神官達は、精霊獣や魔法については無知なんだと今回よくわかったけど、妖精姫が精霊王に守られているって話を、どの程度のことなのか誤解してそう。

帝国でも精霊王に会ったことがある人はごく一部だから、たとえ妖精姫のためでも、そう簡単に人間に干渉しないとでも思っているのかな。

「あまり遅くなると疑われるから、船を降りましょう。あなた達はそれに座って」

マジックバッグから三人用のソファーを出してカザーレ達の前に置いた。

船室で使っていたソファーは置いて来ちゃったから、それは新品よ。

「この霧の中で階段を降りるのは危険だし、面倒だから飛び降りるわよ」

「えぇぇぇぇ⁉」

「カザーレとあなたとあなた。三人だとさすがに少ないかな。じゃあ、あなたも。椅子に座って」

いつも食事を運んできたふたりと、お弁当の差し入れをした時に顔を出した男を指さした。

「飛び降りるって、この高さをですか？」

「し、死にます」

大人の男が四人で座るには窮屈だろうけどどうせ一瞬だというのに、互いに顔色を窺ってなかなか座ろうとしない。

両手を胸の前で握りしめて腰が引けた男の団体って、情けないからやめなさいよ。

「さっさと座る！　案内してもらわないといけないのに殺すわけないでしょう。それとも……」

「す、座ります！」

「押すな」

「くそう。カザーレ、もっと詰めろ！」

戦意喪失して逃げる気力もなくなっているのはいいんだけど、私のことを怖がり過ぎじゃない？

「それじゃ行きましょう」

私はイフリーに寄りかかって、ハミルトンとレックスは自分のフライに乗って、他のメンバーも精霊に助けられて空中に浮かび上がる。

「悲鳴をあげたら……」

「わ、わかってます！」

ソファーが浮かび上がって気絶しそうになっている男達は、背凭《せもた》れや肘掛けに縋りついてきつく目を閉じていた。

なんてことはないのにね。

甲板の柵を越えて、ふわりと港に着地するだけよ。

カーラだって楽しそうにしているのに、カザーレまで泣きそうな顔になっているって情けなくない？

あー、そうか。

遊園地の乗り物が苦手な人っているよね。

男の人は玉ヒュンするって聞いたことあった。

それでかー。

「もう着いたわよ」

「ぶ、無事だ」

「気持ち悪い……」

しょうがないなあ。よろよろしないでよ。

ソファーをマジックバッグに片付けて、精霊獣は精霊形に戻した。

照明に照らされていた甲板と違って、明かりの少ない地上は更に暗い。

足元を見たら、敷き詰められたタイルがひび割れていた。

「いい。変な動きをしたら、すぐに石になるわよ」

「……あの、ベリサリオの精霊王がいらしているんですか？」

「十人以上いるわ」

「…………」

カザーレとその仲間達の顔は、心霊スポットで幽霊に囲まれていますよって言われた人の顔みたいだ。

今にもパニックになりそうな様子で、先程からしきりに額の汗を拭っている。

「ふたりは明かりを持って前を歩いて。カザーレとあなたは私の両側よ」

これで私を逃がさないようにしているように見えるだろう。

でももう上陸しちゃったしなあ。

私が騙されている振りを続ける必要はないかな。

「こっちです」

明かりを持った男達の後ろにカザーレ達に挟まれた私が続いて、私の後ろにレックス、ハミルトン、カーラ、ジェマが横に並んで四人で歩いている。しんがりはルーサーとミミだ。

精霊の光のせいで、潜んでいるやつらには私達のいる場所がはっきりとわかっているんだろう。

私からは、なんとなく誰かいる気がするな……くらいしかわからない。

「カザーレ、あなたはここに何人くらいいるか知っているの？」

「いいえ」

「誰が迎えに来るかは知っているの？」

「いいえ」

「それ、最初に切り捨てられるポジションよ」

「……」

あまり虐めるのはやめよう。

前を歩いている男がガチガチになっているせいで、明かりを持つ手がぶるぶる震えている。

囲まれている気配はするからこわいよね。

「誰か来るわね」

港は広いからかなり歩かなくてはいけないと思っていたけど、歩き出してすぐ、ふたつの光がこちらに近付いてきた。

「止まれ！　おまえ達は何者だ！」

五人の男達はシュタルク兵の制服を着ていたが、どう見てもならず者だ。

制服のボタンをいくつも外して着崩して、髪もぼさぼさで、嫌らしい笑みを浮かべている。

「私はベジャイアの商人です。霧のために航行が出来ないので避難させてください」

「商人だあ？」

打ち合わせ通りにカザーレが話しているんだろうに、相手は馬鹿にしたような口調で言い、明かりを私達に向けた。

「女がいる……うお。すごい美人だぞ」

「まじか。こんな綺麗な人間がいるのか」

ありがたいことに初対面の人はたいていそういう反応をしてくれるのよね。

儚すぎるとか綺麗すぎるとか、中には妙な威圧感があるとか言って、嫌らしい目で私を見る人は割と少ない。

色気がないって？

いいのよ、少女に色気はいらないの！

「女は俺について来い。男達はここで待機だ」

「なんでよ」

私が反論するとは思わなかったんだろうね。

男達は驚いた顔で私を見た。

「カザーレ、話が違うわ。こんなやつらの言う通りにしなくてはいけないなら、私はここで帰るわよ」

「お待ちください。彼らは下っ端でわかっていないんですよ」

「なんだと！　船を降りたっつーのに、簡単に帰れるわけねえだろう」

「痛い目に遭わないうちに……」

「転移魔法で帰るわよ。精霊が見えないの？」

男達の表情の変化が、ちょっとおかしかった。

え？　そうなの？　って感じで顔を見合わせて、どうしたらいいのか迷って、でも私達に馬鹿にされるわけにはいかなくて、めいっぱい肩を怒らせているの。

「精霊もここに置いていけ！」

「あなた馬鹿でしょ。私がそんな要求を呑むと本気で思っているの？」

彼らを相手にしている時間がもったいない。

カザーレを押し退けて前に出ようとしたら、それよりも早く先頭を歩いていた男達が兵士達に駆け寄った。

「お願いだから、これ以上妖精姫を怒らせないでくれ」

「神官に引き渡せば、俺達の仕事は終わるんだ。頼む。本当に頼む」

「は？　何を言って」

「やばいんだ。助けてくれ」

半泣きで鼻水も出ていて、ガタガタ震えながら必死に話すふたりを見て、兵士達もこれはただ事ではないと思ったみたいだ。

そして次に私を見た時には、帝国でも見慣れている「こいつなんなん？」という畏れを含んだ視線になっていた。

目の前で仲間が石になって海の底に沈められて、魔法の水で溺れかけて、玉ヒュンすると、ここまでこわがっちゃうのね。

まあ、そうよね。

やりすぎたかな。

「ちょっと気の毒ね」

「半狂乱になるまで追い詰めたら駄目だよ」

カーラとハミルトンはこの状況でも落ち着き払っているのね。

修羅場に慣れ過ぎていない？

「ディアが味方だしな」

「ね」

友人達の信頼を喜んでいいのか少し迷う。

「わ、わかった。こっちだ」

「だが、精霊がそのままでは……」

「王太子が来てるんだぞ」

王太子ですって⁉

「大丈夫だ。妖精姫が転移で帰ってしまうよりいい」

「いいのか？　帰ってくれた方が……」

「落ち着け。もう無理だ」

「な、なんなんだいったい」

「先に行って伝えてくる」

兵士がひとり走り出し、他の四人も渋々歩き出した。

「俺は知らないぞ」

「引き渡したら……すぐに逃げるんだ」

「…………」

こそこそと何か話しているけど、まあいいわ。

彼ら、いい働きをしてくれるじゃない。

それに王太子がここにいるなら、捕まえて取引の材料に出来る。

地下牢にいる人を解放しやすくなるわ。

「ふふ」

「…………」

計画が上手くいきそうなのが嬉しくて、ちょっと微笑んだだけじゃない。

前を歩いていた兵士達まで、ドン引きした様子で振り返らないでよ。

カザーレや船にいた男達なんて、今にも絶叫しながら走り出しそう。

「生きて王都に帰りたかったら、王太子と対面したらすぐに私の後ろに下がりなさい」

そうじゃないと敵をぶっ飛ばす時に巻き込むかもしれないわよ。

「わ、わかりました」

「はい」

え？　わかるんだ。

兵士は怪訝な顔をしているけど、カザーレと仲間達は真剣な顔で頷いている。

あんなに怖がっているのに、彼らの反応はよくわからないな。

「来ました。あ」

「カザーレ？」

「王太子の横にいるのがニコデムスの大神官です」

大神官までわざわざ出迎えに来ているの⁉

「だいぶ追い込まれているのね」

照明をたくさん持っていてくれるおかげで、比較的早く向かってくる一団の姿が見えた。

ニコデムスの神官達は濃灰に銀色のラインの入っているフード姿だから、霧の中から現れると不気味だ。その中で青い外套を着た王太子のアルデルトだけが、ひとりで目立っている。

少し頬がこけたかもしれない……けど、正直あまりよく覚えてはいない。

ただ、前に会った時はこんな病んでいる眼差しはしていなかったと思う。

初対面の時からじーっと見つめられて、美形だけど薄気味悪いやつだとは思っていたけど、今回は薄暗い中でも目だけがぎらついている。

自国がこの状況じゃ、精神的に病みもするか。

彼の隣にいる背の低い男が大神官のようだ。

彼のローブだけ細かい刺繍が施されていて、宝石のついた額冠《がくかん》をつけ、首に様々な石を繋げた首飾りをぶら下げている。

口元を黒い布で覆っているようで、この霧の中では顔がよくわからない。

「ディアドラ。来てくれたんだね」

カザーレに拉致させたくせに、アルデルトは何を言っているの？

「ここまで出迎えに来てくれているとは思わなかったわ」

明るい口調で言うと、彼の表情がぱあっと明るくなった。

「来るに決まっているだろう。ほら、パニアグア。ディアドラは喜んでくれたじゃないか」

「…………」

「そりゃあもちろん」

パシッと胸の前で両手を合わせて大きな音を立てた。

「これで時間稼ぎが楽になるわ。パニアグアだっけ？　あなたまでのこのこやって来てくれるなんて、助かっちゃった」

今の拍手が合図になっていたので、いっせいに精霊達が精霊獣として顕現した。

明かされる真実

「ふん。役に立たないやつらめ」

本来のボスであるパニアグアと遭遇したカザーレ達は意外にも冷静で、私の言葉をしっかりと思い出し、彼の言葉には反応しないで後ろに下がった。

「きさまら、裏切ったのか！」

この状況を見れば、そう思うのも無理はない。

彼らは戦闘に巻き込まれて死にたくないだけで、どちらの味方でもないんだけどね。

でもこの様子だと、巻き込まれるような戦闘にはならないかも。

「あれを出せ！」

パニアグアの指示に従って神官達が動き出し、大きな箱を乗せた手押し車を、三人がかりで私達の前に押し始めた。

えーっと、これは待たないといけないのかな。

それはなんなの？　って驚いて、精霊獣を庇おうとするところ？

でもさ、変身し終わるまでボケッと待っていてくれる敵は、現実世界にはいないのよ。

「精霊獣など役には立たぬ。これぞニコデムスの……」

「伸びろ！　如意棒《にょいぼう》もどき！　ドーーン!!」

バングルから取り出したのは、随分前に陛下にもらった護身用の如意棒もどきよ。

伸ばしたら長さに合わせて太くなるのに重さは変わらないという、か弱い私にぴったりの魔道具だ。

ただ今まで実戦に使ったことがなかったので、加減がよくわからなかった。

それにこういう状況なので、自覚がないままに興奮状態だったのかもしれない。

思っていたより力いっぱいものすごい勢いで伸びてしまったので、如意棒もどきは箱に大きな穴をあけて突き抜け、パニアグアの胃のあたりに激突し、それでも勢いが余って彼の体ごと後ろにいた神官達も一緒に吹っ飛ばした。

「うぎゃーー！」

「おえっ」

「ひー」

無様に神官達が倒れる音やリバースしていそうな音が聞こえたけど、霧のおかげで見えないから気にしないことにした。

ここはスピード勝負よ。

相手が驚いているうちに畳みかけないと。

「ショート!!」

如意棒もどきに電流が走り抜け、魔道具からパチパチと音がして黒煙が立ち昇る。

霧の中を上空に走り抜ける稲妻って、なかなかすごい眺めよ。

「ま、魔道具が！」

「リヴァ！　シロ！　合図！」

『わかった』

『わーい！　お仕事いっぱい！　たのしー！』

シロが空中で嬉しそうにくるくる回転し、リヴァは空高く舞い上がりながら大型化した。

霧の中でもうっすら青く光る巨体が悠々と上空に姿を現すとすぐ、瞬く間に霧が晴れて日の光が射しこんできた。

時刻は正午少し前だから、霧さえ晴れれば明るいのよ。

「ひどい状況ね」

日の光の下に晒された周囲の状況はひどかった。

建物は半分倒壊し、地面はひび割れ赤土が見えている。

まだ嗚咽しているパニアグアの方は見たくないので、私はいっさい関係ありませんという顔でそっぽを向いていたら、シロとクロの連携によって転移してきたカミルが、一瞬のためらいもなくアルデルトの腹に膝蹴りを叩き込んだ。

「うぐっ！」

まったく警戒していなかったため体の力を抜いていたアルデルトは、もろに蹴りを受けて後方に吹っ飛び、ようやく起き上がった神官達の上に倒れ込んだ。

フードで顔が見えないけどパニアグアも神官達も、雰囲気的に五十代くらいの感じなのよ。

中には四十代もいるかもしれないけど、若くはないの。

それなのに二回も下敷きになって地面に叩きつけられたのよ。

なんというか……大変そう。

「カミル、乱暴ね」

「このクソ野郎は、どんな言い訳を並べたんだ？　何もされなかったか？」

会話している間にキースとエドガーまで転移してきた。

シロクロ働きすぎ。

どんどん転移させて来ないでよ。

「まだ会話していないし、何かしたのは私の方」

いまだに煙を吐き出している魔道具を指さすと、カミルはほっとしたのか大きく息を吐き出した。

「よかった」

「すぐに呼べって言ったじゃない」

「さすがディア。的確な判断だ」

「ふざけるな!!」

パニアグアってば、今までリバースしていたのに根性あるのね。声量だけはすごいわ。

「周りを見ろ！　おまえ達は囲まれているんだぞ！」

「え？　今更？」

言われなくたって、霧が晴れる前から気付いていたわよ。

そうね。確かに私達の周りをぐるりとシュタルク兵が囲んでいるわね。

三十人くらい？

少ないなあ。それで私を拉致出来るって本当に思ってたの？

彼らも一応は隙を見て私達に襲い掛かろうとはしていたんだと思う。

ちゃんと身構えているからね。

でも、指揮官は誰よ。

誰も指示を出さないから、動けないいんじゃないの。

それにこちらには精霊獣がいる。

一番弱そうに見えるのはカーラとハミルトンだろうけど、ハミルトンの周りは地獄の番犬みたいに獰猛《どうもう》そうな牛くらいの大きさのピットブルが待ち構えていて、カーラの方は九尾の狐に囲まれているせいで、モフモフの尻尾に埋もれて姿が見えない。

この状況じゃ手が出せないでしょ。

カザーレも彼の仲間達も、勝敗はもうついていると思っているんだろうね。

すっかり私の手下のような顔をして、安全な位置で身を守ることを優先していた。

「おまえ達こそ、あっちを見てみろよ」

カミルが親指で示したのは私達の背後、カザーレの船が停まっているあたりだ。

「な……」

「いつのまに……」

私達が乗ってきた船を取り囲むように、ずらりと軍の船が並んでいた。

翻るのは帝国とルフタネンの旗。

中にはベリサリオを始めとした兵を出した貴族の旗もある。

ルフタネンの方は北島と西島の旗も高々と掲げられていた。

精霊王に霧にしてくれと頼んだのはこのためよ。

最初からカザーレの船は、帝国の船に囲まれていたの。

だからカミルやデリルは船から船に転移していただけなのよ。

バレないように様々な魔法と精霊王の力も借りて、更に霧の日には魔獣が活発になるから変な音がするかもしれないよとあらかじめ伝えて、こうして広い軍港を埋め尽くすくらいの船を移動させたの。

甲板にはずらりと兵士が並び、風に乗ってここまで指示を出す声が時折聞こえてくる。

寄せ集めのシュタルク兵とは違って、あっちは訓練を受けた正規の軍隊よ。

「せ、攻めて来たのか!」

「やばい」

「もらった金に釣り合わねえぞ」

甲板からいっせいにフライに乗った兵士が飛び立つのを見て、シュタルク兵は恐慌状態だ。

しかしフライは、逃げ惑うシュタルク兵の頭上を次々と素通りしていく。

彼らは私達が進軍することをこの先の人達に知らせる任務と、軟禁されている貴族を救助する任務を帯びている。

百人以上の兵士がそれぞれの軍の制服を着て、揃いのフライに乗って飛んでいく姿は圧巻よ。

彼らと一緒に飛んでいく精霊獣もたくさんいて、これぞファンタジーって感じ。

「おまえ達! 早く妖精姫を確保しろ!!」

「そりゃ無茶だろう」

カミルが冷静な声でパニアグアに突っ込みを入れた。

「あなた達は誰ひとり、この港から出られないようにしたのでよろしくね。うふっ」

笑顔で言ったら、シュタルク兵は余計に恐慌状態になって、ほとんどが港の出口目指して走り出した。

何人かはこうなったら戦うしかないと腹を決めて剣を抜いたけど、そこに今度はフライに乗った新たな兵士達が飛び掛かっていく。

どうせまた頭上を素通りするだろうと油断していたシュタルク兵は、突然自分達にフライが向かってくるのに対処出来ず、逃げ惑うばかりだ。

「ど、どどどど、どうなって」

「だから妖精姫はやばいって言ったじゃないか！」

「うろたえるな」

戦闘に巻き込まれていないのは、アルデルトとパニアグアと六人程の神官達だけだ。

弱い者いじめをしている気分になりそうだけど、今までこいつらがしてきたことを考えたら同情の余地なしよ。

「私を騙して攫ったら、そりゃあ帝国もルフタネンも放置は出来ないでしょう？」

「当然だ。ディアは俺の婚約者なんだからな。精霊王達だって黙ってはいないさ」

「姉上……ディアの方が悪者みたいになっていませんか？」

「え、ええ。あまりに簡単すぎて……拉致されたはずが蹂躙《じゅうりん》しているような気がするのは気のせいかしら」

ハミルトンとカーラは、なんで第三者目線になっているのよ。

あなた達も当事者だからね。

「ディア、どうしてなんだ？」

倒れ込んだ時にぶつけた足を庇いながら、よろよろとアルデルトが立ち上がった。

地面に擦れたらしく、頬から血が出ている。

気やすく呼ばないでくれないかなあ。

会うのはこれが三回目で、一度もまともに会話したことすらないのよ。

「せっかく会えたのに……」

アルデルトが私の方に手を伸ばそうとする動きを見せた途端、カミルが私のすぐ横に移動して、キースとエドガーが剣を手に身構えた。

そんな心配してくれなくても、だいぶ距離があるから大丈夫よ。

「なんでその男がいいんだ。そんな男はきみには似合わない」

とっさに言い返そうとしたカミルの腕にそっと触れて止め、私はわざとらしく空を眺めてから答えた。

「なんでって、そうね。好きだから」

「「「………」」」

え？　なんで沈黙？

誰か何か反応してよ。

カミルの片思いだってルフタネンで誤解されているって聞いたから、この機会にはっきり言った方がいいかなって思っただけなのに。

つか、カミル！　何か言いなさいよ！

「真っ赤になってるぞ」

「今、それを言う必要はないわよね！」

にやにやすんな。

「このふたり、こんな時にいちゃついてる」

ハミルトンはなんなの！　ぼそぼそと妙な一言を呟かないで。

「両想いの俺達を引き裂こうとするなんて、迷惑な話だ」

でもカミルは周りの反応なんてまったく気にしていないみたいだ。

見せつけようとしているのか、腰に腕を回して私を抱き寄せたものだから、アルデルトの眉がきつく寄せられた。

「こんな男が好きだなんて、そんなのは幻想だよ。気の迷いだ。僕達が一緒になることは運命で決められているのに」

「運命だって唱えていれば相手が愛してくれると思っているなら、それこそ幻想よ」

「違う！　妖精姫なら、正しい運命がわかるだろう？」

「しつこいわね。その運命は誰が決めたの？」

「神だ！」

あのコミュ障引き篭もりの神様が、人間の結婚相手をいちいち決めるわけないでしょ。

「あなたは神様の声を聞いたことでもあるの？」

周囲で戦闘が行われているのに、この状況で会話を始めると思っていなかったのか、神官達も私の仲間達もカザーレ達まで、黙って私達の話に耳を傾けている。

「残念だが僕には聞こえない。だけど、大神官のパニアグアは神と話が出来るんだ」

「あー、隣にいるその目つきの悪いおじさんね」

「……礼儀のなっていない娘だ」

「礼儀？　そうね。ペンデルスに唯一残されたオアシスを襲撃して」

「っ⁉」

「男達を全員虐殺し、女子供を攫って」

「黙れ」

「ニコデムス神殿に押し入り、金目の物や経典、魔道具を奪った盗賊団のリーダーに対する礼儀は知らないわね」

「黙れ！」

「落ち着けよ。大神官としての威厳はどうした」

こちら側の人達は、全員この情報は知っていた。

神官達は盗賊団の仲間達のはず。

だから平均年齢が高いのよ。

この場で何も知らないのはアルデルトだけだ。

「何を言って……」

「やつらは、我々を仲違いさせようとしているんだ」

「オアシスはニコデムスの聖地で、教徒が守っているはず」

「その通りだ！　こんな女の言葉を真に受ける必要はない！」

「パニアグア、ディアは聖女であり、妃となる人なのにその態度はどうなんだ」

「そ、それは」

私を聖女だなんて言い出すから、自分の首を絞める結果になるのよ。

「おまえさ、ペンデルス再興を目指しているんだってな」

「……」

「だからシュタルクが滅んでもかまわないんだろう？」

カミルの言葉遣いも目つきもどんどん悪くなっていく。

アルデルトの方も負けじと殺気立っていて、一刻も早く私とカミルを引き離したいみたいなんだけど、彼と私の間にはキースとエドガーと、精霊獣達がいるのよね。

私ってば、とっても守られているのよ。

堂々のヒロインポジションよ。

「ペンデルスの再興？　まあ、そうなの？」

両手で口元を覆って白々しく驚いたら、アルデルトは片目を眇《すが》めて眉を寄せた。

ようやく私の見た目と性格が真逆だということに気付いたの？　遅いわ。

今頃、こんな女に夢を見ていたのかよって心の中で思っているんじゃない？

「じゃあ、もちろんペンデルスに行ったことがあるのよね？」

「……」

「ルフタネンに行けるのにペンデルスには行けないなんてことはないでしょ？　ペンデルスの現状だって把握しているのよね？」

「当然だ」

「その情報は誰に聞いたの？」

「パニアグアが……」

「パニアグアパニアグアパニアグアって、早口言葉かっていうの。つまりあなたの知っている世界は、全部その詐欺師が作った物で、あなたは彼のお人形ってことでしょう？」

「違う！」

「黙れ！　小娘！」

「うるさい！　禿げ！」

「禿げてなどおらんわ‼」

カミルやハミルトン、カーラが笑い出したので、パニアグアは苦々しげに私を睨みつけた。

釣られて答えた自分が悪いんでしょうが。

「さっきから好き勝手に嘘を並べ立てて、そうやって王太子殿下を洗脳するつもりか！」

「え？　なんでそんな面倒なことをしないといけないの？　もう決着はついているのに」

勝敗は一瞬でついている。

もう私達の周りで戦っている人は誰もいない。

シュタルク兵は全員捕らえられ、後ろ手に縛られて座らされているか、地面に横たわっているかだ。

その間にも次々と船からフライに乗った兵士が降り立ち、既に荷下ろしが始まっている。

「指揮官が指示も出さずに妖精姫に食いついているんじゃ、まともな戦闘にもならないよな」

「悪名をとどろかせた盗賊団のリーダーも、大神官なんて崇められて贅沢な生活をしていると、咄嗟に何も出来なくなるのね」

カミルとふたりで顔を見合わせて頷きあった。

こいつら、私に注目しすぎなのよ。

「……な」

兵士に指示を出さなければいけなかったことにようやくアルデルトは気付いたようで、はっとして周囲を見回し惨状に唖然としている。

日頃、おだてられて大切にされて、お姫様みたいに暮らしていたんじゃないの？

彼が剣の鍛錬をしたり、兵士の訓練に参加する姿が想像出来ないもん。

パニアグアだってこんなところで私と会話しないで、とっとと拉致して人質にするくらいのことは考えればいいのに。

実行に移していたら、片手くらいは砂になっていたかもしれないけどさ。

「上手くいったようだな。怪我はないかい？」

一通りの指示が終わったようで、お父様がフライに乗って颯爽と現れた。

帝国軍の指揮官達と一緒に、ルフタネンの人達もいる。

「この男が盗賊団のリーダーですか」

「ベジャイアで暴れていた頃の彼を知っている人がベジャイア軍の中にいるそうなんで、あとで確認してもらいましょう」

特にニコデムスの被害にあったことのある西島の人達は、ようやく神官達を捕らえることが出来たと意気揚々だ。

まだ諦めていないのか、パニアグアと神官達はどうにか逃げ出せないかと周囲に視線を走らせているけど、アルデルトはもう放心状態だ。

顔が整っているから、目が死んでいると危うい感じが強まるんだよ。

濃灰のローブの神官達との対比が不気味だわ。

「カミル、あの話はもうディアにしたのか？」

「あ、そういえばまだです」

「あの話？」

「ベジャイアとペンデルスが和解したのは知っているだろう？」

「はい」

ぴくっとアルデルトとパニアグアが反応したのが視界の端に見えた。

「ベジャイア王がペンデルスの状況調査に乗り出してね、オアシスに物資を持って兵士や外交官を送ったんだ。フライのおかげで、だいぶ時間が短縮出来たそうだ。それでオアシスの状況なんだが」

「どうだったんですか？　ひどい状況だったんですか？」

「精霊獣の楽園になっていた」

「……はい？」

精霊王に見捨てられて、砂漠に囲まれたほんのわずかな土地で生活していた人達が、今度は盗賊に襲撃されたんだよ。

何人も殺されたって聞いていたから最悪な状況を想像して、もやもやした感情がずっと胸の奥に残っていたのに、楽園と聞いて思わずきょとんとしてしまった。

それはパニアグアやアルデルトも同じだったようで、神官達も含めて呆けた顔でお父様を見ている。

「でも、あの地は精霊王に見捨てられて……あっ！　他の国の精霊王になってからも、実は気にして様子を見に行ってたの⁉」

姿は見えないので適当に空に向かって言ったら、風に乗って微かな笑い声が聞こえてすぐ、空中にずらりと精霊王が姿を現した。

帝国とルフタネンと、前はペンデルスで今はタブークの精霊王の計十二人が、私達の周りを取り囲んで円を作り、空中から見下ろしているの。

私側の人達から見たら心強い味方だけど、ニコデムス側から見たら恐怖でしかない。

彼らは精霊王に遭遇するのが初めてだから、人間より格段に強い気配に対する恐怖と、その場にすぐに跪きたくなる衝動でパニックのはず。

ニコデムスにとっては敵であるはずの精霊王に気圧されて、耐え切れずに神官達は次々と膝を折り跪いていた。

「彼らが……精霊王……」

アルデルトが立っているのは、感情が麻痺しているからだと思う。

パニアグアなんて大神官だから跪くわけにはいかないと必死に立っているんだろうけど、気絶しそうになって膝ががくがくしている。

もちろん私とカミルとお父様以外は、ルフタネンの人達も周囲の兵士達もすでに跪いているわよ。

「結局甘いんだから。でもそういうところが好き！」

『だって、今を生きている彼らには罪がないじゃない』

タブークは、一年の半分を雪に覆われた土地で生活する遊牧民の国だ。

精霊王に気候は関係ないはずだけど、国民と同じようにモフモフした帽子に毛皮の上着を着て、スパッツやパンツの上に色鮮やかな織物を巻いている。

薄手のひざ掛けを巻いて歩いているのを想像してもらうといいかもしれない。

『そうだよ。襲撃された時にオアシスにいなかった者と、身を潜めて生き永らえた者を合わせても、百人に満たないくらいしかペンデルス人は残っていなかったんだ。国境の村と、各国に移住した者を合わせても気の毒なくらいの数しかいなかった。彼らは生き残る方法を考えに考えて、精霊を育てようと魔力を放出し始めたんだよ』

最初に答えたのが水の精霊王で、今答えてくれたのは土の精霊王だ。

防寒重視のせいで服装に男女差があまりなくて、しかもふたりとも帽子から長い髪の毛がふわふわと出ていて、違いは色だけ。お揃いみたいだよ。

『私達が精霊を連れて行ってしまったから、そんなことをしても無駄なのに、それでも彼らには他に道が残っていなかったのよね。何日も何日も、十日経ってもひと月経っても精霊を探す彼らを見て、放っておけなくなっちゃったのよ』

初めて精霊を仲間に出来た人間が現れた時、彼らはどれだけ喜んだんだろう。

きっともう手の甲の痣は消えて、精霊は生きていく上でなくてはならない相棒になっているんだろうな。

『ペンデルスでは今、妖精姫は大人気よ』

話しかけてきたのはタブークの火の精霊王だ。

彼女は少しだけ巻いている布が薄いかも。

「え?」

『あなたが書いた指南書がベジャイア経由でペンデルスにも届いたのよ。それを参考にしたら一気に精霊獣が増えたから、妖精姫は精霊のエキスパートとして崇められているの』

「その本は私だけが書いたんじゃないのよ。お友達が何人も手伝ってくれたから出来たのよ」

でも、あの本が役に立ったんだ。

最初はほんの思い付きだったけど、お友達が協力してくれたおかげで世界中に配ることが出来て、人間と精霊を繋ぐ橋渡しが出来た。

やってよかった。

帰ったら、みんなに話さなくちゃ。

きっと喜んでくれるわ。

「よかったな」

「はい」

お父様に言われて笑顔で頷いたけど、まだほっこりしている場合じゃない。

まだ話さなければいけない大事な話があるのよ。

「アルデルト、あなたがペンデルスの再興を望んだのは、母親がペンデルスの王族の血を引いているからよね」

「……そうだ。母の悲願だったんだ」

「って、そこの詐欺師が言ったのよね？」

アルデルトがはっとして振り返った先にいたパニアグアは、今すぐに殺してやりたいと言いたげな顔で私を睨んでいた。

「ねえ、ニコデムスの大神官は王族の血族じゃないとなれないって知っていた？」

怖がったら喜ばせるだけでしょ。

だから、にっこり笑顔で話しかけた。

「ペンデルス人でニコデムス教徒だったら手の甲に痣が出来るわよね。大神官にとっては教徒の証になるんじゃないの？　なんで手袋で隠しているの？」

ぎりっと奥歯を噛み締める音が私にまで聞こえたわよ。

神を称える神官がそんな目をしちゃ駄目だなあ。

それは人殺しの目よ。

「パニアグア？」

先程までの呆けていた様子は消えて、アルデルトは今にもパニアグアに飛び掛かって問いただしそうだ。

握りしめた拳が震えているのは、どういう感情なんだろう。

恐怖？　怒り？

「どうでもいいだろう。どうせ俺達は死刑だ」

『ペンデルスの王族は、誰もこの世にいないわよ』

答える気がないパニアグアの代わりにタブークの水の精霊王が答えてくれた。

『あの頃のペンデルスのやったことはひどかったんですもの。王族は誰ひとり残さずに砂にしたわ。あなたの母親は彼らがオアシスを襲撃した時に攫われた娘のひとりよ。貴族ではないわ』

「…………」

精霊王が答えている間も、アルデルトはずっとパニアグアを睨んでいた。

唇をきつく噛みすぎたせいで血が出ている。

「ど……ういうことだ」

「どうもこうもねえよ」

とうとう開き直ったのか、パニアグアは口を覆っていた布をむしり取った。

「その傷、ベジャイアの王都で指名手配の紙を見たことがある」

カミルが言った通り、パニアグアの右頬には剣で斬られたのか大きな傷跡が残っている。

指名手配をされていたから顔を隠していたのか。

「そうだよ。おまえの母親は攫った娘だ。男達が夜の相手を争うくらいに美人だったから、貴族を騙すのに使えると思ったんだよ。まさか国王になれる位置にいる公爵が釣れるとは思わなかったぜ。とっくに傷物になっていた娘なのにな」

「き、きさま……」

「父親だって国王かどうかわかったもんじゃないぜ。おまえの母親はあの男に引き渡す前まで、盗賊達の慰み者になって、うぐっ！」

突然苦痛に顔を歪めてパニアグアは言葉を切った。

「あ……」

「回復！」

パニアグアの脇腹から、剣の切っ先が飛び出していた。

まるでスローモーションのように刃に沿って真っ赤な血が流れて、ぽたぽたと滴る様子が見えた。

突然のことに頭が上手く働かず、アルデルトが身体ごとぶつかりながら、パニアグアの腹に剣を突き刺したのだと気付いた時には、カミルが精霊獣に回復するように命じていた。

「じょ、浄化も！　回復も全力で！」

カミルの精霊獣の魔法の光が眩しくて、すっと頭が冷静になった。

アルデルトが自害するかもしれない。

剣はパニアグアの体に突き刺したので、毒を使うんでは？

なんて、順を追って考えたわけじゃない。

叫んだのは本能半分、ともかく浄化と回復をしておけばどうにかなると日頃から思っていたのが半分だ。

「ひ……どいな」

首に手を当てて一瞬苦しげな顔をしたアルデルトは、浄化の光に包まれると驚いた顔になり、苦笑いしながら私を見た。

「僕が信じていた世界は全て偽りだった。もう生きる意味がないんだよ」

「ふざけんじゃないわよ！」

はあ？　何を言ってるの？

今回ばかりはマジで切れたわよ。

ずんずんとアルデルトに近付き、思いっきり肩をどついた。

「なに被害者面しているのよ。今までいくらでも気付くチャンスはあったのに、自分に都合のいい嘘だけ信じてきたのはあなたでしょ。あなたにはこの国の王太子としての責務があるの。それもわからないくせにペンデルス再興なんて出来るわけないじゃない。王族ならペンデルス人が大歓迎してくれるとでも思っていたの？　頭の中お花畑すぎるわよ」

文句を並べながら、何度もアルデルトの肩や腕をどつく。

アルデルトは反撃せず、でも私の力じゃたいして痛くもないようで、少しよろめきながらじっと私を見つめていた。

「意味がなかろうが、どんなに苦しかろうが、あなたには自分の生死を決める権利もないと思いなさい。楽に死のうなんて……」

「ディア」

怒りのせいで気付かないうちにだいぶ前に進んでいたみたいだ。

回復魔法を浴びているので死なないけど、そのせいで剣が身体に突き刺さっている痛みをずっと味わっているパニアグアが、すぐ横でのたうち回っていた。

「少し下がるんだ」

不意に血の匂いを感じて身を竦ませた時に、カミルが隣に来てくれたのでほっとしたのに、カミルが剣を抜いていたのに気付いてぎょっとした。

「どうしたの?」

「こいつがディアに触ろうとしたら、腕を切り落とそうと思っていた」

カミルは心底アルデルトを毛嫌いしているようだ。

気持ちはわかるわよ。自分が仕出かしたことの重大さを少しも認識していないんだもん。

生まれた時からパニアグアに妄想を聞かされ続けて、何か欠けているのかもしれない。

「ディアは僕を死なせたくないのか」

「気やすく名を呼ぶな!」

「カミル、相手にしないで」

この状況でうすら笑いを浮かべるなんてサイコパスよ。

相手をするだけ無駄だ。

「そういえば、シュタルク国王はどうしたの？　最近表舞台に出て来ないそうね」

「ああ。僕が殺したよ。国内を安定させるために政略結婚しろなんて言うからさ。僕の運命の人はきみなのに」

いかれてる。

父親よりパニアグアの言葉を信じたの？

この期に及んで、まだ運命がどうのとほざいてるのを聞いて、すっと怒りが収まって冷めてしまった。

こんなやつより気にしなくてはいけないことが山とある。

恋愛脳のサイコパスなんて相手にする価値はないわ。

「……」

私が反応を返さなかったら、アルデルトは怪訝な顔になった。

そうか。憎しみでも怒りでもいいんだ。

今まで会話さえ出来なかったから、私が反応するだけでいいんだ。

憎しみも怒りも、彼のことを考えているってことだもんね。

「瑠璃、自殺しないように彼も石にしてくれる？」

「ディア？」

背を向けて歩き出したら、慌てた声が聞こえたけど無視よ、無視。

「こいつも石にするんだろう？」

カミルもアルデルトを相手にするのはやめたようで、剣を収めてパニアグアに近付いていく。

「どうする、これ」

傍で様子を見ていたキースが、パニアグアの腹をつつきながら言った。

そういえば彼らもお父様も、精霊王達も、私とアルデルトの会話は聞いていたのに、何も言わないし止めもしなかったのね。

カミルが傍にいたから安心していたのか、私なら大丈夫だと信頼してくれたのか。

どちらにしても、まかせてくれたのは嬉しいな。

なんてのんびりと考えながらカミルを見ていたら、蹴ってパニアグアを横向きに転がし、肩に足を乗せて固定して、力任せに剣を引き抜いた。

「うがああ‼」

すさまじい絶叫と共に、血しぶきが辺りに飛び散った。

「ディア、大丈夫か？」

「ええ、なんとか」

スプラッタな状況にお父様が慌てて駆け寄ってきた。

「ディアの前で何をしてるんだ」

「あ、すみません」

「ああ、僕が壁になって見えないようにするべきでした」

幼少の頃から命を狙われていたから、カミルもキースも血しぶきなんかじゃ眉ひとつ動かさない。心配そうなお父様と、申し訳なさそうなカミルとキースに注目されて、ここはどういう反応を返す方がいいのか悩んでしまった。

衝撃はあるのよ。血の匂いも地面やカミルの服に飛び散っている血痕も生々しいから。

でも剣が抜ければ、回復魔法で傷口は一気に塞がっていくので、そんなにグロくはないの。

全然大丈夫だぜって答えてしまうのは女の子としてどうかと思うけど、衝撃を受けたり気分が悪くなっていそうな雰囲気を出したら、やっぱりこういう場に私を連れて来てはいけないんだって思われて、今後は家で待っていろと言われそうじゃない。

「非常事態だもの。謝らなくても……ちょっと待って！　この回復は何⁉」

なんでパニアグアの頬の古傷が治っているの⁉

『全力で回復って言った』

「そうだったー‼」

ガイアに言われて頭を抱えた。

確かに言った。言いました。

『まずかったのか？』

「蘇芳ってば、なんであなたまで回復しているの？　頬の傷が消えちゃったじゃない。手配書で確認出来ないわよ！」

『手配されてようがいまいが、五回は処刑されてもしかたないくらいの罪状があるんじゃないか？』

『おまえを攫う計画を立てただけでも、八つ裂きにしていいくらいだ』

瑠璃が静かに怒っていた。

いつのまにかニコデムス側はもう全員石にされている。

パニアグアも倒れたまま石になっていた。

ずらりと彫像が並ぶ様子は圧巻よ。

黒に緑の模様が入った綺麗な石だなあ……。

『全員、海に沈めるか？　それとも砂漠に捨ててくるか？』

「王都まで運ぶのよ。裁判をするの」

『めんどうだな』

たぶん、ここで処刑しちゃっても問題にはならないんだろうけど、今はシュタルクの人がいないでしょ。

国をめちゃくちゃにされた人達に、彼らの処分は任せた方がいいじゃない。

「ディア、言われた通りに精霊車は運んだが、あんなにたくさんの石像を詰めるのかい？」

お父様に聞かれて、私は得意げに頷いた。

「みなさん、蜂の巣ってみたことがありますか？」

興味津々な様子で私の答えを待っている人達にも聞こえるように言ったら、いつの間にか地上に降りて精霊獣と遊んでいた精霊王達まで近付いてきた。

琥珀と翡翠がカーラの九尾の狐の尻尾に頬ずりしていたのはしっかり見たわよ。

「なるほど。あの枠の部分に石像を入れるのか」

「さすがお父様、話が早い」

別名、カプセルホテル方式よ。

石像は寝返りしないいんだから、かなり狭いスペースに収まるでしょ。

移動ラックのように動かせるようにして、詰め込めばいいのよ。

「彼らはどうする？」

お父様が聞いてきたのはカザーレ達のことだ。

パニアグアの正体を知ったうえに、国王が王太子に殺されたという話まで聞いてしまったので、もう立っていられないくらいの衝撃を受けて、地面に座り込んで肩を落として俯いている。

「裁判次第じゃないですか？　あのままでも逃げたりはしないでしょうけど、自害はするかも」

「ああ、そうかもしれないね」

気になってカーラがどんな様子かちらっと見てしまった。

微妙な関係だったとはいえ半年以上やりとりしていたから、情が移ったりしているんじゃないかなって。

でもカーラもハミルトンも、精霊王やルフタネンのオジサマ方に囲まれて笑顔で話していた。

成人していない子供がふたり、囮になって外国に来ているんだもん。注目されるよね。

何もかも失ったカザーレと、今後はシュタルクやベジャイアの高位貴族達にも注目されて、味方を増やしていくだろうカーラと、見事に光と影に分かれてしまったけど、今までの行いを考えれば当然よ。カザーレに同情する気にはならないわ。

もうここでの決着はついた。

船から物資を降ろす作業は続いていたので、私は主だった人達と精霊車に乗って待機することにした。

ベジャイアとシュタルクの将軍の軍勢とも、この港で合流する予定なの。

ここまで来る間に彼らが持ってきた物資は使い切ってしまって、ここからは彼らも帝国とルフタネンが船に積んできた物資を運搬して、シュタルクの各地に行く予定なのよ。

「やっと終わったのね」

カーラがほっと息を吐きながらカップを手にしている隣で、私は早速お菓子に手を伸ばした。

気を張っていたせいか、さっきまではなんともなかったのに、こうして座った途端にものすごく疲れた気がする。

こういう時は甘いものを食べなくては。

お父様やカミルは、これからの日程の確認を始めとした難しい話をしているので、私はカーラとハミルトンと三人で、窓際の席で休憩中よ。

空間魔法でかなり広くしているので、大勢の人がいても窮屈ではないんだけど、出来れば私達だけ別の精霊車に乗りたかったな。

家族以外の大人がたくさんいる場所では、背筋を伸ばして姿勢よく御令嬢らしくしないといけないでしょ。

「貴族の相手はこれからだから、まだ終わりじゃないよ」

「それは私達がやる仕事ではないでしょ？」

「ああ、そうか。……というか、僕達何もしていないよね」

「そうなのよね」

まったりと姉弟で話しているところ悪いけど、今回のことのきっかけを作ったのはカーラだし、船や港で修羅場っている時にも、騒ぎの中心に立っていたじゃない。

むしろ全く動揺せず、冷静に会話しているふたりに驚いたわよ。

「ディアの後ろにいて、身に危険が及ぶとは思えなかったから」

「それまでみんな冷静だったのに、ディアがアルデルトに食って掛かっていった途端に、緊張が走ったよね」

「この港はシュタルクの水の精霊王の住居だったんでしょ？　ディアが破壊したらどうしようって思ったんじゃない？」

「…………え？　私はどういう扱い？」

「ディアのおかげで私達は何も心配しなくて済んだけど、功績だなんて言ったら申し訳ないなって思えてきたって話よ。ねえハミルトン」

「そうだよ。精霊獣に囲まれて立っていただけだっただろ？」

子供の頃は分かれて生活していたから、あまり親しくないなんて言っていた時期が嘘みたいに、このふたり仲良し姉弟じゃない？

「いいのよ。あの場にいたことに意味があるの。これから各国の軍と一緒に王都を目指せば知り合いも増えるでしょ。頑張って外交してね」

「ですって」

「僕がやるの？」

そりゃ、爵位をもらうのはハミルトンでしょ。

まだ十一になったばかりですって話せば、将来が楽しみだって印象に残るわよ。

頑張れ。

さすがにみんな慣れてきた

精霊車の中で待機すること三時間。

ベジャイアとシュタルクの合同軍が到着するという報告を受けて、出迎えの列に私も加わった。

たった三時間の誤差で到着って奇跡みたいなものよ。

私は船室でカーラとフィットネスしていればよかったけど、彼らは精霊がいない人ばかりだから、馬と馬車でガタガタの道をかなり無理な日程で移動してきたんだもん。なにより馬がつらかったはず。

私達がのんびりと休憩している間も、兵士の皆さんはテキパキと働いていたのよね。

港の中は物資で溢れ、港から出た広場には馬の餌や水が用意され、その先の道沿いで炊き出しがされている光景は、私にとっては戦争中の風景というより、前世の被災地の風景と重なって見える。

「あのフライ、すごいな。ふたり用か」

ハミルトンが見ているのは、ベリサリオが用意したふたり乗りのフライだ。

バイクの横に椅子の入った箱がついているのを見たことないかな。サイドカーっていうやつ。

あれのフライ版と後ろにふたり乗りの座席があるフライも用意されている。

馬をこれ以上走らせたら死んじゃうから、彼らはここで休憩させて、精霊のいない兵士はそれに乗せて移動してもらうのよ。

人々が忙しそうに行き来しているから、風景の異様さが少しは緩和されて見えるけど、それでもここまで状況がひどいとは想像していなかった。

木々は枯れ、枝が乾いて折れ曲がり、かつては建物だったはずのレンガが崩れ、ところどころ砂山になっている。

地面も干上がってひびが入り、元はどこが街道でどこが林や草原で、どこからが村だったのかほとんどわからない状態だ。

動物の姿が見えないだけでなく、おそらく虫一匹この土地では生きられないんじゃないかな。

「これでは作物は育たないわね」

「このあたりはひどいようですね。領主が早くから精霊を育て始めることを推奨したり、農民が暴動を起こして精霊を育て始めていた領地は、こんなにはひどくありませんよ。それと、王都周辺の農民に地方で精霊を育てさせた政策が、地方にとってはいい結果になったようです」

説明してくれたのは、一足早く到着した伝令の人だ。

倒れそうなほど疲れているだろうに仲間が到着するまでは休む気がないのか、体中砂だらけの姿でどうにか立っている。

そういえば、なんで彼は私の隣にいるのよ。

お父様達がいる方にいなさいよ。

私が前に出すぎ？

ほら、カミルが心配して近寄ってきたわよ。

「あ、あの」

「？」

「誰ひとり、村で略奪を働いたり乱暴をしたりしていません。野営も村から離れてしましたので、迷惑はかけていないはずです」

ん？　なんの話？

「ですから、薪は勘弁してください」

「薪？　あーーー！」

必死な顔で何を言うかと思ったら、ベジャイア国王に送った手紙の話か。

「なんでそんなことをあなたが知っているの？」

「陛下が出陣の折に手紙を読み上げましたので」

「えええ⁉　あれは本気じゃないわよ。ちゃんとベジャイア兵を信じているわよ」

「あ、そうなんですね。よかった」

バルターク‼

いや、他国の国王を呼び捨てにしちゃいけないけども！

おまけの追伸まで読まなくていいじゃない。

「すごいな。ベジャイア軍を脅したのか」

笑うな、カミル。

ジョークよ、本気じゃなかったのよ。

「ほら、頑張ったあなたにご褒美よ。特別だからね。みんなに内緒よ」

伝令に恩着せがましく手渡したのは、ひと口で食べ終わってしまうような小さなアーモンドチョコレートだ。

アーモンドもチョコも疲れた時に食べるといいはずよ。

「ありがとうございます！」

「涙ぐむほどの物じゃないでしょ。見えないように向こう向いて食べちゃって」

「はい。……おいしい。実は炊き出しのいい匂いがして、空腹で死にそうでした」

あー、美味しそうな匂いがするもんね。

向こうからすさまじい砂煙をあげて近付いて来る軍勢も、この匂いに釣られているのかもしれないな。

実際に間近で見ると、あの数が一度に移動するのってすごい迫力だし、地響きするし揺れるのよ。

味方だってわかっているからいいけど、そうじゃなかったら恐怖よ。

「おーー、妖精姫がいるぞ！」

ガイオ！　先頭を走りながら余計なことを言わないで！

「「「おおおおお！！！」」」

うわあ、歓声が……。

穴があったら入りたい。

みんなの後ろに隠れてしまいたい。

軍隊は私達からだいぶ離れた位置で止まり、先頭から順に馬を降り、指揮官クラスの人達だけがこちらに歩み寄ってきた。

「よお、ひさしぶりだな」

指揮官クラスの中では最も若いガイオは軍の制服がよく似合って、英雄と称えられるのも頷けるくらい堂々とした姿だった。

水を得た魚って、こういう状態を言うのね。

「こっちは上手くいった。そっちは？」

「だいたい予定通りだ。おまえは相変わらず独占欲が強いな。妖精姫との間に割り込むなよ」

「その砂だらけの姿で近付くな」

「ああ。そうか」

ガイオとカミルって、やっぱり気が合う感じ。

こうやって愛想のない言葉の応酬をしていても楽しそうなのよ。

クリスお兄様と陛下もこんな感じだから、男同士って仲良くなると素っ気ない雰囲気になるのかしら。

「ディア、精霊車で話をするよ。カーラやハミルトンも来てくれ」

前を通り過ぎていく兵士が頭を下げたり敬礼したりしてくれるので、それに応えていたらお父様に呼ばれた。

精霊獣を連れた兵士にぐるりと取り囲まれた精霊車が、指揮官の作戦本部になっている。

さっきまで私達がいた精霊車ね。

全員が席に着いてまず、国ごとにひとりずつ名前や役職などの説明がされ、初対面同士は挨拶を交わした。

オベール辺境伯とハドリー将軍は初対面なので、私もちゃんと挨拶したわよ。

将軍って聞いたから、ベジャイアのビューレン公爵みたいな人を想像していたのよ。

大きくて胸板が厚くて、厳しくて、そこそこの年齢で。

でもハドリー将軍はパウロタイプだった。

髪は金色で整ったいかにも貴族ですという品のよさそうな顔で、長身で細身なの。

だからってひ弱な感じではないのよ。

目つきは鋭いし、きびきびとした動作で背筋がぴしっと伸びていて、軍人ですって雰囲気の人よ。

オベール辺境伯は物静かそうな顎髭のイケオジタイプの人で、息子さんとは陛下の誕生日会で顔を合わせたはず……たぶん。

あまりに他のメンバーが濃かったから、印象に残っていないのよ。

「まずお伝えしたい大事なことがありまして」

席に着いてすぐ、お父様が言いにくそうに口を開いた。

「何か問題でも？」

「いえ、パニアグアと王太子はすでに捕らえました」

「……え？」

「は？」

驚くのはわかる。

まさか王宮から出て、こんなところまでのこのこ私を出迎えに来るとは思わないよね。

私も思わなかったよ。

だからここに迎えに来た一団を捕らえた後、味方の兵士にシュタルク兵の制服を着せて、カザーレに騙されている振りで王宮に行こうと思っていたんだもん。

カーラやハミルトンの活躍はまだこの後も続く予定だったのに、呆気なく終わっちゃったのよ。

「今は石にして港の精霊車に積んでいますので、あとでご覧になってください」

積むとかご覧になるとか、すでに扱いが彫像であって人じゃなくなっている。

「それは……ありがたい話ですが」

こっち見ないで。

あなた達の手で捕まえたかったんだとしても、悪いのは私じゃないから。

お馬鹿なふたりに文句を言って。

「それでですね、最近国王の姿が見えなかったそうですが」

「はい」

「王太子が殺害したと話していました」

お父様が話すたびにシュタルクの人達がダメージを負っている。

せっかくここまで来て、こんな知らせを聞くことになるとは思わなかっただろうな。

でも、王太子と強盗犯が捕まったのはいいことよ。

お父様達は今後の打ち合わせがあるけど、私は挨拶が済めばお役御免なのよね。

さっきまでみたいに離れた席でカーラ達と待機していてもいいんだけど、いい加減疲れたのでベリサリオ用の精霊車でだらーっとしたいなと思っていたら、お父様がまずはカーラとハミルトンに声をかけた。

「きみ達は一回国に帰ったらどうだ？　パニアグアを捕らえられたので囮は必要なくなったし、今後、行く先々の状況はかなりひどいと聞く。無理をしてひどい様子を見る必要はないだろう。裁判等で必要になった時にまたシュタルクに来ればいい。きみ達なら、すぐに転移魔法で自宅に帰れるだろう」

転移魔法が使えると聞いて、他国の人達はふたりに一気に興味が湧いたみたいだ。

「すごいですね。帝国では、こんなお若い方でも転移魔法が使えるのですか」

「このふたりはディアの幼馴染なので、幼少の頃から精霊を育て、魔法を覚えるのも早かったんですよ」

お父様の説明を聞いて、特にシュタルクの将軍と辺境伯は感心したように何度も頷いていた。

精霊すら見たことがない人がほとんどのシュタルクだもんね。

港に精霊獣がたくさんいるのを見て、シュタルク兵は呆気に取られていたっけ。

彼らにとっては別世界みたいだったんだろう。

「確かにそうですね。これ以上ここにいても出来ることはありませんから」

ハミルトンもカーラも船から降りて、帝国の見知った人達に会えたおかげでほっとした分、顔に疲れが見えている。

気を張っていた時は気付かないものだよね。

「疲れているだろうが、急いで報告書を書くので伝令と一緒に皇宮に行き、陛下に報告をしてもらいたい。その後は陛下の指示に従ってくれ。ディアはどうする？」

お父様に聞かれても、すぐには答えが出せなかった。

私がいなくなったら、帝国の精霊王は手を引くんじゃないかな。

他の精霊王は？

人間には干渉しないという線引きをどのあたりにしているかはわからないけど、私の存在は便利だと思うのよ。

それに、私は何か出来ることがあるんじゃないかな。

庶民を助けるために動くのは、本当に聖女扱いされるから駄目だ。

いろんな国の兵士がシュタルクの兵士と力を合わせて村を救い、精霊王が精霊を育てられるようにしてくれるっていう流れが、今後のためにもいいはずだもん。

他国民の私が目立ちすぎちゃいけない。

つか、今まで全く人間には姿を見せなかったけど、地方で精霊を育てようとしたらすぐに精霊が育ったってことは、シュタルクの精霊王達は人間を見捨てるどころか、ずっと見守って内緒で力を貸していたんじゃない？

シュタルク国内の魔力じゃ、精霊を農民が育てるって無理なはず。

優しいなあ。

そんな優しい精霊王のためにも、この状況から国を立て直していこうとしている人達のためにも、出来ることがあるならしたいんだよなあ。

私だから出来ること。

私しか出来ないことがあるんじゃない？

「あ」

小さい声で呟いただけだけど、みんなが私の答えに注目していたから、全員が何を言い出すんだろうという顔で息を呑んだ。

「私ちょっと、シュタルク王宮の地下牢に行ってきます」

いつもならここで時が止まるんだけど、今回はシュタルクの人達以外は納得したような脱力したような、諦めたような顔つきになった。

「言うと思ったよ……」

「え？　そうなの？　すごいね、カミル。私は今思いついたのに、予想していたんだ」

「いや、みんな予想していたと思う」

「むしろ今まで言い出していなかったのが驚きだ」

ガイオも予想していたの？

苦笑いしているお父様も？

「カミルと一緒じゃないと許可出来ない」

「当然です。誰が何と言おうとついて行きます」

「いつの間にかカミルの信頼度が大幅アップしている……」

カミルには一緒に来てもらおうと思っていたよ。

さすがにひとりで行こうとは思っていなかったって。

にしても、驚かれも反対もされないとは思わなかったわ。

円卓会議

「何をのんきなことを言っているんですか！」

話がまとまりそうになっている中で、ハドリー将軍が苛立ちを含んだ大きな声で言いながら立ち上がった。

「さんざんご迷惑をおかけした妖精姫に、そんな危険な真似をさせるわけにはいきません。おやめください」

彼らが座っているのは、私が上で寝られそうなくらい大きな円形のテーブルだ。

シュタルクの人達は私のいる側からは離れた位置に座っていたので、将軍は少しでも距離を詰めようとしているのか、テーブルに手をついて、上に乗り上げそうなくらいの勢いだ。

「どうして？」

「どうしてって、敵の本陣の地下牢ですよ。うら若い女性が乗り込むような場所ではありません」

オベール辺境伯は見た目どおり物静かな人なのか、それとも思慮深い人なのか、他の人達の反応と私の答えを注意深く観察しているようだ。

「つまり私が女だから駄目だと」

ハドリー将軍と同じようにテーブルに手をついて、幾分身を乗り出してまっすぐに将軍に向き合った。

「ただでさえ王都は物資が不足しているんです。地下牢に捕らえられている人達は、何日も食事を与えられず拷問だってされているでしょう。捕らえられている人の中にはご年配の人もいるのではないですか？　その人に少女を危ない目には遭わせられないから助けに行けなかったというつもりですか？　今夜、命を落とす人がいるかもしれないんですよ。残された家族に、あなたはどう説明をするつもりですか」

うっと声を詰まらせ身を退いた将軍を睨みつけていたら、カミルに肩を叩かれた。

「そういう説得の仕方を軍人にしないであげてくれ」

「男同士って、そうやってかばい合うのよ」

残された家族や恋人の気持ちを考えてよ。

彼らはきっと、大切な人を助けてくれるなら、相手は誰でもかまわないわよ。

「将軍、我々も少し落ち着こう。状況の変化が目まぐるしく、他国に比べてあまりに我が国が遅れているのを目の当たりにして、だいぶ感情的になっているよ」

「それは……そうだが」

将軍の腕に手を添えて落ち着いた声で話すオベール辺境伯は、軍師的立ち位置なのかしら。

このふたりが協力し合うことになったおかげで、ようやくシュタルクはニコデムス排除に動き出したのね。

「娘が失礼な言い方をして申し訳ない。しかし、ディアなら出来るんです」

お父様も立ち上がり、私の頭に手を乗せた。

「王太子とニコデムスの大神官は捕らえましたが、大変なのはここからです。王宮を奪還し、軟禁されている貴族達を助け出したとしても、こんなにも自然が失われてしまった大地をよみがえらせるのは並大抵では出来ません。何年も何年も地道な努力が必要になります」

お父様の言葉に、特にベジャイアの人達が深く頷いていた。

ルフタネンは精霊王がふて寝していた間も、国民は精霊を育てることを忘れなかった。

それは習慣化していたからだ。

子供が出来たら精霊を探すことが、当たり前の常識になっていたからだ。

四歳の時から精霊を育てる方法を広めてきた帝国でさえ、領地によって精霊の数にかなりの差が出ていて、未だに精霊を見たことのない人だっているって聞く。

ベジャイアはもっと深刻だ。

ようやく復興に向けて一丸となって動き出したけど、やらなくてはいけないことが多すぎて、つい、精霊を育てることを後回しにしてしまう人も多いらしい。

シュタルクの場合は、国が滅亡する危険とまだまだ隣り合わせだ。

国中からほとんどの魔力が失われていたから、精霊王が一回祝福してくれたくらいでは、半年も持たないと思う。

これをきっかけに魔力を放出して精霊をちゃんと育てた地域は、半年後には作物が少しは実るようになるだろうけど、安心してしまって手を抜いた村は、またひどい状況に逆戻りしてしまうんじゃないかな。

「だから指導者が必要なんです。国を動かす人達が、物事を決定する優秀な人達がいなくては、人々はバラバラになってしまいますよ」

お父様に説得されても、ハドリー将軍は口をへの字にして考え込んでいた。

理屈ではわかっていても、成人していない女の子を危険な場所に行かせることに賛成出来ないのかも。

「どちらにしても、まずは精霊王に協力を頼まないといけないだろう」

「そうね」

「精霊王方、いらっしゃいますか？」

カミルが上の方を見上げながら言った途端、世界が急に広がった。

精霊車の中にいたのに壁も天井も一瞬で消えて、足元には草原が広がり、明るい日差しが眩しい青く澄んだ空が広がり、木々は初夏を思わせる緑の鮮やかな葉を茂らせている。

遠くには白い浜辺が続き、穏やかな波が打ち寄せているのが見えた。

『昔、ここはこういう景色だったのよ』

シュタルクの水の精霊王が、懐かしそうに目を細めた。

『春には白い花が一面に咲いて、空の青と海の青がどこまでも続いていて、美しかったわ』

国ごとに固まって草原に佇んでいるんだけど、微妙に光が揺らめいているせいで、私達と同じ場所ではなく、薄いカーテンの向こう側にいるように見える。

いっせいに跪いた人達は、指先に触れる草の感触に戸惑いつつも、美しい風景に見入っていた。

『カミル、呼んだ？』

いつのまにかモアナがカミルのすぐ近くに移動していた。

彼女の背後にはルフタネンの精霊王達が顔を揃えていて、少し離れて帝国の精霊王達も来てくれている。

「ディアと俺でシュタルク王宮の地下牢に行きたいんだ」

「いつもお願い事ばかりで悪いんだけど、連れて行ってくれる？」

カミルはルフタネンの精霊王に、私は帝国の精霊王に話しかけた。

『おまえの願い事は、ほとんどが誰かのためになることばかりだ。そしてほとんどが精霊のためにもなることだ』

『そうよ。だから遠慮なんてしないで』

そう言ってくれるけど、瑠璃も琥珀も、笑顔で頷いている蘇芳も翡翠も、みんな私に甘すぎよ。

『ベリサリオ辺境伯に許してもらえるなんて、随分信頼されているじゃないか』

「クニ、髪をめちゃくちゃにするな」

ルフタネンの火の精霊王は蘇芳より背が高いからな。

赤い巻き毛で浅黒い肌の大男よ。

カメハメハ大王ってこんな人だったりしない？　しないか。

「あの」

離れた場所から声が聞こえたのでそちらを見たら、テーブルの向こうに手だけが出ていた。

『みんな椅子に座って。それじゃあ話しにくいでしょう？』

シュタルクの水の精霊王が許可を出してくれたので、跪いていた人達が遠慮がちに立ち上がった。

意外なことにベジャイアの精霊王達が静かだ。

シュタルクの精霊王も、話しているのは水の精霊王だけだ。

私やカミルの後ろ盾になっている精霊王達を尊重しているのかな。

『またおまえを怒らせたらいけないから、あいつら慎重になっているんだよ』

笑いながら蘇芳がそっと教えてくれた。

怒らせたのなんて、もう随分前のことなのに？

精霊王にとってはついこの前なのかな。

「あの」

ああ、そうだった。

手をあげていたのはハドリー将軍だったのね。

長身の将軍が小さくなって手をあげている姿が可愛くて笑ってしまう。

『どうしたの？』

「我々を、いえ、私を王宮に連れて行っていただけませんか」

『それは駄目よ』

きっぱりと琥珀に断られても、ハドリー将軍は納得がいかない顔をしていた。

自分の国のことだから、他国の人間に任せないで自分で動きたいんだろう。

『あなたに手助けしたら人間に干渉したことになってしまうわ。私達はディアの後ろ盾になっているから、ディアが行きたいところに送ってあげるのは問題ないの。でもそれだけよ。手伝わないわよ』

『でも守る。後ろ盾になっている以上、我らは保護者だからな』

もうお父様も慣れているみたいだけど、瑠璃と琥珀に囲まれて肩や頭に手を置かれていると、私達親子みたいじゃない？

そこに翡翠や蘇芳も混ざろうとするから、くっつきすぎなのよ。

ちらっと見たら、カミルもルフタネンの精霊王に囲まれていた。

「以前からお聞きしたいと思っていたのですが、なぜその少女だけが精霊王様にとって特別な存在なのでしょうか」

おお。ハドリー将軍、それはいい質問だよ。

面と向かってその質問をした他国の人は、今までいなかったよ。

『そんなの当たり前じゃない。帝国で人間と精霊が共存出来たのはディアのおかげだからよ』

なぜか翡翠が胸を張って得意げに答えた。

『まだ四歳の時に帝国中を回って、精霊の育て方を広めてくれたのよ』

『ルフタネンの精霊王もディアには世話になったし、なによりカミルに嫁いでルフタネンに来てくれるからね』

『ねー』

マカニが説明する横で、モアナがにこにこしながら手を振っている。

『ベジャイアも世話になったし、迷惑もかけたんだよな』

風の精霊王、迷惑をかけたのはあなただけよ。

あなたが発言した途端に、他の精霊王達がはっとした顔をして私を見たじゃない。

私が、あなたに会いたくなかったって言い出したらどうしようって心配してるんじゃないの？

風の精霊王も発言してから、私の顔色を窺わないで。

精霊王にまでこわがられていると思われたらどうするのよ。

『シュタルクも大きな借りが出来そうよね』

うっ。いつの間にかあちこちに貸しを作って回っているみたいになってしまってる。

これは笑いごとではないかも。

今回なんて、王宮に乗り込んで捕まっている人を助けるって、一番貢献度が高いところを私やカミルがやっちゃうって、貸しが大きすぎだったわ。

シュタルク関係者が絡んでないのはまずいよね。

ハドリー将軍が難色を示すのも理解出来るわ。

「お父様、軟禁されている人達の救出は明日になるんでしょうか」

「そうだね。時間を合わせて複数同時に救出する計画だよ」

シュタルクの兵士は参加するけど、そこでも中心になっているのはルフタネンの兵士で、見た目的にルフタネン人の方が目立ってしまう。

これは警戒するわ。

ここまでやってやったんだからと、シュタルクに圧力をかけてくる国があるんじゃないかって心配になるよ。

そうじゃなくても世論的に、シュタルク首脳陣は他国に助けてもらってばかりだったなんて話になったら、今後の統治がやりにくくなってしまう。

うーーん。

「将軍は今夜はここで野営の予定だったんですよね」

「はい。ベジャイアとシュタルクの合同軍は港で野営し、休息を取ってから、また村への支援に回る予定でした」

前の計画ならそれでもよかったのよ。

王太子とパニパニが、港まで来ちゃうから面倒なことになっちゃったんじゃない。

「わかりました。将軍には精鋭部隊を選んでもらいます。何人でもいいので、その人達も将軍も早めに仮眠して、深夜に動けるようにしておいてください。地下牢救出作戦が完了したら、私が空間を繋げて王宮に来てもらいます。そして翌日、軟禁されている人達の救出作戦の指揮を執ってください」

「なるほど、それはいいね」

どや。

お父様も納得の作戦よ。

「それなら早めに来てもらおう。王宮には近衛がいるはずだ。彼らと戦闘になった場合、俺達が説得するより将軍がいてくれた方が話が早い。上手くいけば味方に出来るはずだ」

カミルに言われて、そういう危険があることに気付いた。

勢いと力業《ちからわざ》でなんとか出来ると思ってしまうのはやめないと。

私は精霊王に守られているからいいけど、相手は大怪我するかもしれないもんね。

味方に出来る人に怪我をさせては駄目よ。

「そうしていただけるとありがたいです。よろしくお願いします」

「お気遣いありがとうございます」

ハドリー将軍とオベール辺境伯は深々と頭を下げた。

ディアの身の安全が最優先

地下牢にいる人達は、きっと食事を与えられていないだろう。

もしかすると王宮にいる人達のほとんどが、まともなものを食べていないかもしれない。

食べ物は大事よ。

せっかく助け出したのに空腹で死なれてしまっては意味がないから、行動を起こすまでの時間に、必要になりそうな物を出来るだけマジックバッグに詰め込んだ。

そして、次に重要なのが私の服装よ。

敵陣の地下牢にドレスをひらひらさせて行けないでしょ。

汚れてもかまわない動きやすい服にしなくては。

「ということで、ハミルトン、服を貸して」

「なんで僕？」

「体型が近いのがあなただけだから」

「女の子と近い体型なんかじゃない！」

まさか、こんな反応をされるとは思わなかった。

普段は大人びているのに、そこは子供っぽいことを言うんだ。

まだ十一歳だし細身だし、私とそれほど身長だって変わらないじゃない。

「僕はそんな小さくない」

「何言っているのよ。視線の高さがほとんど変わらないでしょ」

「…………」

「今は同じだってだけよ。二年もしたらにょきにょき身長が伸びるでしょ。すぐに見あげなくちゃいけなくなるのよ」

「当たり前だ。僕はノーランド民族の血が入っているんだからな。すぐにジュードみたいになるんだ」

それは……どうだろう。

あそこまでごつい感じにはならないんじゃない？

「ハミルトンってガイオみたいな体型になりたいの？」

「男ならみんなそうだよ」

そうなの？　ってカミルの方を見たら、首を横に振っていた。

ルフタネン人は細身が多いもんね。

ベリサリオも長身で細身の人が多いのよ。

筋肉質でもムキムキじゃなくて細身の方が、私も好きなんだよなあ。

腕の筋肉が私の太腿くらいありそうな大男とか、暑苦しくて近付きたくないわ。

「ヨハネスって細かったわよね？　カーラもどっちかって言うと……」

「私は背が伸びているわよ。ディアよりだいぶ高くなったでしょ」

「うそ。……あああ、いつのまに」

これから大変な仕事が待っているのに、こんなところで心にダメージを負ってしまったわ。

私の心の友はパティだけよ。

彼女にはあのまま、コンパクトで性格も可愛いのに、きりっとした猫目の気の強そうな顔をしているってギャップを貫いてほしい。

「……着替えてくる」

「女の子は身長よりむ……なんでもない」

「ハミルトン。喧嘩なら買うわよ」

「何でもないって言ったよ！」

「それよりディア、上にちゃんとコートを着るんだよ。ないなら俺のを貸すから」

なんでコートの話なのよ。

そこは真っ先に、

「ディアは成人したら、ナディア夫人みたいになるよ」

って慰めてくれなくちゃ駄目でしょう。

だいたいカミルのコートなんて借りたら、裾を引きずって地下牢の掃除をしちゃうわよ。

たぶんパンツ姿だとお尻の形が見えるのが駄目なんだよね？

だからモニカの護衛をしている女性の近衛兵は、丈の長い上着をいつも着ているんだもんね。

この国の恥ずかしさの常識が、未だに私にはよくわからない。

胸が零れそうなドレスを平気で着るのよ？

ダンスをしたら、胸の谷間を見せまくりよ。

それなのに膝を見せたら恥ずかしいとか、家族や婚約者の前以外で靴を脱いで素足《すあし》を見せたらいけないとか、どういう基準なんだろう。

南の島国や東方諸国では夏はサンダルを履くのが普通で、ルフタネンでも最近サンダルを履く人が増えているのに。

ベリサリオも夏は暑いから、サンダルがあると涼しくていいのにな。

でも私だって、敵も味方もほとんど男性ばかりの状況で、お尻の線がはっきり見えるパンツ姿でうろうろしようとは思っていない。

そのへんの常識はちゃんと持ち合わせているし、なによりこれ以上注目されるのは嫌だ。

「ベルトを締めれば何とかなるわね」

精霊車の中に衝立で隔てて、ジェマとミミが試着室を作ってくれたのでそこで着替えた。

肩幅が違うから、シャツの肩がずり落ちてしまうのは仕方ない。

足は私の方が長いみたいで、裾はちょっと短かった。

私はね、スタイルはいいのよ。手足の長いモデル体型なの。

ただちょっと、こう出るべき場所がね。

いや、まだこれからよ。

「一回しか着ていないから活用しなくちゃ」

マジックバッグから取り出したのは、戴冠式の日に精霊王に会いに行く時に着たローブだ。

ゲームの魔道士が着ているようなおしゃれなやつよ。

これなら足元まで隠れるし、フードもついている。

「素敵。それなら動きやすそうね」

でも、褒めてくれたのはカーラだけだった。

「上にそれを着るなら、下はスカートでもいいじゃないか」

ハミルトンはむすっとしているし、

「派手じゃないか？」

カミルは苦笑いになっている。

白地に紫と青の模様の入っているローブだからね、地味ではないわね。

「いいの。堂々と侵入して、堂々と助け出すの。重要人物が地下牢に入れられていたんですよって、世間にばらさなくちゃ」

「世間じゃなくて敵にばれるよ」

でも転移魔法をフル活用する予定だから、移動距離は少ないのよ。

このローブは防御力が高いし、いざという時にも役に立つと思うんだけど。

「ディアはさ、どうして自分から面倒事に首を突っ込むんだよ」

ハミルトンがテーブルに頬杖をついて、もう片方の手で乱暴にお茶をかき混ぜながら言った。

カーラは彼の隣の席に座っていて、私とカミルはテーブルを挟んでローブの裾を持ち上げたり、布地の丈夫さを確認していたのに、少し機嫌が悪そうな顔で真剣な口調で言い出したから、思わず動きを止めて注目しちゃったわ。

「どうしてって、私は精霊王のおかげで安全だから」

「ニコデムスを倒したいって言うのはわかるんだよ。でもシュタルクはその前からおかしかっただろ？　もう大神官は捕まえたんだから、あとはハドリー将軍にやらせればいいんじゃない？」

「精霊と人間が共存出来る国にするのが目的なんだよ」

すぐに答えられなかった私の代わりに、カミルが答えた。

「このままだと平民がたくさん死んでしまうじゃないか。自分が贅沢することばかり考えていた貴族達は自業自得だから放置してもいいが、国民が気の毒だ」

「そうなんだけどさ、だからってディアがそこまでやらない方がよくないか？」

「そうね。上手くいかなかったら、また助けてくれると思われても困るわね」

カーラまで心配してくれちゃってるの？

精霊王が守ってくれているから危なくないし、地下牢の人達を助け出したら、そこから先はハドリー将軍を呼んで任せるのに？

そりゃあ他の人にとっては命がけの作戦になってしまうだろうけど、私は出来てしまうんだもん。

「精霊王に恩返しもしたいのよ。今までたくさんお世話になっているから。シュタルクの精霊王だけ、人間と仲良く出来ないのは気の毒でしょ？」

「お世話になっているんじゃなくて、お世話しているような……」

「ハミルトン。精霊と人間が共存出来る世界を作る手助けをするっていうのは、俺が精霊王に後ろ盾になってもらった時の条件でもあるんだ」

「あー、そうなんだ」

カミルはテーブルに腰を下ろして片手をついた。

私だと、よいしょって乗らないと座れない高さなのに、苦もなく座れるのが憎らしい。

「でもハミルトンやカーラの心配も理解出来る。そう考えるとベジャイアを脅したのは正解だったし、ディアが怖がられるのも正解だな」

「そうだね。簡単に頼みごとが出来ない雰囲気の方がいいよ。便利に使われちゃ困るだろ」

「まったくだ」

便利に使う？

私って、そんなお人よしに見えるの？

新生ディアドラは畏れられているんじゃないの？

「わざわざ精霊王が村を祝福して回ってくれたんだ。それなのに魔力を放出しないで精霊を育てなかった村があって、また作物が実らなかったとしても、それは俺達にはかかわりのないことだ。ディアに何か言ってきたら」

「精霊を育てないとかふざけんな。ぶっ飛ばすぞって言えばいいんでしょ」

「……言い方」

ハミルトンは細かいわね。

そんなに心配ばかりしていると若禿《わかはげ》になるわよ。

「しっかりしていていいじゃないか。領地を得たら、彼が治めていかないといけないんだからこのくらいがいいのさ」

「そうだよ」

「家令や執事も雇い直しになるんだろ？」

「何人かは残ってくれているけど、信用出来る人を探すのは大変そうだよ」

「かといってノーランドには頼めないし、ベリサリオに頼り過ぎは危険だぞ」

「しないよ。クリス怖いもん」

そうね。

使用人がベリサリオびいき過ぎるのは問題よね。

クリスお兄様に任せると内通者を作りそう。

騙そうとか利用しようとかじゃなくて、心配だから報告させようって考えでも、ハミルトンの知らないところで使用人がクリスお兄様に報告していたら嫌な気持ちになるもんね。

「準備は出来たし、そろそろ行きましょうか」

「そうだな。ふたりは国に戻るんだろ？」

「ディアが無事に作戦を終わらせたか見届けないうちは帰れないわよ。ハドリー将軍を王都に迎えたら、あなた達は戻ってくるんでしょ。一緒に帰りましょう」

カーラはわざわざ立ち上がって、ぐるりとテーブルを回って私の手を取った。

何度大丈夫だって言っても、私は化け物並みに強いって知っていても、友達も家族も心配してくれる。

自分達と同じ、普通の女の子みたいに接してくれる。

だから悲しませたくはない。

自分が大事にしなくちゃいけないものは何なのか。

本当に守りたい人達は誰なのか。

間違えないようにしなくては。

「うん。一緒に帰ろう。きっとお母様が心配しているわ」

全ての準備が終わって外に出ると、もうお父様達も将軍達も準備を終えて港に集まっていた。

港の端に精霊車を一台停めて、魔道具の照明で明るく照らしている。

ここが空間を開くポイントだ。

「ディア、無理はしないと約束してくれ」

カミルと一緒ならと許可を出してくれたお父様なのに、肩を掴む手が少し震えている。

「危険だと思ったらすぐに戻ってくるんだ。もともと私達が進軍して救助する予定だった人達だ。誰も助け出せなくてもかまわない」

気持ちはわかるけど、シュタルクの人達のいる前でその台詞はどうかと思う。

「カミル。たとえディアが嫌がっても、危険と判断したら抱えて転移で戻ってくるんだ。いいな」

「はい。なによりディアの無事が最優先です」

「その通りだ」

きりっとした顔で握手しながら何を言っているのさ。

精霊王が守ってくれているんだから、私はだいじょう……ぶじゃないかも。

本当に私の身に危険が迫ったら、王都が砂漠になるかもしれない。

やばい。無理をしないでちゃんと避難しよう。

派手過ぎる地下牢侵入

瑠璃が私達を連れて行ってくれたのは、地下牢に通じる階段前の少し広くなっている場所だった。

壁も床もざらりとした断面の灰色の石は、細かいひびがいくつも入っている。

目の前の壁だけが木製で、左隅に小さな扉がついていた。

「鍵は開いているな」

カミルがほんの少しだけ扉を開けると、精霊形になったカミルの土の精霊が隙間からするりと出て行き、地面すれすれを飛んで廊下の様子をチェックして戻ってきた。

慣れた様子だけど、普段からそういう訓練をしているの？

「どうだ？」

『誰もいないよ』

精霊の答えを聞いてカミルが扉を開けて廊下に出て、すぐに私に手を差し伸べてくれた。

扉の位置が中途半端な高さにあって床から離れているせいで、跨がないと廊下に出られないのよ。

囚人が脱走した時に、スムーズに逃げられないようにしているのかしら。

躓《つまず》いたら恥ずかしいので、おとなしくカミルの手を取り、よいしょと跨いで廊下に出た。

廊下の片側には木製の古い棚がいくつか置かれ、看守が使うのか木のテーブルと椅子が置かれていた。

柱に魔道具の照明がかけられているのに薄暗く、カビと腐敗臭の混ざった匂いがして、床が所々濡れているのが気持ち悪い。

壁を何気なく見たら虫がカサカサと移動していて、大きな声を出しそうになるのをぐっと堪えた。

『あそこにドアが見えるだろ？　ニコデムスに逆らって捕まった貴族はあそこにいるよ』

廊下の先を指さしたのはマカニだ。

少年のような見た目の風の精霊王ね。

誰が私とカミルを連れて行くかと精霊王同士で話し合って、親しい顔ぶれの方が私達も安心出来るだろうと、瑠璃と蘇芳、クニとマカニがついて来てくれた。

女性陣はここの不潔な感じが嫌なので、今回は遠くから見守っているんだって。

ベジャイアとシュタルクの精霊王も来たいと言っていたそうなんだけど、まだ信頼関係が築けていないから駄目だと断ったそうよ。

私としても、そうしてくれてよかったと思う。

「ディア、行こう」

「うん」

ここから先は自分達で進むしかない。

精霊王が危ない場面で助けてくれるのは、私とカミルだけだ。それ以上は人間への干渉になってしまう。

救出を無事に成功させるためには、自分達で頑張らないと。

『放っておけばいいのにな』

『ディアは優しいんだ』

背後から声が聞こえたのでちらっと後ろを振り返ったけど、もう精霊王達は姿を消していた。

すぐに前に視線を戻し、カミルに続いて廊下を走る。

扉の横で足を止め、特殊部隊の隊員になった気分で壁に背をつけてから、汚れていて虫がいることを思い出した。

ううう……いい。我慢する。あとで浄化してもらおう。

それより臭い。

扉の近くに来たら、匂いがひどくなったわ。

鍵がかかっているのでどうするのかと見ていたら、カミルの火の精霊獣がドアノブごと熱して溶かしてしまった。

そのままだと熱いので、指示しなくても水の精霊獣が冷やしているあたり、これも普段から訓練しているのかな。

カミルと精霊獣の対話って、こういう訓練でやっているんじゃないわよね。

いや、今まさに使っているんだけど。

公爵がこんな技を使う機会なんてないでしょ。

『あいつらだけずるい。やりたい』

ジンがむすっとした声で呟いた。

「しっ」

あれは遊んでいるんじゃないから、羨ましがらないの。

私が唇に指をあててジンを黙らせている間に、カミルが少しだけ扉を開くと、風と土の精霊がするりと中に入っていった。

『ねえ、ねえ』

ジンだけじゃなくてリヴァまで自分にも何かやらせろと言いたげに、精霊形になったり顕現したりを繰り返して訴えて来る。

シロなんて鼻の頭がくっつきそうなほど顔を近付けて、自分はここにいるぞと主張してきた。

「頼むからおとなしくしていて。あとで働いてもらうから」

クロは大人しくカミルの頭に張り付いているでしょ。

『大丈夫だけどひどい』

『見張りはいない』

「……おかしいな」

見張りがいないなんてことがあり得るの？

もしかして、もう脱獄なんて出来ないほど中の人が弱っているとか？

それとも、このまま放置して餓死させる気なの？

「行きましょう」

「……注意してくれよ」

「うん」

扉を大きく開けてカミルが中に飛び込み、剣を構えて四方を確認する。

精霊達もすぐに続いて、けっこう広い地下牢内を飛び回って看守がいないか確認している。

私はそっと扉を閉じて、口と鼻を手で覆い、こみ上げる物をどうにか我慢した。

扉の中に入ると幾分広い空間が広がっていて、右手には鎖とか鞭とか、まあいろいろと忌まわしい道具が、左手には手術室にあるようなベッドが置かれていた。

ここがどういう場所なのか目の前に突き付けられた気分よ。

正面は部屋の奥まで続く通路になっていて、左右に牢屋が並んでいる。

部屋自体はそれほど広くなくて、牢屋の数もそう多くはないと思う。

もしかすると他にもこういう部屋がいくつかあるのかも。

「みんな、まずはすぐに地下牢全体を浄化して」

『わーい』

『まかせろ』

まだクリアリングしているカミルの精霊達の横で、私の精霊達は飛び回りながら浄化魔法をかけまくった。

効率的で大変よろしい。

働くのが嬉しいっていいね。

精霊達にとっては遊びなのかもしれないけど。

『僕も？』

「シロは私の背中を浄化」

『ディア汚いの？』

「あ？」

こいつ、乙女《おとめ》に向かって汚いって何さ。

瑠璃につき返そうかな。

ほんの何秒かで臭くて汚かった地下牢がピッカピカよ。

床や壁も本当はこんなに明るい色だったのね。

牢屋の格子もピッカピカ。

魔道具の照明も綺麗になったから、随分部屋が明るくなったわ。

「だ、誰だ」

「ゴホッ。この光……は？」

「うー」

どの声も弱い。

苦しそうな唸り声しか出せない人もいるようだ。

「ここにいる人全員回復して」

『どのくらい？』

尋ねてきたジンは魔法が使える期待か、地下牢が暗いからか、瞳孔が真ん丸になっている。

「思いっきり。最大級に。全力で」

『まかせろ！』

甘ったるい香りは血の匂いだ。

排泄物の匂いや、食べ物が腐ったような匂いも混じっていたから、かなりひどい環境にずっと置かれていたはず。

カミルは牢屋の中を覗いて奥までチェックしているけど、私はその状況を目にする勇気はなかった。だから、先に浄化と回復の魔法をかけてしまった。

これは失礼じゃないよね。

捕まっている人達だって、娘みたいな若い女の子にひどい状況は見られたくないよね。

「おお、痛みが消えた」

「足……が。骨が見えていたのに……」

ガランガランと鎖の音がしたので一番手前の牢屋を覗いたら、ボロボロの服を纏ったやせ細った男性が、よろめきながら部屋の奥から歩いてくるのが見えた。

牢屋の中なのに、足を鎖に繋がれているの？

「無理に歩かないでください。今、檻を開けて鎖を外しますから」

「ありがたい。私は、近衛騎士団長のエヴァレットです。あなた達は？」

「ベリサリオから来たディアドラです。妖精姫なんて呼ばれています。向こうにいるのはルフタネンのイースディル公爵。ハドリー将軍に頼まれて助けに来ました」

「おお」

がしっと檻を掴んだ騎士団長の瞳に、希望と生気が灯った。

たしか侯爵だったはず。

「妖精姫？　本当に？」

「助かるのか？　家族に……生きて会えるのか？」

普通の声で話していたんだけど、女性の高い声ってよく通るのよね。

他の牢屋にいる人達も、立ち上がって格子の近くに寄ってきた。

「カミル、鍵を壊していい？」

「ああ。ディアは右側を、俺は左側を壊そう」

さっきカミルがやったのを見ているから、説明しなくても何をすればいいのかイフリーはわかっていたけど、やりすぎて扉全部がドロドロに溶けて崩れた牢屋もあったわ。

それをリヴァが冷やしていくという流れ作業で奥の方まで進みながら、牢屋の中の人の様子を確認していたら、不意にカミルに腕を掴んで止められた。

「この先は俺がやる。……残念だけど遅かった」

「……そう」

間に合わなかった人がいるんだ。

覚悟はしていたけど、現実になるとやっぱりきつい。

でもぼんやりしている時間はない。

捕まっていた人達の足かせを外さなくては。

「これはどうやって外そう」

「お手数をお掛けします」

ずっと食事が出来なかったので立っている体力がないんだろうな。

頬がこけて目が落ちくぼんで、たぶん年齢より老けて見える男性は床に座りながら頭を下げた。

「ひとまず鎖だけ切りますね。足にはまっている部分は安全な場所に移動してから外しましょう」

「お願いします」

他にも蹲っている人が何人かいるから、彼らはフライに乗せて連れて行く必要があるわね。

携帯食料は持ってきているし、移動しながら食べてもらおうかな。

イフリーに鎖を溶かしてくれるように頼んでいた私は、シロの声にハッとして牢屋から飛び出した。

『ディア、誰か来る』

「複数いるな」

横に並んだカミルの手には、もう剣が握られている。

たぶんプロの特殊部隊なら、部屋の中央で堂々と相手を待ったりしないだろう。

扉の横に張り付いて飛び掛かるとか、牢屋に潜んでやっつけるとかするはずよ。

でも私達の場合は、私やカミルに相手の注意を引き付けておいて、精霊獣が攻撃する方が確実だ。

だから堂々と仁王立ちで通路に立った。

静かな地下牢に響く足音が徐々に大きくなる。

何人かはわからないけど、複数の人間がいるみたいだ。

「入って来たら、顔以外氷漬けにして」

「ひでえな」

人間を生きたまま石にするような魔法は知らないので、氷で固めて動けないようにするしかない。

あまり長い時間やると凍傷になるかもしれないけど、あとで回復してあげればいいでしょ。

階段から扉まではたいした距離じゃないのに、時間がとても長く感じられた。

やがて足音が扉のすぐ近くまで迫り、

「火事⁉」

扉の向こうから焦った声が聞こえてきた。

「鍵が！」

「しっ！」

鍵を壊した犯人が中にいる可能性に気付いた一人が注意したけど、もう遅いでしょ。

しばらく物音ひとつしない時間が流れ、その後、扉が少しだけそーっと開かれたので、たぶんそこから中を覗いたんだろうな。

「女の子⁉」

浄化の魔法で新築のようにピカピカに綺麗になって、照明も明るくなった地下牢のど真ん中に、仁王立ちしているローブ姿の少女がいたらそりゃ驚くよね。

「……あ、男もひとり」

だとしても隣にいるカミルの存在に気付くのがだいぶ遅いし、精霊獣の存在も気付いていないみたい。

その独房に入れられていた人が遠慮して、困った顔で壁際に寄っているのが申し訳ないわ。

イフリーなんて堂々と独房から顔を覗かせているのよ。

「ディア、フードが外れてる」

あ。顔が出てたか。

銀色の髪も、この明るさだと目立ちまくりね。

「こんな可愛い子が地下牢にいたら、そりゃあ私に注目するわね」

「うん」

「……そこは同意しないで、笑うところよ」

「本当のことなのに？」

うちの家族といいカミルといい、私の傍にいる男共はどうしてこうなの。

「女の子？」

「男も」

「ひとりなんだろ」

ばんっと扉を開けて三人の黒いローブを纏った男が飛び込んできて、一瞬で顔以外氷漬けになっていた。

アホや。

「女の子だと思って油断するから……」

「危ない！」

突然カミルが私を両手で抱え、ぐるりと半回転した。

一瞬のことで何が起こっているのかわからず動転していた私に見えたのは、飛んでくるナイフの切っ先のきらめきと、出口に駆け出す男の姿だ。

もちろん精霊王に守られているカミルの背に、ナイフが刺さるなんてことはない。

カミルの体に近付きすぎたナイフは、先端から砂になって、地面に落ちる間もなく金色の光に溶けて消えていく。

カミルは無傷で、私も抱きしめてくる腕がきつく感じたくらいで何も問題はない。

でも、あのナイフを投げた男が狙ったのは私で、あの男が隠れていた地下牢の鍵を開けたのも私だ。

部屋の隅に蹲って動かなかったから弱っているんだろうと思ってそのままにしていた。

足の鎖を外すのは端からしていたので、あの男の牢屋まではまだ辿り着いていなかった。

頭の中で、自分がミスをしたんだという悔恨と、カミルにナイフが刺さっていたかもしれないという恐怖が同時に湧き上がった。

カミルがもし怪我をしていたら？

そのせいで死んでしまったら？

精霊王が守ってくれているから、そんなことはありえないと頭ではわかっているのに、感情がついていかない。

こわかった。

彼が死ぬ危険があったということが。

あのナイフが自分に向かってきて、自分の目の前で消えても、ここまで感情的にはならなかったと思う。

自分のことならいくらでも冷静になれる。

でも大事な人達が傷つくのは嫌だ。

あの男の投げたナイフは、私の大事な人を傷つける可能性があった。

それは許せない。

ほんの何秒かの間に、様々な感情が頭の中で渦巻いて、最後に残ったのは怒りだった。

「ディア？　どうし……」

「イフリー！」

アランお兄様に出来て私に出来ないはずはない。

如意棒もどきを伸ばし、火を纏わせる。

ただの火じゃ駄目よ。

熱く強く。

何もかも切り裂けるくらいの熱を。

「よくも私に攻撃したわね」

理性も理屈もどうでもいい。

アランお兄様の剣は燃え上がる鮮やかな真紅だけど、私の剣の色は中心が黒で外側は緋色。そして絶えず黄色の光が生まれては消えてを繰り返していた。

「ディア！　落ち着け」

カミルの声は聞こえるけど止まらない。

今後、いろんなことがあるたびに私達の命を狙う者はまたきっと出てくる。

精霊王に守られているといくら言ったところで、精霊王に会ったことがなく、魔法を見たこともないやつらには実感が湧かないのよ。

そういうやつらには、あいつらは馬鹿みたいに強いから手を出しちゃいけないって思わせた方がいいの。

本気で相手を殺す気はなかったわよ。

脅せば充分だった。

隙だらけだろうと構うもんか。

遥か昔にテレビで観た時代劇みたいに、両手で掴んだ剣を少し斜めに下ろした構えから、一気に頭上に振り上げた。

「うわあああ。待て待て待て！」

なぜかカミルが、今まで見たことがないほど大慌てで私の肩を掴んできた。

「何よ」

「もうさっきの敵も凍っているんだ。これ以上の攻撃は必要ない」

「でも」

「今後もこういうことはきっとある。そのたびにそんなに動揺するなら、きみを連れて行けない場所が多くなるよ」

それは……困る。

置いていかれるのは嫌だ。

「でもそれならカミルだって、精霊王に守ってもらっているんだから私を庇うために飛び出す必要なんてなかったのよ。今後もこういうことはあるだろうから、冷静になってほしいわ」

「それは無理だ。体が勝手に動いたんだから」

「じゃあ私も無理。私達に攻撃した相手がどうなるか示すためなら、ひとりくらい殺すのも止むを得ないわ」

きっと長い間後悔するんだろうけど、それでもやらなくてはいけないことはある。

私達を殺そうとする相手は、自分が殺される覚悟くらいしているでしょう。

「それはそうなんだが」

「あいつらだって……あれ？」

ふと前を見たら、氷漬けになった男達は顎が外れそうなほどに口を開けて、私の頭上を凝視していた。

「え？」

彼らの視線を追って斜め上に視線を移動しようとして、独房と独房の間の柱に真っ赤な線が引かれていることに気付いた。

王宮って大きな建物だから、地下の柱はかなり太いのよ。

だから独房の入り口の格子部分は柱が邪魔で狭くて、部屋の奥は広い造りになっているの。

その柱に天井まで伸びる赤い線が綺麗に引かれているのを見ているうちに、ようやく理解した。

あれは私の剣がつけた傷だ。

如意棒を伸ばす時にここが地下で、天井が低い狭い場所だなんて考えなかった。

それに剣なら、長いごつい剣の方が格好いいじゃない？

小さい子が大きな剣を振り回すのって、オタク心をくすぐるものよ。

だから本当なら私の長すぎる剣は、あの傷がある柱に剣先がぶつかって止まるか、がりがりって引っかかっていたはずなのに、なんの衝撃もなく剣を振り上げてしまっているのはなんでだろう。

「やばい。溶けてる」

「え？」

もう一度柱を見たら、赤い線がゆっくりと広がり、周囲がドロドロと溶けて垂れていた。

まるで溶岩みたいに……。

「あ」

この剣の色、溶岩の色だわ。

「その剣を収めるんだ。建物がやばい」

攻撃力は強い方がいいって思ったけど、まさか石造りの建物をケーキみたいに切り裂く剣が出来上がるなんて思わないじゃない。

もうすっかり怒りは冷めて、やらかした感満載よ。

剣を収めるって言われても、振り上げてしまった以上、振り下ろすしかないわよね。

これ以上被害を大きくしてはいけないからゆっくりと、そっと、出来るだけ剣先が建物を切り裂かないように剣を下ろした。

ウィン!!

それなのに。

宇宙を舞台にした某超大作の剣のような音がして、振り下ろした軌道に沿って、赤い線が前方に飛び出した。

衝撃波？　薄い刃？

よくわからないけど、その線は開けたままになっていた扉とその両側の壁を音もなく通り抜け、廊下の向こうの壁に吸い込まれるように消えていった。

「ひーーーーー」

「なんで剣なのに遠距離攻撃するんだよ！」

「知らないわよ」

「溶けてる溶けてるー!!」

「助けてくれ！」

氷漬けにされているせいで逃げ出せない看守達は大騒ぎだ。

さっき自分達のすぐ近くを赤い線が通り抜けて行ったから、パニックになっているのかも。

誰にも当たらなかったのは奇跡ね。

「ディア、魔法を解くんだ。床も溶けてる」

「あ、そうか」

剣を下ろす前に魔法をやめればよかったんだ。

「イフリー」

『もう終わりか』

残念そうに言わないで。

「危ない。天井から上の家具が落ちそうです」

この様子に看守だけじゃなくて、地下牢に入れられていた人達も焦っていた。

まだ鎖に繋がれている人は逃げられないもんね。

「凍らせるんだ。すぐに！」

「溶けたところだけよ。周りは冷やさないでね」

冷凍庫になっちゃうからね。

『急速冷凍！』

『手伝う！』

ぱきぱきぱきと音を立てながら、分厚い氷が溶けた壁の部分を覆っていく。

一気に部屋の中の気温が下がって、少し寒くなってきた。

「ディアの精霊獣は加減を知らないのか？」

「加減しているじゃない」

「…………加減してこれかよ」

前方に飛んでいった赤い線は、壁を五カ所くらいぶち抜いていたらしい。

切った痕が溶けて広がって、随分先まで見えるようになっている。

しばらく氷と熱のせめぎ合いが続いて、ようやく壁が溶けるのが収まるのに五分近くかかったかもしれない。

天井から落ちかけた椅子の足が、氷漬けのオブジェみたいになっているのは、気にしないことにしよう。

「王宮に傷をつけてごめんなさい。攻撃されて動揺してしまって」

「いいえ。こちらこそ、看守の存在に気付かずすみませんでした」

シュタルク貴族の目の前で王宮を破壊しちゃうって。さすがにやばい。

でも、近衛騎士団長は礼儀正しく頭を下げてくれるんだもん。更に罪悪感がアップしたわ。

「それはしかたないわ。みなさん、意識が朦朧《もうろう》としていたでしょう」

ひとりだけ残っていた看守が私達の足音を聞きつけて、急いで独房に捕まっている振りをしていて、仲間が来たので逃げ出そうとして、私にナイフを投げつけたっていうのが事の顛末だ。

訓練したことがないとやっぱり駄目ね。

精霊王に守られていなかったら、血を見ていたわ。

主に敵が。

「携帯食を持っています。ミルクチョコレートをまずどうぞ。糖分は疲労回復になりますよ」

カミルが看守の持っている鍵を見つけたので、彼が鍵を外している間、私は食べ物と温かいスープを配った。

「ここに座って食べてください」

助けた人達は互いの無事を喜んでいたけど、全員の鎖を外し終え、カミルが私達のところに戻ってくると、不安げに顔を見回し立ち上がった。

「あとふたり、いるはずなんですが」

「……間に合いませんでした」

「ええ⁉」

「そんな、昨日は会話して……」

走れる人はバタバタと、その力のない人もどうにか歩いて地下牢の奥に行き、間に合わなかった人の牢屋に向かい、すぐに嗚咽や涙交じりの声が聞こえて来た。

「カミル、亡くなった人も連れて行こう」

「そうだな。きっと家族の許に帰りたいよな」

じゃあ、どうやって運ぼう。

私のマジックバッグの中に何かあったっけ。

……主に食べ物しか入ってないや。

だってほら、船に乗ってしばらく外に出られなくなるから、ひどい食事しか出て来なくても買いに行けないじゃない。

それにほとんどが、助けた人達のための携帯食料よ。

「あ、精霊車が入ってる」

「この通路に収まる大きさなのか？」

「無理。カミルの方はどうなのよ」

「俺の魔力はディアほど人間離れしていないんだよ」

うーん。困ったなあ。

『あいかわらず、おまえはやることがおもしろいな』

不意に声がしたので振り返ったら、蘇芳がにやにやしながら姿を現した。

『石も溶かすとは。あんな魔法があるのか』

瑠璃は傷のついた柱の前に現れて、顔を近付けて感心したように眺めている。

アランお兄様が知ったら、どうやってやるんだって何度も聞かれるんだろうな。

でも、こんな物騒な魔法を教えちゃってもいいのかな。

「ルフタネンの精霊王はどうしたんですか？」

『すぐ来る』

会話しながら瑠璃と蘇芳は、亡くなった人がいる牢屋の方に歩いていく。

なんだろうとついて行く途中で、ルフタネンの精霊王も合流した。

『あったか』

『おうよ』

クニが取り出したのは、ふたり分の棺だった。

『連れて行きたいのだろう』

「クニ、マカニ、ありがとう」

彼らには関係ないのに、シュタルク人のために棺を持ってきてくれたのね。

帝国の棺とは形が違うから、たぶんシュタルク形式の棺を持ってきてくれたんだ。

「ありがとうございます。これで家族の許に連れて行ってやれます」

「本当に……こんな……ありがたい」

『こっちはいいが、こっちはだいぶ経っているんだな』

助けた人達の声に混じって、瑠璃の冷静な声が聞こえてきた。

『……干渉したことになるのか？』

『わからんが……』

なんでいっせいに私を見るのよ。

「え？　何？」

「ディアが彼らの家族だった場合、亡骸《なきがら》であっても会いたいかな」

カミルは精霊王達の言いたいことがわかっているみたいだ。

「それはそうよ。死を受け入れるって大変だし、弔《とむら》いたいわ」

「亡くなってからだいぶ経つとほら……。家族としては」

あーーーーー、そうか。私にやってって言わせたいのか。

私の我儘に精霊王が付き合ったってことにしたいのね。

「精霊王様方、出来れば綺麗な姿で家族に会わせてあげたいの。大事な人との最期の別れは大事なのよ」

精霊王達に駆け寄り、両手を握り合わせて、上目遣いで最強おねだりポーズよ。

「お願い。我儘だってわかっているけど、家族を失った人達の悲しみが少しでも癒されるようにしてほしいわ」

『ディアに頼まれては仕方ないな』

演技だってわかっているからって、瑠璃ってば笑いそうにならないでよ。

『こいつ、ディアに甘えられるのが嬉しいんだよ』

『蘇芳』

『我々に頼んでくれてもいいんだぞ』

『そうそう。いずれはルフタネンに来るんだし』

『まだ先の話だ』

そこで揉めないで。

予定より時間がかかっているのよ。

てやろう』

『我らでも、死んだ者を蘇らせることは許されない。だが妖精姫の願いとあれば、このくらいはし
私は亡骸に近寄れないようにガードされているから、人々が取り囲んでいる中心から光が溢れた
のだけしか見えなかった。

でもシュタルクの人達の驚きと感謝の声を聞けば、何が起こったかはわかる。

時間が経ってしまった亡骸を、生きていた時と変わらない状態まで戻してくれたんだろう。

更に亡骸を浮かせて、棺に納めるところまでしてくれたみたいだ。

毎回思うんだけど、精霊王達ってみんな優しいのよ。

「じゃあ、外に出ましょう」

看守はみんなでしっかり拘束してくれているので、力仕事の苦手な私は壁に空間を繋げ始めた。

ここに来る前に王宮前の広場に寄って、脱出する場所を決めてあるの。

目立つ場所だけど、広場の周りはゴーストタウンのように静まり返っていて、周囲の建物も真っ
暗だったから、たぶん大丈夫。

実は大丈夫じゃない方がよかったりもするしね。

だってこっちには近衛騎士団長がいるのよ。

平民がほとんどのシュタルク軍はもう崩壊してならず者ばかりだったでしょ？

でも貴族ばかりの近衛騎士団は、まだ王都に残っているみたいなの。

彼らをごっそりこっちに引き込めれば、もう勝ちは決定よ。

「よし、出来た」

『見て来るー』

『僕も』

カミルの精霊達の真似をして、シロとジンが飛び出して行ったのが微笑ましくて、笑顔で振り返ったら、シュタルクの人達がびっくりした顔で固まっていた。

私の周りの人達はもう慣れていたから、転移魔法の説明をするのを忘れてたわ。

「噂には聞いていましたが、これはすごいですな」

「おお、これが」

「噂?」

「学生達が集まった時に、その……」

あー、あの時に辺境伯の息子もいたんだもんね。

関係者から話は聞いていたのか。

『大丈夫だよ』

『ジンってばー、報告したかったのにー』

「はいはい。ジンもシロもありがとね」

『ふふん』

『わーい、褒められたー』

こんな時でも精霊ってかわいいでしょ？　癒しでしょ？

傷つけたり実験台にしたりするようなニコデムスの気が知れないでしょ？

シュタルクの人達だって、微笑ましげに精霊獣を見ているじゃない。

「順番に出てくださいね。出てすぐの場所で待っていてください」

回復はしても、すっかり痩せてしまっているから体力がなくなっているんだろうな。

歩みはゆっくりだし、よろけている人もいる。

それでもみんな、食べ物を口に出来て外に出られるということで、初めて声をかけた時とは別人のようにしっかりとした顔つきになっているから、休養すれば元の生活が送れるようになるだろう。

急いで来てよかった。

もしかしたら今夜を越せずに亡くなる人だっていたかもしれない。

「これからどうするんですか？　王都に安全な場所はもうないでしょう」

宰相の補佐官だという男性が、捕まっていた人の中では若いおかげで体力の戻りが早いみたいで、近衛騎士団長とふたりで率先して動いてくれた。

「いいえ。ここにハドリー将軍と精鋭部隊を転移して、隠密部隊と協力して軟禁されている人の救出に向かっていただきます」

たいていみなさん、こういう質問はカミルにするのよね。

なのでカミルが答えている間に、私は空間を繋ぐのによさそうな壁を物色した。

広場を取り囲んで並んでいる建物は、商人や職人の団体の建物や平民用の役場みたいだ。

どれも歴史的価値のある素晴らしい建物なのに、壁にひびが入り崩れかけている。

外灯はほとんどついていないので、街も広場も真っ暗だ。

私達のいる場所は精霊獣達のおかげで明るいんだけど、そのせいで建物の傷みがひどいのがよくわかるわ。

「ここでいいや」

いつものようにイフリーに手伝ってもらって、壁一面に線を描いていたら、後ろが急に慌ただしくなった。

『誰か来るよ』

『ほら、明かりが近付いて来る』

「いかがしましょう」

「俺が相手をしますから、みなさんは座ったままで大丈夫です。無理をしないでください」

「私も参りましょう」

カミルと騎士団長が相手をするために前に出たので、私もよっこいしょとイフリーから下りて、カミルの傍に戻ることにした。

近付いて来るのは二十人くらいの制服を着た集団だ。

「近衛騎士団の制服です」

「彼らが見回りをしているのか？」

人がいなくなってしまったから、近衛が見回り？

ひどいなあ。

「なんだ、おまえ達は！」

真っ暗な広場の一角だけ明るくなっていて、そこで隠れる気もなく堂々と立っているんだから、そりゃあ見つかるわよね。

大きな声で誰何《すいか》した男を先頭に、明かりをこちらに向けて近付いてきた一団は、なぜか途中で足を止め、訝《いぶか》しげにこちらを観察している。

「おい、おまえが確認してこい」

「自分……ですか？」

「そうだ。おまえとおまえで行ってこい」

ああ、先頭にいたのが指揮官なのね。

その割に、命令を受けた騎士の反応が鈍いわね。

厭々《いやいや》命令を聞いているように見えるわ。

「おい、おまえ達、ここで……え？　団長？」

「おお、エヴァレット騎士団長ではないですか！」

明かりに照らされた顔を見て騎士が大きな声を出した途端、

「団長!?」

「まさか、亡くなったと聞かされたぞ！」

「おい！　これはどういうことだ！」

「止まれ！　きさまら、動くな！」

「無礼な！　今は俺が……うぐっ」

静まり返っていた広場が急に騒がしくなった。

「そうか。私は死んだことにされていたのか。実際はここにいた人達と一緒に、ニコデムスによって地下牢に閉じ込められていたのだ」

「地下牢!?　なんとおいたわしい」

「伯爵？　ローンズ伯爵ではないですか。覚えておいでですか。ルイがそれは心配していましたよ」

先程まで指揮官の命令に不服そうな顔をしていた騎士達が、目を輝かせて騎士団長の周りに集まり、助け出された人達と無事を喜び合っている。

すっかり無視され、どさくさに紛れて一発殴られていた指揮官は怒りに顔を紅潮させていたけど、数で勝てないので逃げ出そうとしていたところを、イフリーに踏まれて、今は地面でバタバタしていた。

他にも指揮官の側の人間がふたりいて、ガイアが作った石の壁に道を塞がれて動けなくなっている。

よくやったって言いたいところだけども、広場の石畳がはがれちゃってるよ。

どうすっかな、これ。

「き、きさまら！　私にこのようなことをして無事でいられると思っているのか！」

「こんばんは」

私が声を出したら、一瞬で場が静まり返った。

そういえば船に乗った日から今日まで、ジェマとミミとカーラ以外の女性を見ていないわね。

女子供は最初に領地に逃がしただろうから、今の王宮にはほとんど女性がいないのかも。

「私、妖精姫って呼ばれてるの」

「ば、ばばば……」

にっこり笑ったら、指揮官の男はなぜか気絶しそうになっている。

「ディア、こいつの相手なんてしなくていいから空間を繋いでくれ」

「……妖精姫？」

呟いた人を睨んだカミルの目つきの悪いこと。

気の弱い御令嬢なら気絶するわよ。

視線だけで人を殺しそうだからやめなさいよ。

「なんで近衛が王太子の護衛をしていないんだ？」

「王太子の護衛は神官とニコデムス神殿付きの兵士がすることになったんです」

そうよ。私もそれが聞きたかったわ。

「それであそこに神官達がいたのね」

「ディア」

「王太子ならもうハドリー将軍と帝国、ルフタネン、ベジャイアの合同軍に捕まったわよ」

「は……」

みんなを驚かす台詞が言えたから大満足。

あとの説明はカミルに任せて空間を繋げよう。

最近、いい台詞をカミルに取られることが多かったから、びしっと言いたかったのよ。

「そ……うなんですか」

そういえば、捕まっていた人達にも説明してなかったわ。

「はい。ニコデムスの大神官も捕まえました。彼はベジャイアで指名手配になっている強盗殺人団のリーダーだったんです」

「ば、馬鹿な……」

バタバタしていた指揮官は、地面に懐いたまま泣きそうな顔になっている。

王都のこの状況を目の前にしても、ニコデムスをいまだに信じている人がいるっていうのが、不思議でならないわ。

どういう説明をされていたんだろう。

精霊王が王都に呪いをかけたんだとでも言ったのかな。

「それと王太子が父である国王暗殺を自供しています」

ああ、一番の爆弾発言はそれだったわね。

どの人も聞かされた言葉を理解するまでに時間がかかっているようで、反応が鈍い。

理解出来ても、すぐには信じられないんだろうな。

でも私は自分の仕事の分担をきっちりとこなすだけよ。

空間を繋げると、壁の向こう側から眩しい灯りが広場にまで差し込んできた。

王都が不気味なくらいに静まり返っていたから、大勢の人が忙し気にしている賑やかな港の様子にほっとした。

「空間が繋がりました!!」

この場所に空間を繋げるという打ち合わせはしてあったので、ずっと見張っていてくれたんだね。

すぐに報告する声が聞こえてきて、将軍だけではなく、お父様や指揮官クラスの方々が駆けつけてきた。

「ディア、無事か」

「はい。近衛騎士団長をはじめ、地下牢にいた方々を保護しました」

「エヴァレットは生きていたか⁉」

ハドリー将軍がものすごい勢いで突進してきたので、さっと横に移動して道を譲った。

「……お」

そのままこちらに来るのかと思ったのに、壁の前で足を止めて、覚悟を決めるように息を吐いて、

「いいのですか」

私に確認してきたので頷くと、まずは恐る恐る顔だけ覗かせて、広場の様子を見て息を呑んだ。

「なんという……王宮前の広場が……こんな……」

「ハドリー、ひさしぶりだな」

「うおっ!」

悲痛だった顔つきが、近衛騎士団長の声を聞いた途端に喜びに変わった。

「エヴァレット！　なんだきさま、心配かけおって。そんな……そんな痩せて」

「おい、泣くなよ。時間が惜しい、軟禁されている者達を助けに行くんだろう」

「誰が泣くか！」

「将軍、通れません」

将軍が空間を繋いでいる場所を大きな体で塞いでいるせいで、後ろで大渋滞が起きている。

「おお、そうだった」

「え？」

「お？」

かたかたと地面が揺れている。

まさかこの世界で初めての地震⁉

「ディア」

すかさず隣に来てくれたカミルにしがみつきながら、広場の中央に移動した方がいいんじゃないか、それとも一度みんなを港に移そうかなんてぐるぐると考えていたら、目の前にシロが飛んできた。

『崩れるよー。さっきの建物！』

「え⁉」

「……やばい」

全員の注目する前で、王宮の建物が崩れ落ち始めた。

やらかした。

あれはさっきまで私達がいた建物よね。

計算して爆弾を仕掛けて、周囲の建物に影響のないようにビルを解体した時のように、内側から崩壊しているおかげで、瓦礫が外に飛び散っていないのがせめてもの救いよ。

他の建物まで巻き込んだら大変なことになってしまう。

いやもう充分に大変なことになっているんだけども。

「生き埋めになっている人がいるかもしれない。助けないと」

まだ崩壊が続いている建物の方へ駆け出そうとした私の腕を、カミルが掴んで止めた。

「危険だ」

「でも、私のせいなのに」

『遅かれ早かれ、死んだこの街の建物は全て崩壊するわよ』

ふわりと空中にシュタルクの風の精霊王が姿を現した。

さらさらストレートへアーの緑色の髪が美しい女性よ。

「シュタルクの風の精霊王様だ」

すっと跪きながらハドリー将軍が説明すると、騎士団員は大慌てで膝をついた。

外国の精霊王の話題は聞いていただろうけど、シュタルクの精霊王は全く姿を見せていなかったから、どの顔も驚きと感激と、他にも様々な感情が入り乱れているようで、中には興奮しすぎたのか胸を押さえて倒れた人までいる。

毎度のごとく私とカミルは跪かなくていいので、話を続けることにした。

「死んだ街？」

『植物を持ち込んだら一瞬で枯れてしまう街なのよ？　建物に使っている木材や石材も魔力が抜けてスカスカになっているのに、そこに魔力が加わったら崩壊してしまうわよ』

じゃあ、浄化や回復の魔法を使った段階で、あの建物が崩れるのは時間の問題だったの？

いや、それよりなにより。

「精霊王があの建物にいたら……」

『精霊王の魔力は人間とは桁違いですもの。当然崩壊するでしょうね。それであの建物、あんな砂のようにボロボロになって崩れたのね』

私のしたこと全てが裏目に出てしまっている？

なんてことなの。

「でも助けに行かなければ、彼らは死んでいたんだよ」

「……そうね」

カミルは慰めてくれているんだろうけど、それでも心は晴れない。

目の前で大きな王宮の建物が崩れ落ちる衝撃で、まだ地面が少し揺れている。

この揺れのせいで、他の建物も崩れるんじゃない？

『中に生きている人間はいなかったぞ』

背後から聞こえた蘇芳の声に、はっとして振り返った。

「王宮なのに!?」

『死んでいるやつはいたがな。これだけ魔力がなくなれば、人間だって生きていけない。彼らは地下にいたのが幸いしたんだ。地面の下の方にはまだ魔力が多少は残っていたからな。ほら、そこの兵士達も不健康そうだろう』

確かに近衛騎士団の人達は全員、頬がこけて顔色が悪い。

さっき倒れた人はまだ苦しそうだし、跪いた状態から立ち上がるのがつらそうな人もいる。

「陛下や殿下が、まだ王宮にいらっしゃると思っていたんです。だから警護は出来なくても、せめて王宮周辺の治安維持に務めようと……」

「他の部隊の兵士達は……特に平民は、もう王家を見放して故郷に帰ってしまったんです」

こんなにひどい状況だとは思っていなかった。

沈む船からネズミが逃げるように、ほとんどの貴族や故郷のある平民は王都を捨ててしまったのか。

「くそっ。近衛騎士団の指揮を命じられたから、これでも俺なりに任務に励んでいたというのに」

ニコデムスに任命されたのだとしても、彼は指揮官としての任務を全うしようとしていたのね。

王太子を捕まえたと聞いて放心してしまうのも無理ないわ。

アルデルトのやつ、如意棒もどきで何発か電撃をお見舞いしてやるんだった。

「イフリー、ガイア、彼らを放してあげて」

もう逃げる気力なんて残っていないだろうし、逃げる場所もないでしょ。

「それであいつら、のこのこと港まで出迎えに来たのね」

「ディアさえ味方になれば、王都を捨ててもなんとでもなると思ったのかもしれないね」

「お父様」

我慢出来なくなって、お父様までこちらに来てしまったのね。

他の人達は港側から顔だけ出して、こちらの話を聞こうとしている。

それなりのお年の方達なのに、後ろの人もこちらが見えるように、前にいる人がちゃんとしゃがんでいるのが微笑ましい。

「地下牢で何があったんだ?」

「あそこの男にナイフで攻撃されたんです。それで反撃してしまって……」

「カミル、なぜあの男は生きているんだ?」

お父様? 剣を抜こうとしないでください。

今はそんなことをしている場合じゃないですよ!

こちらを覗いていた人達も、一瞬で微笑ましさが消えて圧が増しているわよ。

「それより、どうにかして建物にいる人を助け出さないと」

今もこの街の崩壊する危険のある建物の中に、体調が悪くて動けない人が取り残されているかもしれないと考えると、いてもたってもいられなくなる。

でも動けるのはハドリー将軍が連れてきた兵士だけだ。

「ディア、当初の目的を忘れるな。これ以上、俺達が手を出してはまずい」

「カミル……でも……」

「まずは場所を移そう。これだけ精霊王様がいらっしゃるんだ。いつ周囲の建物が崩壊してもおかしくない」

「え？」

うわ。振り返ったら精霊王が全員集合している。

あー、あそこの建物、崩れ始めてるじゃない。

やばいやばい。

「移動しましょう！　どこか広い場所がいいです！」

「近衛の宿舎横にある訓練場に行きましょう。あそこなら広いですし、騎士団の他の者達が気がかりです。具合の悪い者もいるのだろう？」

「健康な者はひとりもいません。動けるのは我々くらいです」

エヴァレット騎士団長と近衛騎士団員、宰相の補佐官がてきぱきとやり取りをして、今後の方針が決められた。

ニコデムスの神官に任命された指揮官も、見捨てられてまでニコデムスを信仰する気はないようで、非常に協力的だった。

「ディア、いっしょに港に戻るよ。ここから先はシュタルクの人達の問題だ。カミル、きみも戻るだろう？」

「はい」

「お父様、少しだけ待ってください」

私とカミルが戻ったら、帝国とルフタネンの精霊王も戻ってしまう。

今夜が重要なのよ。

「近衛騎士団長、ハドリー将軍」

打ち合わせしているふたりに声をかけたら、はっとした顔で振り返り、急いで近付いてきてくれた。

「なんでしょう」

確かにお父様の言う通り、これ以上私の発言力が強くなるのはまずいから、大勢の人が集まる訓練場に顔を出さない方がいいんだろう。

だからせめて最後に。

「今後シュタルクは精霊と共存する道を進むんですよね？」

「はい？」

突然の話題に驚いた顔になったエヴァレット近衛騎士団長の腕を掴みながら、ハドリー将軍は大きく頷いた。

「はい。我が国も帝国と同じように、精霊と共に歩む道を進んでいきます」

「では、建物が崩壊したとしても、いずれこの王都も精霊王の祝福を受け、精霊の存在出来る環境にすることに異存はないですよね？」

「むしろお願いします」

「お願いします！」

騎士団長と将軍が頭を下げるのに合わせて、近衛騎士団やハドリー将軍が連れて来た部隊の人達までいっせいに頭を下げた。

「ということですので、シュタルクの精霊王方」

くるっと体ごと振り返って、今度は群れている精霊王達の方を向いた。

「ルフタネンで王家の問題に決着をつけたように、ベジャイアで復興に助力したように、シュタルクでも人間への干渉にならない範囲で協力をお願いします。今から朝方までが、とても重要な時間だと思いますので！」

具体的にどうこう言えないけども、頼んだわよ。

ずっと何もしないで見ていた精霊王達だって、ほんのちょっとは責任あるでしょ。

精霊が住めない場所にするまで放置は、干渉しないこととは別だと私は思うのよ。

『もちろん協力するわ。まずは移動時間の無駄をなくしましょう』

シュタルクの精霊王も女性の方が強いのかな。話してくれるのは水と風の精霊王ばかりなのよ。

火と土の精霊王は繊細な感じの、貴族的と言えばいいのかな。ほっそりとした綺麗な顔立ちの男性で、私を見る眼差しは優しいんだけど……そう。孫を見るおじいちゃんの眼差しなの。

一番歴史の古い国の精霊王だから、精霊王の中でも最年長なんだよね。

『隠密部隊はもう到着するの？』

『さすがにまだ無理だろう』

『じゃあ、目的地まで運んでね』

うわ。瑠璃と蘇芳にこんなふうに指示する他国の精霊王を初めて見たわ。

『いいけどよ』

『さくっとやりましょう。そしたら私達の役目は終わりよ』

翡翠にまで言われて蘇芳はしぶしぶ頷きながら姿を消した。

『ディア、もうおとなしくするんだぞ』

『いいからあなたも行きなさいな』

琥珀に押しやられるようにして瑠璃も姿を消し、すぐに翡翠と琥珀も消えてしまった。

『ここはシュタルクの精霊王がいればいいな』

『我々も戻ろう』

私やカミルに手を振ったり会釈したりしてくれた後、次々に精霊王が消えていき、それに伴って周囲が暗くなっていく。

「我らも戻ろう。いくらなんでもこんなに空間を繋いでいては魔力が持たないだろう」

「訓練場に物資を運ぶために、あとでまた空間を繋げるんだから休んだ方がいいよ」

お父様とカミルに挟まれて、腕に手を回して歩かれてしまったら私では抵抗出来ない。

抵抗したら持ち上げられて運搬されてしまうわ。

「わかりました。ちゃんと歩きます」

兵士や騎士団の人達はシュタルクの精霊王が訓練場まで連れて行ってくれるんだし、もう私にやれることはないんだから、ちゃんと大人しくするわよ。

港に戻って作戦本部になっている精霊車に連れて行かれて、ここから動くなと奥のソファーに座らされても、他の人達の話が気になってお父様達のいる方に行こうとしてカミルに止められた。

「少し休むんだ。そういう無茶をすると思ったから、危ない場所には行かせたくなかったんだよ」

「……休むわよ」

でも、カーラとハミルトンも話に加わっているのよ。気になるじゃない。

それに、訓練場の傍の病院の敷地に、避難している平民の人がたくさんいるって言うんですもの。

そういう話が聞きたいのに、私とカミルだけ休息しろと離れた場所に座らされているのは納得出来ないわ。

「ディア、言いにくいんだけど」

「何?」

「もうシュタルクの問題には関わらない方がいい」

なんでそんなことを突然言うの?

驚いて口を開きかけて、カミルが真剣な表情をしているので口を閉じた。

「もっと冷静になって考えてくれ。感情で動いていないか?」

「それは……だって」

「ルフタネンもベジャイアも復興している途中だ。シュタルクへの支援もなかなか難しい。帝国だけが支援を続けた場合、きみの影響力がこれ以上大きくなると」

「なると?」

「なぜ妖精姫は、国民を誘拐しようとした国にそこまで援助をするんだと、文句を言う者が出てくるだろう。カーラを騙してきみを拉致しようとした国だということを忘れていないか？　他国の者にとってはニコデムスをいつまでも信仰していたシュタルク人は同罪なんだ」

「ぬあーー」

忘れてた。そうだった。

騙された振りをしていたんだとしても、妖精姫誘拐計画は確かに存在しちゃったんだった。

ひさしぶりにムンクの叫び顔になってしまったわよ。

「本当にもう、国が絡む話はむずかしい」

「成人したら今まで以上にこういう話が出てくるよ」

「ううう」

一時間ほど休憩してから、訓練場とここを結んで物資を送ることになった。

私は訓練場に行ったことがないので、シュタルクの精霊王に連れられて転移して、訓練場側から空間を繋げたの。

もう精霊王が回復してくれたそうで、宿舎で寝込んでいた騎士達も動けるようになったそうだ。

ハドリー将軍の連れて行った部隊は、既に軟禁されている人の救出に向かっていたけど、将軍は彼らとは別行動をとることになったんだそうだ。

「私は港に戻ります。王都がこの状況だからこそ、港から王都までの道すがら、しっかりと精霊を育てるように指導しなくては」

たぶん、ハドリー将軍の功績ばかりが増えるのもまずいんだろうな。

他国の令嬢である私がこれ以上目立つのは、それ以上にまずいわ。

お父様やカミルが気にするはずよ。

ただどうも、カミルを私の傍に置いておけば大丈夫だと思われているのはどうなんだろう。

「猛獣使いだと思われているかもな」

私は猛獣ですか。そうですか。

「俺達は帝国に帰ろう。ここから先はシュタルク人がどうにかするべきだ」

「そう……ね」

私の心のもやもやの原因は後ろめたさだ。

魔法を使ったことも、王宮に精霊王に連れて行ってもらったのも私の責任だけど、それは必要なことだったと思えるからいいの。

でもあの攻撃は余計だった。

冷静さを欠いていた。

……いいえ。同じ状況になったら私はまたやるわ。

王都に来たら戦闘になるかもしれないと覚悟を決めたでしょ。

あの時だって自分の手を汚したとしても、私の大切な人に攻撃したらやばいことになると示すんだって決意したんじゃない。

何を今更うじうじ悩んでいるのよ。私らしくもない。

両手で頬を叩いたら、ビタンという大きな音がした。

「ディア!?　どうしたんだ？」

「ディア!?」

カミルとお父様、こんなことくらいで慌てないでよ。

「どうした!?　頬が真っ赤だぞ？」

ガイオまで……。

ハドリー将軍、カミルが叩いたんじゃないですからね。

そんな顔で見ないでください。

「気合を入れました！」

拳を握り締めて言ったら、その場にいた全員に残念そうな顔をされた。

最近は、その顔をされるとホッとするわ。

私はちゃんと私らしくいられているんだなって。

いいかどうかは別として。

「ハドリー将軍、ひとつ質問してもよろしいですか？」

すんっと平静な顔に戻り、ドレスを整えながら姿勢正しく座り直す。

四カ国の人が集まっている場所なんだから、少しは令嬢らしくしないとね。

「なんでしょう？」

「シュタルクに来て何人かの方にお会いして、みなさんとても優秀で国を愛していらっしゃる方々だと思いました。近衛騎士団の方々も、体調が悪くなっても、王家の警護から外されても、王都の治安を守ろうとしていらした。そんな方々が、なぜもっと早くニコデムスに対して行動を起こさなかったんでしょう？　王太子の母親を連れて来たのがパニアグアなら、二十年近く前から、やつらはシュタルクを狙っていたんですよ？」

ベジャイアを操りルフタネンに戦争を仕掛けながら、シュタルクの公爵家にペンデルスの娘を嫁がせるって、かなりの策士よ。

強盗団でありながら詐欺集団だったわけでしょ。

「おかしいと……私をはじめ多くの者が思っておりました。しかし私達は、既に一度反乱を起こし、長い歴史を持つ王家を葬り去ったばかりだったんです。バルテリンク公爵が新しい王に相応《ふさわ》しいと皆で決めたのに、再び反乱を起こすのは容易なことではなかった。新しい王が即位しても、傾いた国を再建するのは非常に困難な状況でした。宗教は国民をまとめるのに便利だったんですよ」

「……国の復興は、大変ですよ」

まさに今、ベジャイアも復興途中だもんね。

ガイオがしみじみと呟くと、多くの人達が何度も頷いた。

「パニアグアは弁が立ったんです。新しい法案をいくつも提案し、国を立て直すために動いていたんですよ。山の上に大きな風車を建造したのも彼です。風車が魔力を生み、それで魔道具が動かせるのなら、精霊は必要ないと誰もが思ってしまったんです」

それは魔力じゃなくて電力だけどね！

ペンデルス神殿を襲った時に、初代ペンデルス王の覚書か日記でも手に入れたのかな。

それは処分しないと危険だわ。

「パニアグアは王都を捨てて行ったんですよね。だったら財宝や魔道具は持って行ったんじゃないですか？　どこに隠したんでしょう」

「おお、そうですな。復興のためにもそれはなんとしても見つけ出したいところです。なんとしても、パニアグアから聞き出さないと」

「将軍、精霊王に頼んだ方が早くて確実です」

カミルって、ときどき私よりよっぽどラフに精霊王に頼みごとをするよね。

「お願い出来ればありがたいですが……」

「ただし条件があります。ペンデルスの物だとわかる物は全て彼らに返却させていただきます。その中には魔道具やニコデムス神殿の教本や書類も含まれます。ニコデムス関連の物は全てこちらで責任をもって処分し、二度と世の中に出回らないようにします」

「カミル！　そう！　私もそれを言おうとしていた！　それは重要！」

私とカミルに真剣な顔で見つめられたら、首を横には振れないでしょう。

「わかりました。こちらとしても、異存ありません」

「ありがとう将軍。ついでに、新しい本拠地が決定するまで、シュタルクの精霊王に財宝を保管してくれるように一緒にお願いしましょう。盗まれてしまっては大変です」

その手があったか。

精霊王金庫なら安全ね。

人とは違う将来の不安

空間を何度も長時間繋げたので、ひさしぶりに魔力をほとんど使ってしまったし、精神的にも身体的にも疲れているはずなのに、精霊の森の自分の部屋に戻っても全く眠気が訪れない。

シュタルクではまだ救出作戦が行われている最中で、野営用のテントを使用した避難所には、たくさんの人が病院から移動してきているはずだ。

私だけ安全な場所に戻ってしまって、美味しい夕食を食べて、ゆっくりお風呂に入って、ふかふかのベッドで寝られるのが申し訳ない気がする。

カーラとハミルトンは予定を変更して、あの場に残ったのよ。

精霊がいる人は回復魔法が使えるけど、戦闘員は救出作戦に行っているでしょ？

だから避難している人の回復をする人員がいるだろうって、自分達から申し出たの。

功績を増やせるのはいい事だし、シュタルクやベジャイアに知人を増やせるのもふたりのためになるから、危険のない範囲でならいいだろうってお父様が許可を出して、各国の指揮官達も、そして私も、だったら何日か滞在してもいいかもしれないねって話をして、そのあとひとりになってから得る物がなければ残っちゃ駄目なの？　って、自分に突っ込みを入れてしまったわ。

でも、善行をする時にも理由がいるのよ。

国が違う人達が集まっている場だから、今後の国際関係に影響するでしょ？

誰もが善意だけでは動かないし動けない。

こういう事情だからこういう行動をしたんだって、私も明日、皇宮で陛下に説明しないといけないの。

寝られないならウィキくんを書き写す作業をしようとしたんだけど、集中力が続かなくて、ついついいろんなことを考えてしまう。

本当は今夜はベリサリオ城に泊まる気だったのよ。

お兄様達は皇宮に詰めているしお父様はまだシュタルクにいて、城にはお母様がひとりきりだったから。

でも先にジェマに城に行ってもらったら、お母様が今夜は精霊の森に泊まりなさいってメモをくれたの。

ベリサリオ城には私やシュタルクの動向を探るために、いろんな人が滞在しているんだって。

夫や娘がシュタルクに行って不安な夫人を慰めようって名目で集まっているので、明日は早朝から皇宮に行く必要があるからって私が精霊の森に逃げちゃっても、文句は言えないのよね。

『カミルが話をしたいって』

精霊獣達と一緒にいたシロが、不意にぴくぴくと耳を動かして前足を浮かせて伸びあがった。

意外な言葉に振り返ったら、私がまだ寝ていないというのに、精霊獣達は先にベッドにだらーんと寝転がって寛いでいた。

『クロがね、ここにカミルを連れて来ていいかって聞いてるよー』

「ここ？」

寝室に？

え？　どうなの？

でも居間には侍女が待機しているよね。今夜は誰だっけ？

カミルも早くルフタネンに帰りたいだろうから、侍女達に説明するのはめんどうなのかも。

というか、もうルフタネンに帰っていると思っていたのに、何をやっているのよ。

『ディア？　どうするー』

「わかった。呼んで」

『ほーい』

シロが返事をするとすぐ、空間が僅かに光り唐突にカミルが姿を現した。

ポンッて音がしそうな現れ方よ。

民族衣装に着替えているということは、一度はルフタネンに帰ったのよね。

国王に報告をしてきたのかもしれない。

「まだ落ち込んでいるのか？」

「え？」

怪訝そうな顔で聞かれたので首を傾げつつ、自分の姿を思い浮かべた。

寝室の窓の近くに置かれた小さな木製のテーブルと、その傍に置かれた座り心地のいい椅子が、ウィキくんを書き写す作業スペースなんだけど、そこに毛布を体に巻き付けて顔だけ出して、膝を抱えて座っていたら、確かに落ち込んでいるように見えるかもしれない。

「落ち込んではいないけど、なんとなくすっきりしないというか……眠くないからいろいろ考えていただけよ」

寝室にあるのはこの椅子だけだ。

このままだとカミルの座る場所がない。

「私はベッドに座るから、カミルがここに座って」

椅子から下りて移動しようとしたら、すれ違いざまにカミルが私の腰に腕を巻き付けてきた。

「一緒に座ればいい」

「狭くて座れないわよ」

「そんなことないよ」

さっさとカミルは椅子の中央に腰を下ろし、私の体を自分の膝の上に抱え上げた。

「な、な、なにやってるの？」

この体勢は何⁉

カミルの膝の上に横座りすると、足を肘掛けの上に乗せることになっちゃうから後ろに倒れそうで、転がり落ちないようにカミルの首に掴まるしかない。

カミルの顔が私の喉のあたりにあって、あまりに体が密着しているのが気になって、逃げようとしたらスカートの裾が捲《めく》れそうになって慌てて押さえた。

「恋人はこういう座り方をするんだよ」

「……そうなの？」

「そうだよ。知らなかったのか？」

そういえば遥か昔に読んだ漫画で、カップルがこんな風に座っていたシーンがあったような気がする。

ふたりだけになっていちゃつく時には、こういう座り方をするのかも。

……待って。

いちゃつくってどうやるの？

私はこの体勢で何をすればいいの？

それよりカミルの首を絞めたら悪いから、落ちないように気張っているせいで背中に力が入ってるし、足を動かすとスカートがずれそうで気になるし、けっこう大変なんですけど。

「いい香りがする」

首筋に鼻を押し当てるなー!!

えええええ!?

ちょっと！　私、寝間着姿だった!!

今更だけど！　とっても今更だけど!!

「あの見事な攻撃の一打を、まだ気にしているのかと思っていたよ」

「あのね……もう少し、離れない？」

「やだ」

う〜〜。

精霊獣達が見てい……ない！　あいつらカミルの精霊獣と遊んでる！

いつの間にそんな仲良しになったのよ！

「あれは、攻撃してきたやつが悪いのよ。私を本気で怒らせたのがいけないの」

「そうだね。その通りだ」

「……やりすぎたけど」

「そんなことないさ。いろんな国のやつらに、ディアは本気で怒ると精霊王の力なんて借りなくても、王宮をケーキみたいに切り分けられるんだって知らせることが出来たのは大きいよ」

「切り分ける必要はないでしょ。精霊獣を大型化すれば誰だって王宮を潰すくらい出来るでしょ」

「出来ないよ。出来ていたら、今頃どこかでそういう犯罪が起きているさ」

そういえば、大型化した精霊獣が暴れたって話は聞いたことがないわ。

平民でも一属性なら精霊を育てられるのに、誰もそういう事件は起こしていない。

「精霊獣を大型化させたまま維持するには、かなりの魔力が必要なんだよ。きみの友人は魔力の多い子ばかりだけど、彼女達だって大型化は何分かしか維持出来ないと思うよ。それに、どこの国も王宮には精霊王に結界を張ってもらっているはずだ。だから帝国だって、指定した場所以外は転移出来ないだろう？」

「だったら私だって、王宮を切り分けたり出来ないわよ」

「そうかな。ディアなら出来る気がするんだが」

いくらなんでも精霊王より強い魔力なんて持っていないからね。

そりゃあ、私をそこまで怒らせた原因によっては、精霊王が結界を解いて、やっちゃっていいよって言う可能性は……いや、ないない。いくらなんでもそれはない。

「今回のことが世界中に広まれば、きみの大事な人達を傷つける人はいなくなる」

「そうかな？」

「これは重要だよ。将来、俺達の子供を狙うやつらを減らせる」

「子供⁉」

まだ結婚もしていないのに、もう子供の話？

「そういうところはのんびりしているんだな。各国の指導者は、もう俺達の娘を狙っているよ」

「なんですって⁉　生まれてもいないのにどういうことよ」

「アンディだってそうさ。自分の息子ときみの娘を結婚させようと考えているはずだ」

「政略結婚なんてさせないわよ」

「そんなことはわかっているさ。アンディはたぶん自分の子供達を、安全で魔力が多くて精霊を得やすい精霊の森で育てたいと言うだろう。この屋敷はモニカ嬢の屋敷ととても近い。そこにきみが子供を連れて帰ってくれれば、幼い頃から出会って一緒に遊ぶようになるはずだ」

そしたら互いを好きになるかもしれないってこと？

まさかそんなことまで考えて、この屋敷を私にくれたの？

モニカもそれを承知しているの？

「アンディがモニカ嬢に話しているかどうかは知らないが、帝国の将来を考えなくてはいけない皇后の立場なら、むしろ進んで仲良くさせようとするだろうな。それと、クリスはそのくらいずっと前から考えていただろう」

「……陛下と組んでるってこと？」

「可愛い妹はルフタネンに行ってしまった。だから可愛い妹の子供は帝国で、自分達の子供と仲良く生活してほしいって思うんじゃないか？　子供が帝国に嫁いだら、ディアが帝国に顔を出す機会も増えるだろう」

「うわーー、考えてる。きっと考えているわ。両親も考えているかもしれない」

「そうだな。それに、ルフタネン以外に嫁いだ時に一番苦労する心配がないのは帝国だ。きみの両親は孫をものすごく可愛がりそうだ」

現在のことにいっぱいいっぱいで、子供のことまでまだ考えていなかったわよ。

生まれてくるかどうかもわからない娘の結婚が、私の知らないところでもう話題になっているなんて。

でも言われてみれば、精霊を後ろ盾に持つ両親から生まれた子供を、世界中が欲しがるのは間違いないわ。

「母は強いわよ。子供達に手を出そうとしたら、王宮どころか街ごと切り分けるわよ。いや、精霊王達が黙っているわけないじゃない。私とカミルの子よ。手を出すやつは、みんな砂になるわよ」

「拳を握るのは癖なのか？」

気付いたら、いつの間にかまた拳を握っていた。

「これは意気込みを表しているのよ」

「拳を握る御令嬢は、きみ以外見たことがないよ」

「なによ……うわ」

「落ちる」

「待って。捲れるから。ちょっと」

「え？」

うわ、膝まで捲れてしまったじゃない。

慌てて両手で押さえたら、今度は後ろにひっくり返りそうになるし、どうしてカップルはこんな座り方をするのよ。

「見ーたーなー」

「婚約しているんだからいいだろう。そんなに足をあげるから裾が捲れるんだよ」

「肘掛けがあるのよ」

「この椅子駄目だな」

椅子のせいか⁉

そうなのか？

「まあ俺は、子供は普通の人間であればいいよ」

私をそっと床に下ろしてカミルは立ち上がった。

「俺達は十年もしないうちに成長がゆっくりになるんだろう？　いつまでも若いままの俺達を見たら、どうしたら自分もそうなれるのかって考えるやつが出てくる」

「精霊王に祝福をたくさんしてもらえばいいのよ」

「してくれないだろ。そして、その血筋の子供を一族に加えたいと各国が動き出すよ。その時に子供達は普通の人間で、おかしいのは俺達ふたりだけだって明言したい」

それは確かに。

私達が人間離れしたのは自分達の行動の結果だからいいけど、子供達まで巻き込みたくないわ。

普通に平凡に穏やかな人生を歩んでほしいのに、どう考えてもそんな未来が見えてこない。

「おかしい。私も普通で穏やかな人生を歩みたかったのに、すでに挫折しているわ」

「きみの場合、生まれた時からいろいろ間違えていたそうじゃないか」

「……否定出来ない」

あの時、魔力を増やそうなんて思わなければ私の人生は変わっていたんだろうか。

それとも、ベッドを蹴りまくったのが間違いだったのかな。

「じゃあ、そろそろ」

「あ、カミル。私、ペンデルスのオアシスに行きたい」

「言うと思ってたよ」

笑いながら手を振って転移したカミルに、消えてしまってから手を振り返してベッドに向かう。

カミルとの会話で、まだまだ私は強くならないといけないってわかったからには、しっかり眠らないとね。

帰還報告

翌日、約束の時間に皇宮に向かったら、会議室ではなく皇帝陛下だけが使用出来る広い客間に通された。

ここに来るのは初めてじゃないけど、何回来ても圧倒されてしまう。

豪華なのはもちろんなんだけどそれだけじゃなくて、職人達が皇族のために全力で作り上げた芸術作品の放つ存在感がすごいのよ。

博物館にガラスケースに入れられて、温度も湿度も最良な状態で展示されそうな歴史ある家具の中でお茶をする緊張感たらないわよ。

間違えてソファーにシミでもつけたらどうしようって、いつも体中に力が入って、ベリサリオに戻ってからぐったり疲れてしまう部屋だ。

「慣れない船旅や転移での移動で疲れただろう。今日はゆっくりするといい」

お父様やヨハネス姉弟が帰国していないので、後日改めて会議はするんだって。

だったら来なくていいって言ってくれればよかったのに。

だって変じゃない？

その場にいるのは陛下とお兄様ふたりと、モニカにパティにスザンナにエルダよ？　ほぼ身内よ。

ジュードがいつの間にかエルダと婚約して、しっかり隣に座っているのには少し驚いた。

そういえば皇宮に着いてからいろんな人とすれ違って挨拶したけど、みんなえらい丁寧な対応だったな。

何かあったのかと訝しんでいたら、隣の席に座ったスザンナがそっと教えてくれた。

シュタルクに行っているせいでお父様が出席出来なかった週末の定例会議で、妖精姫は他国のことばかり気にしているのではないか、もっと帝国のために動くべきなのだから、彼女の行動は国で管理するべきなのではないかって意見が出て揉めたんですって。

やっぱり他国に嫁ぐのはどうなんだなんて、今更蒸し返す人までいたんだそうよ。

いつになってもどこの国でも、こういう人達はいなくならないのね。

そしたら突然琥珀が現れて、

『あなた達は私達精霊王がディアの後ろ盾になっているということを忘れているようね。確かに今は私達と人間は良好な関係を築いているけど、それは一部の人間の努力とディアの存在のおかげだということを肝に銘じなさい。あの子を悲しませたら、帝国にいくつも大きな砂漠が出来るわよ』

帝国は精霊王と親しくしているから、他所《よそ》の国のようにはならないなんて甘いことを考えるなよと、陛下の座る椅子の背凭れに肘をついて、冷たい視線で会議に出席していた貴族達を見下ろしたらしい。

その時に陛下とクリスお兄様にも、たとえあなた達でも許さない時もあるからねと、ふたりだけに聞こえる声で伝えたそうなの。

それってカミルの話していた、私の娘を陛下の子供と結婚させよう計画のことなんじゃないの？　しっかり釘を刺してくれるなんて、琥珀先生はさすがだわ。

会議の話題はすぐに私の耳に入るでしょ？

発言した人や同意した人が私の帰国にびくびくしていたところに、夕べ伝令が皇宮に来て、私がシュタルク王宮を破壊したことを伝えたから、中には慌てて領地に逃げ帰った人もいるみたい。

妖精姫が本気で怒ったらマジでやばいという認識が、改めて帝国内に広まりつつあるのね。

というか、いい加減学習してほしいわ。

それでブレインや高位貴族のオジサマ達が会うより、まずは身内が会って、私の様子を確認しようって話になったんですって。

「ブレインやおまえをよく知る高位貴族は、無事な姿を早く見たいと言ってはいたんだ。会議でくだらない発言をしたやつらなんて放置でいいしな。だがつい忘れがちになるが、おまえはまだ成人していない御令嬢だからな。保護者が揃っていないのに会議の席に引っ張り出すのはどうかと思ってな」

陛下としても、このメンバーなら気を遣わずに私と話せるから、いい機会ではあったんだって。

シュタルクの惨状を見た後だから、お友達に会えてほっと心が休まって、私としてもありがたい。

私が皇宮に来た目的は、船内でのことやカーラとハミルトンの活躍をしっかりと報告することと、カミルと一緒にペンデルスに行くという話をすることだ。

生き残るためとはいえ、精霊と共存することでオアシスを守っている人達の様子を見てみたいじゃない。

「目立つといけないので、姿を見えないようにして精霊王に連れて行ってもらおうって思ってます」

カーラやハミルトンが意外なほどに逞《たくま》しかった話や、避難している人達の回復のために残ったという話はみんな感心して聞いていたのに、ペンデルスに行く話になった途端、微妙に部屋の中の雰囲気が変わった。

もうニコデムスとは縁を切っていても、ペンデルスに対する嫌な感情があるのかな。

「ディアばかりずるいじゃない。私も行きたい！」

エルダはそう言うかもしれないなと思っていたわよ。

「あなたには頼みたいことがあるのよ」

「なに？」

「ペンデルス語の精霊育成マニュアルの作成よ。出来上がったら外交官と一緒に届けに行ってほしいの。他のいつもの協力者の人達も、一緒に行ってもいいんじゃないかしら」

「やる！　喜んで至急作成するわ！」

「待て。なぜエルダが行く必要がある」

「あなたも一緒に行けばいいじゃない」

「……なるほど。それならまあ……」

一緒に行けるならジュードも文句はないのか。

「ディア、御令嬢達が行く必要があるのか？」

クリスお兄様に聞かれて顔を向けたら、隣にいる陛下が不満げに頬杖をついて睨んでいるのが見えた。

勝手に話を進めちゃ駄目だったかな？

「ベジャイア経由で育成マニュアルがペンデルスに流れた時に、私が作成したという話が伝わって、ペンデルスでも妖精姫の名前が特別な意味を持つようになっているんだそうです。ですので、マニュアルは御令嬢方が制作したんだという話を広めたいんです」

「そういうことか。……それにペンデルスに詳しい人材を育成する必要はあるな。今のままではベジャイアの影響ばかりが大きくなってしまう」

地理的にペンデルスは隣国がベジャイアしかいないからね。

でも転移魔法があるんだから、距離なんて関係ないじゃない。

魔力が枯れているせいで、ペンデルスの砂漠には今は魔獣がいないらしいけど、将来的には新しい素材が手に入るかもしれないわよ。

「ディア、行く時は僕が非番の日にしてくれよ。僕も行きたい」

アランお兄様までエルダみたいなことを言うの？

「私だって行きたいわ」

「パティ？」

「だって……ディアはルフタネンにもベジャイアにもシュタルクにまで行ったのよ。でも私は帝国の外には行ったことがないんですもの」

「一緒に行こう」

「本当？」

アランお兄様が誘った途端に、パティの表情がぱっと輝いた。

あれ？　もしかして。

「みんな行きたい……とか？」

きょろきょろと見回したら、女性陣には期待を込めた眼差しで見つめられ、男性陣はきまりが悪そうな顔をしていたけど誰も否定しなかった。

それで陛下が不満な顔をしていたのか。

皇帝はそう簡単には出かけられないもんな。

クリスお兄様はシュタルクにしばらく行くことになるとはいえ、仕事と観光は違うしね。

「じゃあ、みんなで行きましょう。陛下やモニカも」

「は？」

陛下より、警護のために壁際にいた近衛騎士団長のパオロが驚いて声をあげた。

「アランお兄様が一緒だし、精霊王もいるので安心よ。こうしてお茶会をしているという事にしておけば、いくら忙しい陛下でも一時間くらいは時間が取れるでしょう？」

「しかし……」

「乗った。その案で行こう」

「陛下！」

「俺は生まれてから一度も帝国から出たことがないんだぞ。歴史も習慣も違う国に接する機会は必要だ。視野が広くなるとは思わないか？」

「思います！」

パウロに話しているとわかっていても、その言葉には同意せざるを得ないわ。

「外国の状況を自分の目で見る機会があるのなら、絶対に見ておくべきです。帝国に生まれてよかった、今のこの平和な状況を壊さないようにしなくてはと、心の底から思えます。パニアグアに襲撃されたオアシスを再建するために、自分達で精霊を育て始めた彼らの生活を知ることには意味があると思うんです」

それに今後ペンデルスは大きな変化を遂げると思うのよ。

帝国もそこに関わっておくと、将来的にシュタルクやベジャイアと何かあった時に、ペンデルス側からも動けるようになるかもしれないじゃない。

「そんなことまで考えていたのか」

「いえ、今思いつきました」

「……そうだな。そういうやつだったな」

でも、ブレインにまで内緒というわけにはいかないでしょ？

説得する時に使える理由は多い方がいいじゃない。

「そんなことまでおまえが気にするな。それよりペンデルスが精霊と共存する国になり、ベジャイアと接する国境の街が出来たのなら、世界中に散らばっている移民の中には故郷に帰りたいと考える者も出てくるだろう」

「です！　ですです！」

「クリス、こいつは何を言っているんだ？」

「おまえの意見に同意しているんだろ。なぜわからないんだ」

ひぇーーーー！

クリスお兄様ってば、皇帝陛下をおまえ呼ばわりしていますわよ！

このふたり、どんだけ立場が変わっても関係が変わらないの？

すごいな。本当に何かあるってことはないわよね。

忘れていたお腐れ様が目を覚ましそうになるからやめてよ。

「故郷に帰るとしても、家財道具を処分し、家族を連れて遠距離を移動するのは大変だ。躊躇《ちゅうちょ》する者も出るだろう。だが、ディアがいれば問題解決だ」

「ふむ。空間の向こう側に荷物を運ぶ援助くらいは兵士にさせてもいいな。各国でやれば帝国の印象がだいぶよくなるんじゃないか？」

「妖精姫の印象が今以上によくなりそうで、それが唯一の問題だ」

「そうだな。ベジャイア国王がすっかりディアの手下のようになっているし、今後はシュタルクの首脳陣もディアには頭があがらないだろうし……うん？　海峡の向こうはすでに手中に収めているようなものじゃないか？」

本人を無視してふたりの世界を作らないでくれないかな。

やりますけどね。

私もそう提案する気ではいたからね。

「だったらペンデルスにあまり恩を売る意味が……」

「陛下。大事なことを忘れています」

「……なんだ？」

「ペンデルスが再興し、オアシスが広がったらどうなると思いますか？」

「どうなるんだ？」

少しは考えろよ……とは言えないので、にっこり笑顔。

「新しい精霊王が誕生するんです」

「ほお」

「なるほど」

タブークが一番新しい国だけど、この国の精霊王はペンデルスから移住した人達だから、新しい精霊王が生まれたのって何百年も前のはずなのよ。

私でさえ孫のように可愛がる精霊王達よ。

新しい精霊王が生まれるって話題を前にしていたし、とても楽しみにしているみたいだし、今のペンデルスのためなら、この人数でも連れて行ってくれるんじゃないかな？

そうだ。フライを寄付しよう。

国境の街とオアシスを行き来しやすくなれば、物資も調達しやすくなるわ。

砂漠のオアシス

みんなでペンデルスに行こう！　なんて宣言したのに、実際に訪問するまでに四か月もかかってしまった。

そりゃね、あれだけのことがあったんだから当然といえば当然なんだけど、いくつも国が絡むとひとつのことを決めるのにも時間と手間がかかるのよね。

シュタルクは新しい国の中心をハドリー将軍の領地に作ることに決定した。早い時期から精霊を育てていて、港からもベジャイア国境からも近すぎず遠すぎず利便性の高い場所だからだ。

でもハドリー将軍が新しい国王になるのではなくて、今回早い時期からニコデムスと離れるように進言していた高位貴族達で、帝国のブレインのように意見を出し合って国を運営していく形にするんだって。

それはいいと思うんだけど、シュタルク人はハドリー将軍やオベール辺境伯達でさえ、精霊さえ育てれば今までのやり方で国が再興出来ると思っていたみたいなのよ。

それを指摘したのはオベール辺境伯の息子のギヨームだった。

「一度、ルフタネンや帝国の様子を見る機会を作っていただけませんか？　シュタルクがどれほど遅れているのか、国外に行ったことのない人達はわかっていないんです。シュタルクのやり方は古いんです。今のままでは諸外国との差が開くばかりです」

彼のことは、正直ほとんど覚えていなかった。

シュタルクは他のやつらが問題ありすぎて誘拐事件まであったから、気にしていられなかったっていうのもある。

寡黙でいつも眉間に皺《しわ》を寄せていて目力が強くて、貴族的な面立ちの人が多いシュタルク人にしては珍しいタイプではあるんだけどね。

近付きにくい強面《こわもて》のタイプなのよ。

「特にベリサリオには行くべきです。これからの復興の目標になります」

彼の提案通りにシュタルク首脳陣はルフタネンの王都とベリサリオを訪問し、自国との差に衝撃を受けて、最後には無言で項垂れて国に帰って行った。

帝国でもベリサリオは特別よ？

精霊を育てるのを推奨してもう十年経っているし、貿易のための専用街道を作って、車道と歩道をきっちり分けて、精霊車が馬車の倍以上のスピードで行き来している。

街には精霊や精霊獣を連れた人が普通に歩いていて、フライだって市民の手軽な乗り物で、子供だって乗っている。

フライに関してはルフタネンの方が最先端だけどね。
仕事に使えるように改造したフライが、バイクや自転車みたいな感覚で使われていて、フライの渋滞が起こる場所もあるんだよ。

「これは……すごいな」

一緒に訪問したベジャイアの人達も唖然としていたわ。

「そんなに悲観的になる必要はないでしょう。我々が試行錯誤して開発を進めた最先端のものを輸入すれば済む話です」

そんな人達にクリスお兄様はあっさりと言い切った。

「我が国の皇都は歴史のある建物が多いために再開発が非常に難しい。しかしシュタルクもベジャイアもすでに多くの建物が破壊されているんですから、住民を説得する手間がいりません。景観や利便性を考慮して、精霊と共存出来る新しい街の開発にすぐに着手すればいいだけです」

だから、言い方ってものがあるでしょう。

そうやって余計な敵を作らないでよーって思っていたのに、ベジャイアの宰相やシュタルクの高位貴族の中でクリスお兄様はすぐに大人気になった。

言い方はきついけど、具体的な方法をわかりやすく提示するから、計画を実現するための方針が立てやすいんですって。

「しばらくベジャイアに来ないか？」

「いや、シュタルクに外交官として滞在してくれないか？」

「これ以上ベリサリオや帝国に借りを作っていいんですか？　下手したら属国になりかねませんよ？」

「ここまで大きな借りがあったら少しくらい増えても変わらない！」

いや、変わるでしょう。

私に借りを作るのと、クリスお兄様に借りを作るのでは意味が違うよ。

「彼の貸し出しはしていません」

パウエル公爵に言われて、それでもあきらめずに宰相達が口説こうとするという場面を何度も見ている。あれはもうじゃれているだけかもしれない。

クリスお兄様ってパウエル公爵とかベジャイアの宰相のようなタイプの人に好かれるのよね。

裁判の方は、二回だけ出席した。

前世の裁判の感覚を覚えていたから、何か月も、下手したら何年もかかると思っていたのよ。

でも全てが一週間で終わったわ。

ニコデムスの、いや、強盗団の悪事は全てはっきりしているので、さっさと終わらせてこれからのことに時間を使いたいというのは、当たり前の感情ではある。

厳しい取り調べが行われたって言うから、拷問なんかもあったのかもしれない。

パニアグアは裁判の席でさっさと殺せとしか言わなかったし、アルデルトは何を言われてもまったくの無表情だった。

国王は毒殺されていたそうで、白骨化した死体が王宮で見つかったそうよ。

「ふたりだけで来る予定だったのに」

みんなでペンデルス訪問をすることになったと話した時、カミルはがっかりしていた。

精霊王が一緒じゃないと訪問出来なかったんだから、今回はふたりきりは無理なのに。

「いつまでも拗ねているなんて情けないな」

「うるさいな。皇帝がこんな場所にいていいのか」

私達がいるのはペンデルスのオアシスが遠くに見える岩山の上だ。

岩と言っても砂漠の砂と同じ白っぽい色をしていて、草一本生えていない。

この砂漠、寒いのよ。

夏場は涼しくて過ごしやすいけど風が強くて、砂嵐が起こると何も見えなくなってしまうんだって。

それ以外の季節は寒いのに雪は降らず、からからに乾いた刺すような痛みを感じる冷たい風の吹く死の大地なのよ。

帝国より北に位置しているから覚悟はしていたけど、ここまで厳しい気候だとは思わなかった。

でもさすがファンタジー。

黄色みがかった白い砂の大地が見渡す限り続く中に、唐突にぽつんと緑豊かなオアシスが存在するの。

そこだけまるで見えない壁に守られているように、砂が中に入り込むこともないし、大きな湖は豊かな水を湛えている。

人々は明るい色合いの防寒着を着込み、帽子を被って、砂と同じ色の石造りの四角い建物に住んでいるの。

みんなと一緒に……と言ったけど、私と一緒にいるのは陛下とモニカとカミルだけ。

フライをプレゼントすることになったので、アランお兄様とパティは使い方を説明するために、エルダやジュード達と一緒に正式にオアシスを訪問している。

クリスお兄様は忙しすぎて今回は訪問出来ないので、スザンナも次回一緒に訪問するからいいと言って来ていないから、時間が出来たら私が連れて来てあげないとね。

「すごいな。どこを見ても砂ばかりだ。ここを緑地化して国を作るのか？　俺にはとても出来ないな」

「そうか？　あの大国をひとつにまとめる方が、よっぽど苦労が多いんじゃないか？」

陛下へのクリスお兄様の話し方もひどいけど、カミルも今まで通りタメ口なんだよな。

カミルは公爵だから、気になっているんじゃないかと思って陛下に聞いたら、

「おまえの敬語の方が気になる」

って言われた。

「おまえひとりでもやばいのに、帝国がまだ一度も交流したことのない複数の国と親交のある男が結婚するんだぞ。おまえら夫婦は他国の王族より立場が強いだろうが」

そんなつもりはないのになあ。

そりゃあ月に何度かルフタネンやベジャイアに行って国王とお話ししているし、シュタルクの生き残った貴族達は私に恩を感じてくれている。

でもだからって、偉そうな態度なんて取ったりしないわよ。

シュタルクなんてまだマイナス状態なんだもん。

国としての形が出来るまでにも、まだまだ時間がかかるだろう。

ペンデルスだってそう。

他国に住んでいたペンデルス人が戻る気になっても、ずっとペンデルスに住んで耐えていた人達との関係が、すぐに上手くいくとは限らないでしょう?

きっとこれからもたくさん問題が起こって、ひとつひとつ解決しながら前に進んでいくしかないのよね。

「ここにあの石像を置くの?」

モニカが話しているのは石になったパニアグアのことだ。

なぜ私達がオアシスではなくて砂漠にいるのかというと、ここにパニアグアを放置しに来たからだ。

殺してしまうのは簡単だけど、彼はいろんな人達に憎まれていて、ただ殺すだけでは納得出来ないという意見が多かった。

それでパニアグアが襲撃して崩壊させたこのオアシスが、これから徐々に人が増えて大きくなって、やがて石像が立っている場所まで緑が広がるまで、この場所で死ぬことも狂うことも出来ないまま、ただひとりきりで遠くからオアシスを見つめ続けるという罰が課せられたのよ。

『寒さは感じるようにしたわ。この気候だと、石が風で浸食されるけどどうする?』

「オアシスが広がるのが先か。浸食されて壊れるのが先か。どっちでもいいんじゃないですか?」

翡翠の質問にカミルは興味なさそうに答えた。

まあね。私としてもどうでもいいと思うわ。

それより砂漠のあちらこちらに精霊王がふらふらしている方が気になる。

今日もたくさん集まったなー。

「王太子の方は王都に放置されたんですって？」

「そうなの。自分のせいで死の街になってしまった王都に魔力が戻って、緑豊かになるまでひとりで見守れってことになったらしいわ」

「ディアは、それでいいの？」

「私⁉　なんで？」

「モニカ嬢、その質問の意味を教えてくれ」

「カミル！　近付きすぎだ！」

魔力がないあの街は人間が住める状況ではないから、石になっていても、アルデルトの体も蝕まれて内臓がやられて痛みが伴うのに、死ねないままに何十年もひとりで立ち続けなくてはいけない。

自分だったらと思うとぞっとするけど、彼らのやったことを考えると、仕方ないのかなとも思ってしまう。

彼らのせいで大事な人を失った人は、いったいどれほどいるんだろう。

パニアグアは特にやることが残虐だったそうだから、このくらいの罰では甘すぎるくらいかもしれないわ。

『ねえ、ディア。少しくらいオアシスに祝福してもいいわよね』

急にふわりと飛んできたモアナに聞かれた。

「少しくらいって？　人間に影響がないようにしないと駄目よ」

『じゃあ、砂漠に祝福したらどうかな』

　マカニまで何を言っているの？

『ベジャイア国境とオアシスを結ぶルートに祝福するのはどうだ？　砂漠の中に一本の緑の道が伸びているのは、なかなかいいと思わないか？』

「瑠璃までどうしたの？」

「彼らは早くペンデルスを国にしたいんだよ」

　カミルに言われて納得した。

　新しい精霊王の誕生を早めたいんだね。

『ベジャイアもシュタルクも精霊との共存のために手助けしたんだもの。ペンデルスだってかまわないでしょ』

　シュタルクの精霊王達も、自国のことを気にしなくちゃいけない時期なのにしっかりと来ているのね。

『この国のことはタブークに行ってからも気にはなっていたのよ。今のペンデルス人は昔のこととは関係ないんですもの。こうやって精霊と共に生きる道を歩んでくれるのなら、多少の力添えはしなくちゃね』

　元ペンデルスの精霊王まで来ているのか。

　あー、これはオアシスが広がるのに、そんなに時間がかからないな。

パニアグアのいる場所まで、すぐに緑が広がるんじゃない？

シュタルクだって精霊王達が死の街にしたままにはしておかないんじゃないかな。

罰にならない気がしてきた。

「ディア、俺とモニカを戻してくれ。この人数の精霊王達が祝福したら、その魔力の影響を受けるだろう。体調が悪くなるのはまずい」

「なんで陛下とモニカだけ逃げようとしているんですか。私だって帰りますよ」

「おまえとカミルは今更だろう」

「初対面の精霊王がいらっしゃるんでしょう？ ディアは帰れないわよ」

東方の国や南方の島国の精霊王達が、カミルと結婚する相手に会いたいって言っているので、ここで会うことになっている。

瑠璃達もかなりひさしぶりに会うんだって。

新しい国が出来ると聞いて、みんな気になって仕方ないんだろうな。

「ディア、そろそろ時間だ」

「ちょっと待って。祝福は私達が帰ってからにして」

もう充分健康だし魔力も強いし、長生きだって出来るんでしょ？

いや、長生きしすぎるんでしょ？

これ以上祝福されたらどんどん人間離れして、カミルとふたりでよくわからない存在になっちゃうわよ。

「わかった。オアシスの方に行こう。どうせ姿は見えないようにしてくれているんだし観光しよう。初対面の精霊王とは……そうね、湖の上で会おう。最初に瑠璃と話をしたのも湖の上だったのよ」

「じゃあ移動しよう。ほら、あそこにもう来ている」

「え?」

うわ、オアシスの近くに二十人くらい精霊王が集まっている。

あんなにいるの!?

どれだけ国があるのよ。

『ディアだけで挨拶するのは駄目だ。俺も行く』

『私もよ。他国の精霊王が挨拶に来るのなら、まずは私達に一言あるべきよ』

いつものごとく瑠璃と翡翠が保護者のように、私の両側に立って肩に手を置いた。

『だったら私達だって、カミルと一緒に行かなくちゃ』

『そうだな』

ルフタネンの精霊王も集まって来たよ。

カミルも私も保護者が多すぎなのよ。

『あなた達は私が連れて行ってあげるわ』

琥珀が陛下の肩に腕を回し、

『ならば俺がモニカを連れて行こう。ノーランドの人間だしな』

モニカの肩に蘇芳が手を置いた。

『彼らが移動したら祝福するよー』

『俺は街道の方に行ってくる』

いつもは風の音しかしない砂漠が、今だけはうるさいくらいに賑やかだ。

オアシスも精霊育成マニュアルやフライが大量に届けられて、多くの人が広場に集まっているようだ。

人々の笑顔の明るさに、このオアシスをずっと守り続けてきた彼らの強さを感じるわ。

私と同じ転生者がよかれと思って広げてしまった間違った宗教の傷跡が、早くこの世界から消えて、どの国に行ってもたくさんの精霊と人々が、互いを思いやって共存出来る世界になってほしい。

ペンデルスの人達が早く彼らの精霊王に会えるように、私にも何か出来ることがあるだろうか。

『こっちも祝福する？』

『オアシスの湖の向こう側にも行かないと』

「やりすぎは駄目よ！　ゆっくりとした変化じゃないとまずいわよ！　他所の国の精霊王が勝手なことをあまりしちゃ駄目だからね！　話を聞きなさーい!!」

まずはこの精霊王達を落ち着かせるのが私の仕事だな。

エピローグ

多くの人が暮らすベリサリオ城は、週末はいつも夜遅くまで賑やかだけど、今夜の賑やかさは特別だ。

至る所に飾り付けがされ、庭にはテーブルが並べられて料理が置かれ、風に乗って私の部屋までも楽しそうな笑い声と音楽が聞こえてくる。

窓から外を見れば、城だけではなく街も港も今夜はいつもより多くの明かりが灯されている。

今日は新年の最初の日。

私達は皇宮で過ごすけど、城にいる人達はこれからが宴の盛り上がる時間だ。

なにしろ今年はベリサリオにとって何重にもめでたい年なのだから、新年の祝いも特別に派手なのよ。

「素敵だわ。完璧」

「本当に美しいです」

去年の春、私は十五歳になった。

つまり今年の新年の舞踏会は、私のデビュタントなの。

記念すべき晴れの日の準備に少しでも関わりたくて、私の部屋には今、侍女と執事が合わせて八人もいるのよ。全員集合よ。

ジェマなんて今はもうアランお兄様の領地で働いているはずなのに、私のドレス姿を見るんだと言い張って、朝から私の傍にずっといるの。

アランお兄様も今夜は家族と一緒に行動するからいいんだけどさ。

「ネリー、あなた、自分の準備はどうしたのよ」

「侍女が舞踏会なんて出る必要は……」

「あるわ。みんな次はネリーの支度よ」

「「はい！」」

リュイやミミだけじゃなくて、普段は精霊の森の屋敷にいるシンシアとダナも揃っているから、すぐにネリーを素敵な御令嬢に変身させてくれるでしょ。

「いやーーーー！」

「お嬢、軽食を用意しました。今のうちにお召し上がりください」

徐々に小さくなるネリーの悲鳴を聞きながら、私はすぐに食べ物の前に急いだ。

昼はルフタネンの新年行事に参加したから、あまり食べられなかったのよ。

夜だって舞踏会の会場で、がっつり食べるわけにはいかないでしょ。

私はダンスより美味しい食事の方が嬉しいんだけどな。

「ドレスにお菓子の欠片をこぼさないでくださいよ」

レックスがここにいるのはわかるんだ。着替えが終わった頃を見計らって食べ物を持ってきたからね。気の利く執事よ。

でもなんでブラッドまでいるのさ。精霊の森の屋敷の警護はどうしたの。

「あんな小さかったお嬢が、もう十五歳だなんて」

涙ぐむのはやめなさいよ。

成人する私より、周りの喜び具合が強すぎて恥ずかしいじゃない。

「その分、みんなも老けているのよ」

「中身の成長はどうしたんですかね」

ひとりだけいつも通りに憎まれ口を叩くレックスの足を、ヒールで踏んでやった。

「いたっ！　ううう っ！」

「あんたも成長しないわね」

ジェマが呆れた顔をしてブラッドが笑いを堪えているこういう場面も、今では見る機会がなくなっていたから懐かしいな……なんて、私も少しセンチになっているかも。

「疲れたから、ひとりでまったりしたいわ」

「わかりました。ドレスを汚さないでくださいよ」

「イフリー達、お嬢様をよろしくね」

三人がいなくなってひとりになって、改めて鏡の前に立ってみた。

頭皮が痛いくらいにきっちり編まれて結い上げられた髪型は、今日から許される大人の髪型だ。

うなじから背中までの線が、なかなか魅力的でセクシーな感じじゃない？

「うっ。無理に背後を見ようとすると、首がつりそう」

白いドレスはローブデコルテという肩を出すデザインなので、落ち着かなくて何度も肩を手で擦ってしまう。

「綺麗……よね？」

この一年で背が伸びて、だいぶ大人びた体付きになってきたと思うのよ。

そりゃあモニカやスザンナみたいにはなれないけど、すっかり女性らしくなったと言われることも増えたのよ。喋らなければ。

ドレスはお母様が何年も前から準備をしていたので、カミルはアクセサリーだけは準備させてくれと頼んで、ふたりで相談して作ってくれたらしい。

髪にも耳にも、もちろん胸元にだって、アメジストの周りをダイヤとペリドットが飾っているアクセサリーが、照明を反射してキラキラしている。

ルフタネンにはパートナーの髪や瞳の色をアクセサリーやドレスに用いる文化はないの。みんな、黒髪で黒い瞳だから。

代わりに貴族の家はその家の色が決まっていて、それを使用するのが習わしになっているの。

「ディアの瞳の色の周りをイースディル公爵家の色が囲んでいるとか、相変わらず独占欲丸出しだな」

ってクリスお兄様は言っていたけど、デザインはお母様も考えたんだってば。

スザンナにあげた超豪華なアクセサリーだって、充分に独占欲丸出しだったくせに。

『今日は朝から慌ただしいな』

通行の邪魔になりそうなドアの傍に寝転がっていたイフリーが、大きく口を開いてあくびをした。

『まだこれから皇宮に行くのだろう？』

『楽しくていいよ。賑やかだ』

『ジンは賑やかなのが好きだな』

『ガイアは無口すぎるんだよ』

リヴァだけは少し離れて、落ち着きなくふよふよと天井付近を漂っている。

今日はカミルだけじゃなくてルフタネンの国王も来ているので、竜の精霊獣が勢揃いするでしょ？　それで落ち着かないみたい。

犬系や猫系と違って、竜の精霊獣は帝国にはいないからか、リヴァはカミルの精霊獣と仲がいい。

ガイアに似た精霊獣だけは未だに見たことがなくて、ちょっとかわいそうなことをしたかもしれないな。

私が考えた特別な姿なんだよって言ったら、喜んでくれたんだけどね。

「今年は一年中、慌ただしいわよ」

『知ってるー！　クリスが結婚するんだよねー！』

いつの間にかシロは勝手にテーブルの上のお菓子を食べていた。

こいつはいつまで私のところにいるつもりなんだろう。

「そうよ。それにアランお兄様も正式な婚約をするの」

私が十五になったってことは、パティも十五になったってことよ。

アランお兄様はもう独立しているけど、公爵令嬢を嫁にもらうのに中途半端なことをしたらベリサリオが笑われるからって、明日は私とカミル、アランお兄様とパティの合同の婚約パーティーが盛大に行われるのよ。

帝国だけじゃなく世界中から王族がやって来るんですって。来なくていいって言ったのに、招待状を送ってくれってうるさいんだもん。

十五の誕生日が過ぎてすぐにルフタネンでの婚約の儀式も祝いの宴もやって、その時だって世界中からVIPが集まって、精霊王まで集まっちゃって、国王の婚約式より顔ぶれがやばいことになってしまったのに、新年早々世界中の王族が帝国に集まらなくていいと思わない？

そして私が十五歳になったってことは、スザンナは十八になったってことだから、ようやく結婚解禁なのよ。

秋にはクリスお兄様とスザンナの結婚式も盛大に行われる。

ベリサリオの結婚が続くってことは、招待される側の出費もすごいよ。

経済ぐるぐる回っちゃうよ。

大丈夫かな。破産する家が出て来ないかな。

まだ復興途中のシュタルクなんて特に、無理しないでほしいな。

クリスお兄様が先に結婚式を挙げるので、陛下は特別にモニカが十八になる前に結婚出来るようにしたいと、冗談半分で言っていたらしいと聞いたけど、たぶん冗談じゃないんじゃないかな。

陛下はあと二年も待たないといけないわけで、二年もあればクリスお兄様には子供のひとりくらいは出来ているかもしれない。

ベリサリオに先を越される感がするのかも？

「いけない。このためにひとりになったんだった」

ドレスが皺にならないように気を付けて椅子に座り、ウィキくんを開いてみた。

徐々に見える項目が減って、今では精霊関連しか開けなくなっていたんだよな。

「あ」

まるで私が確認するのを待っていたかのように、すぐに画面が点滅し、残っていた文字が次々に消えていく。

項目も消え、真っ暗になった画面に、

『きみの幸せを見守っている』

日本語の文字が浮かび上がり、ほんの何秒かで消えてしまった。

そして、画面が端の方から光の粒子のように崩れ、風に飛ばされるようにきらきらと宙を舞って、私の頭上ではじけて降り注いだ。

「あ！　これは祝福⁉」

何度もやられたから知っているわよ。

もしかしてこれって、神様からの祝福⁉

嬉しい。嬉しいけど大丈夫なんでしょうね。

急いで鏡の前に戻り、顔を近付けて右を見たり左を見たりしてみたけど、特にいつもと変わらない。

第三の目なんて開いていないし、変な文様が身体に浮かんだりもしていないようだ。

よかった。きっとあれは、ウィキくんの最期の時の演出だったんだ。

「神様だもんね。ちゃんと考えてくれているのよね」

神様にはたくさん感謝している。

記憶を残して転生させてくれたことも、ベリサリオに誕生させてくれたことも。

数え上げたらきりがないほどの素敵な出会いも。

全部、ありがとうございます。

「お嬢、お客様です」

ノックの音がしてレックスが案内してきた相手を見て、私は笑顔で駆け寄った。

「カーラ！」

「ディア、すごく綺麗だわ」

「あなたこそ素敵！」

カーラも今夜がデビュタントだ。

ベリサリオが後ろ盾になっているので、今夜は一緒に舞踏会に参加することになっている。

裁判が終わっても、カーラとハミルトンは何度もシュタルクを訪れ、怪我人の手当てをしたり精霊育成を手伝った。

功績も重要だけど他の人にはない強みがあったほうがいいって、クリスお兄様がハミルトンに助言したのもあるし、自分の目で大変な様子を見てしまったらほっとけないって、出来ることをしたいって気持ちが強かったらしいの。

今ではハミルトンはシュタルクとベジャイアの高位貴族のほとんどと知り合いで、まだ十三歳なのに外交官より顔が広いのよ。

「ギヨームは？」

「外でカミルと話しているわ」

そうして何回もシュタルクに行くうちに、カーラはギヨームと親しくなって婚約したの。

無口だしこわそうだし、本当に彼でいいのかって確認したんだけど、他の人の前では無口なのにカーラとふたりだけの時はいろいろ話すんですって。

シュタルクは地方によって、精霊を育てる人の数に大きな差がある。

早くから精霊を育て始めていた場所はすっかり緑豊かになっているけど、領主がニコデムス信徒だった場所は、ようやく作物が実るようになったばかりで、人々は生きていくのに必死な状態だ。

だから帝国の未来の皇后の従妹で妖精姫の親友のカーラとギヨームの婚約は、あちらでは大歓迎されているの。

私も今ではふたりの婚約を祝福している。

ギヨームは無口だけど、カーラと話している時だけ顔つきが優しくなって、惚れているのが丸わかりなんだもん。

目つきの悪いカミルが私と話す時だけ眼差しが優しくなるのと似た感じだから、恋愛経験が少ない私でもすぐにわかった。

それになにより、今では彼の肩の上には三属性の精霊がいるの。

精霊を多く育てていることで有名な風の民の住む地域と隣接している領地の嫡男なのに、初めて帝国に来た時から裁判の時まで、彼は一属性の精霊しか育てていなかった。

これだけ精霊を増やす話題になっているのに、率先して育てようともしないなんてどうなんだって話したら、彼は、自分は魔力量が少ないからこれ以上は無理なんだって答えたのよ。

「少なかったら増やしなさい。貴族が率先して精霊を育てなくてどうすんの。だいたいどうして少ないと思うのよ」

「体格がよくて腕力が強い男は魔力が少ないんだろう？」

「はあ⁉　なによそれ。どこの迷信よ。初めて聞いたわ。筋肉と魔力は関係ないわよ。すぐに精霊を育てなさい！」

って私が文句を言ったので、魔力を増やすにはどうしたらいいかカーラに相談したんだって。

それでふたりで森に行って精霊を探したり、精霊の育て方や魔力を増やす方法をカーラが教えているうちに、恋愛関係になったらしいのよ。

私ってばキューピッドじゃない？

「ドレスもアクセサリーもとっても似合っているわ。そのアメジスト、風の民からのお祝いなんですってね」

「そうなの。シュタルクのデザインでは古臭いからって、帝国で作ってくれたんですって。大変な時期なのに辺境伯家の人はとてもよくしてくれるの」

ギヨームはシュタルクの貴族の若手の中では、ニコデムス排除に一番活躍した人で、国内での信頼も厚い。

このまま会議制で政治を行うとしても間違いなく重要な地位に就くだろうし、将来的に新しく国王を決めるとしたら最有力候補のひとりよ。

モニカが皇后になった時に、カーラがシュタルク王妃になるって未来もあるかもしれないわ。

そうなるとハミルトンの重要性は更に高くなるでしょ？

だから彼は、タスカーという大きな街のある元バントック派の領地を治めるハミルトン・タスカー子爵になったの。

子爵よ？　子爵。

男爵を吹っ飛ばして大抜擢よ。

「ディア、そろそろいいか？」

私とカーラがふたりだけで話せるように、カミルとギヨームは廊下で待っていてくれたのね。

ルフタネンの新年のお祝いは民族衣装で行ったので、カミルがデビュタントのドレス姿を見るのはこれが初めてだ。

カミルはいつもの民族衣装だけど、髪をセットして、すっかり大人っぽい雰囲気になっている。

もう十七歳だもんな。

クリスお兄様なんて二十歳よ。

「……」

「どう？　似合う？」

あれ？　くるりとターンしてみせたのに反応がない。

驚いた顔で固まっている。

「え？　どこかおかしい？」

「違うわよ。カミルはディアがあまりに綺麗だから見惚れているのよ」

「おい」

ギヨームに肩を叩かれてはっとして、カミルはもう一度私を見てから慌てて目を逸らした。

うそ。耳や目元が赤くなってる。

「俺達は先に行こう。お邪魔みたいだ」

「はーい。そろそろ時間だから、あまりのんびりしてちゃ駄目よ」

カーラが来るまで開けたドアに寄りかかって待っていたギヨームは、彼女が傍らに来ると腕を差し出しながら微笑んだ。

うわ。あの男の笑顔を初めて見たわ。

蕩《とろ》けそうな顔をしていたわよ。

そして、バタンと扉が閉まったというのに、まだ突っ立ったままでぼけっとしている男がいるんですけど。

視線が合うと、すぐに目を逸らすのやめてよ。

「もうなんなの！」

腰に手を当てていつものように睨んだら、ようやくカミルが歩み寄ってきた。

「あんまり綺麗で……驚いた」

ぐわーーー！

いつもは挨拶みたいにかわいいって言ってるくせに、急に照れくさそうに掠れた声で言わないで。

やばい。心臓がバクバクしてる。

「大人っぽくって別人みたいだと思ったが、やっぱりいつものディアだな」

「当たり前でしょうが」

「背中があき過ぎじゃないか？　そんなに見せなくていいだろう」

「これが普通なの」

「帝国のドレスは、もう少しどうにかするべきだ」

この男、うちの男性陣みたいな台詞を言い出したわよ。

お兄様達も背中は見せないデザインがいいとか、肩や胸元もレースくらいはあっていいんじゃないかとかうるさかったのよ。

最後には、いい加減妹離れしろとお母様に部屋から追い出されていたわ。

「もう行けるのか？　それ、食べていないじゃないか」

「あ、いけない。お腹に何か入れておかないと」

さっき、クッキーをひとつ食べただけだった。

舞踏会の最中にお腹が鳴ったらやばいわ。

「カミルは？　何か食べたの？」

「食べたけど、少しもらおうかな」

ふたりとも立ったままで、しばらく無言で食べ物を口に押し込んだ。

デビュタントの記念すべき夜だって、現実はこんなものよ。

舞踏会の会場で淑女らしくしていればいいのよ。

「せっかく綺麗なのにそんなに大口開けて食べるのか？」

「口紅が取れないように食べてるの」

「女性は大変だな」

すっかりいつもの雰囲気に戻ったわね。

さっきのドキドキが嘘みたいよ。

飾らないでいられる相手の方が長続きするんだから、私達はこれでいいんじゃないかな。

「ディア、あの話はどうなったんだ？」

「どの話？」

「両親に転生したことを話したのか」

「あー、話すのやめたの」

「そうか」

え？　それだけ？

「さんざん悩んで決めたんだろうから、俺がどうこう言うことじゃないだろ」

「そうだけど、なんでやめることにしたのか聞かないのかなとは思うじゃない」

「話す気があるなら知りたい」

「そうでしょうそうでしょう」

「なんでそこでどや顔なんだよ」

「もう転生する前の記憶はだいぶ朧気《おぼろげ》なの。両親の顔も自分の名前も、思い出すのに時間がかかるくらい。それに一度死んでいるのに転生する前のことをいつまでも引きずってもね。もう十五年もこの世界で暮らしているんだし」

私の家族はベリサリオにいる家族で、両親は今のお父様とお母様なのよ。

転生前の両親ももちろん大事な存在だったけど、その気持ちは心の奥底にいつまでも残しておけばいいんだって、自分の中で決着がついたの。

「私はもうすっきりしているのに、今更両親に話してもやもやさせたくないじゃない。両親にとって私は、転生者でも妖精姫でもなく普通の大事な娘なのよ」

「普通と思っているかは別にして、それでいいと思う。こういうことは人によって正解が違うだろう」

「別にしないでよ。普通の婚約者でしょ？」

「普通ではないな。でも普通じゃない今のディアに惚れたからそれでいいんだ」

なんでそういう台詞は照れないのに、さっきは赤くなったんだろう。

「よし。じゃあ行きましょうか。みんな、行くわよ」

声をかけながら部屋を見回したら、いつの間にか精霊獣達は扉の近くに並んで待機していた。

邪魔をしないように気を遣ってくれたのかもしれないけど、視線が生温かい気がするのは気のせいかな。

「舞踏会の会場では精霊形に戻ってね」

「待て待て。エスコートさせろよ」

「あ」

何歩か歩き出してしまっていたので急いで隣に戻ると、すぐにカミルが手を差し出してきた。

指の長い大きな手を取り、顔を見合わせて笑い合う。

ドアを開ければ、きっと家族が私達を笑顔で待っていてくれる。

今日は祖父母も来ているし、スザンナとパティもベリサリオの一員として出席するはずだ。

ベリサリオ一族がどんどん増えていて素敵じゃない？

「……そういえば」

扉の前に着いて、開こうとした手をそのままにカミルが神妙な顔で振り返った。

「精霊王が来てた」

「え？　どこの？」

「……」

「どこの⁉」

「いろんなところの」

またか。

なんでそう群れるんだろ。

「祝福をしたいって……」

趣味なのか？

祝福マニアなのか？

私とカミルをそんなに人外にしたいのかー！

「もしかしてわざと……」

「その可能性が高い」

これ以上、寿命を延ばされてたまるか。

これは真剣に話し合わなければ、いつの間にか精霊王の一員にされそうで怖いわ。

◆

ニコデムスが滅び、世界にも私にも平穏な日々が訪れた。

でも、私が思っていたより妖精姫の存在は、人々にとって大きくなっていたみたい。

結婚式が執り行われれば妖精姫はルフタネンに行ってしまう。妖精姫が他国の人間になってしまうという不安は、私が気づかないうちに、国民たちも巻き込んで広がっていた。

辺境伯が力を持つことが気に入らないやつらと、五つの小国で四人の精霊王を取り合っているリルバーン共和国が、わざと不安を煽っているなんて話も出てきている。

せっかくの私の一生に一度の、いえ、前世ではできなかったから二生に一度の結婚式を邪魔する

なんて許せないと思わない？
まだまだ静かな生活は出来ないのね。

幸せになる覚悟

―カーラ視点―

書き下ろし
番外編

本当に私は役に立ったのかしら……。

ずっと心の中に引っかかっていた。

功績をあげたと言われているけれど、ディアが全てやってくれたのよ？

船旅はむしろ楽しくて、ひさしぶりにディアとゆっくり話が出来て、たくさん笑って運動もして健康的に過ごせてしまった。

シュタルクに到着してニコデムスと対峙した時だって、ディアの背後で精霊獣に囲まれて見ていただけ。そこって一番安全な場所よね。

「何を言っているの？　今回の作戦のきっかけを作ったのよ」

「そうだよ。姉上が思い切って動いてくれたから、僕も覚悟を持てたんだ」

ディアとハミルトンはそう言ってくれるけど、後ろめたいと思ってしまう気持ちは消せなかった。

それで自分も役に立っているんだと思いたくて、こうして何度もシュタルクを訪れてしまう。

「聖女様だ！」

「おひさしぶりです。聖女様！」

その結果、聖女などと呼ばれるようになってしまった。

ただの自己満足のための行動なのに感謝されて申し訳なくて、もっと何かしなくてはと思ってしまって……自分でも負の感情の悪循環に陥っているなって思うわ。

「聖女ではないと何度も言っているでしょう？　名前で呼んでください」

今回は帝国との国交が再開されたので、貿易について相談したいことがあるとオベール辺境伯令嬢のライラにお願いされたの。

もっと他に相談する相手はいると思うんだけど、女性に関係する商品の相談だというので、ひとまず話を聞いてみようと思って。

ギヨームの精霊を探すのを手伝ったこともあって、辺境伯家の方とは親しくさせてもらっているから、ライラの頼みは聞いてあげたいのよ。

「失礼しました。タスカー子爵令嬢」

「カーラでいいのに」

シュタルクの転移場所は、新王都とベジャイアとの国境近くの二か所しかないので、避難所に行くたびに国境警備隊の基地内にある転移場所を使っていた。

オベール辺境伯の国境警備騎士団の人に警護してもらっていたので、ここが便利だったのよ。

おかげで顔見知りの騎士や兵士がたくさんいるの。

「お名前で呼ぶと団長が怒るんですよ」

「そうそう。意外と嫉妬深いんだよなあ」

「誰が何だって？」

「「「うわーーー」」」

ギヨームはあまり目立つ容姿ではないと、お友達はみんな言っていた。

たしかに学園に留学するために帝国に来た時、彼は目立つところが全くなくて記憶に残っていない。

でもあの時は他が強烈すぎたのと、ニコデムス教が幅を利かせていたシュタルクで、精霊を育てているオベール辺境伯家嫡男が目立つのはまずかったからおとなしくしていたんですって。

よく見ると整った顔をしているのよ？

ベリサリオの男性陣や陛下みたいな美形ではないかもしれないけど、私としては身構えないで済んで、ちょっと素敵じゃない？　ってタイプのほうが好ましいわ。

それに背の高さとか堂々と騎士団を引き連れている様子が男らしいと、女性に人気があるのよ。

「今は休憩時間か？　そんなに暇なら訓練をもっと増やすぞ」

「忙しいです！」

「タスカー子爵令嬢にご挨拶しただけじゃないですかー」

そして兵士や騎士にとても好かれている。

ここにいる人たちはベジャイア軍と一緒に、物資を配りながら陸路を移動した軍に参加していた人たちが多いので、精霊王が村に祝福を送るのも、帝国やルフタネンの軍隊がフライを使って移動するのも見ているでしょ？

それで、自分たちはシュタルクで唯一、精霊のいる軍隊だって誇りや団結力が生まれたみたい。

「わざわざ来てもらって申し訳ないんだが……」

オベール辺境伯家の別邸に向かう精霊車の中で、ギヨームがいつになく真剣な顔で言った。

「まさか彼女たちが来るとは思っていなかったんだ。王宮のやつらは何を考えているんだろう。もし失礼なことを言い出したら、すぐに退室してくれないか？」

帝国人の私が聖女と呼ばれていることを、快く思っていない人がいるのは知っている。

しかたないわ。たまにやってきて、怪我人や平民に回復魔法をかける他国民なんて、偽善者だって思われて当たり前。実際、その通りだし。

でも、偽善だって何もしない人よりはましなのよ。

「退室？　どうして？　今の状況で私に喧嘩を売ってくるような馬鹿な子を相手に逃げ出す気はないわ。それとも我慢しろってこと？」

「……ぶっ」

吹き出さないでよ。声をあげて笑うようなことを言った？

「いや、きみが強いのは知っているんだ。我慢しろなんて言う気はない」

「そうよ。私は強いの」

「うーん、そうは思わないんだが……俺としては、きみが傷つくようなことにはしたくないんだよ。でもそうだな。失礼なことを言い出したら、がつんとやってしまってくれ」

彼は特に笑い方がさわやかでいいのよね。

なんというか……本当におかしいんだろうなって素直に思える笑い方なの。

クリスもアランも笑顔が綺麗なんだけど、隙がないのよ。

でもそれが貴族らしいと言われる姿だし、王宮の中心で自分の倍以上の年齢の人たちを相手に仕事をしている彼らにとっては、戦うために必要なスキルなのよね。

きっと彼らも、婚約者の前でだけは違う笑顔を見せるのよ。

「俺が助けるではなくて、やってしまえなのね」

「たぶん俺が口を出すときみは怒るだろう？」

たしかにそうね。

何度も修羅場を経験したせいで、まじめで可愛いカーラはもういない。

強くならなくては、ここまで来られなかったわ。

「それでもお守りしますって、女性は言われたいものじゃないですか？」

「ジョアンナ、いいのよ。守られなくてはいけない子が、貿易の話をしに他国に来るなんてありえないわ」

ハミルトンが子爵になったおかげで、ずっとついてきてくれたジョアンナの家族が安定した生活を送れるようになってほっとした。

もう身分差がないのだから侍女の仕事はしなくていいと言ったのに、こうして傍にいてくれるジョアンナには感謝しているの。今では彼女たちはなくてはならない存在だわ。

私にも守る物があるんだから、もっと強くならなくちゃ。


オベール辺境伯の別邸は、美しい湖の湖畔《こはん》に建っている。

辺境伯が暮らす城は国境警備のための要塞なので、非常時以外は仕事の時だけ別邸から通っているの。

「まるで、ライラとギヨームは帝国側の人みたいね」

美しい湖と遠くの山々が一望できるテラスで、私を挟んでライラとギヨームが座り、テーブルの向こうに三人の御令嬢が座っている。

彼女たちは、私の隣にギヨームがいるのが気に入らないみたい。

「あら、じゃあカーラひとりを五人で囲めって言うの？」

ライラはギヨームの姉で、きっぱりと竹を割ったような性格の女性だ。

非常時には自分も戦えるようにと、剣術も魔術も練習している。

「そういうわけでは……」

「でもギヨーム様がそちらにいるのは……ねえ」

「将来の奥様の横にいるべきでは？」

え？　どういうこと？

「もうやめて、ふたりとも。そんなことはないって言ってるでしょ？」

照れたように笑う美しい女性は、オベール辺境伯家の隣に領地を持つブレーリー伯爵家の御令嬢マドリン様だ。

艶やかな金色の髪に深い緑色の瞳の女性で、部屋に入ってきた時から私に対してだけは冷ややかな顔を向けていた。

「そうだ。そんな話は全くないからやめてもらおう。変な噂がたっては困る」

うわ、ギヨームもこんな冷たい声が出せるのね。

たぶんマドリンは、ギヨームが照れるか、肯定すると思っていたのよね。

急に表情を失くしてから、慌てて取り繕ったような笑顔を浮かべた。

「そ、そうよね。親同士が以前、そんな話を勝手にしていただけで……」

「あら、そんな話は聞いたことがないわ。ギヨーム、あなたは父上から何か聞いているの？」

「いやまったく」

なんなの、これは……。

ギヨームと彼女が何でもないのは安心したけど……いえ、私には関係ないからいいんだけど、マドリンは顔を引きつらせているし、彼女の取り巻きのように横に座っている御令嬢ふたりは、どうしていいかわからずにおろおろしているのよ。

「そもそもブレーリー伯爵家はニコデムス教徒にならない私達を馬鹿にしていたじゃない。王宮がなぜあなたたちを寄越したのか理解できないわ」

「過去のことはなかったことに出来るとでも思っているんだろうさ」

「くだらない。そんなことだから復興が進まないのよ」

貿易の話をするんじゃなかったの？　相談があったのよね？　最悪の空気よ？

ああ、湖が美しいわ。水は冷たいのかしら。

「え？　ブレーリー伯爵家とオベール辺境伯家は昔から仲が良かったのでは？」

「みなさん、幼馴染で……」

「こ、子供の頃は一緒に遊んだのよ。そうでしょ、ギヨーム」

「おまえが屋敷に押し掛けてきたことは何度もあったが、一緒に遊んだ記憶はないな」

「そんな……」

「あの、この話はまだ続きます？」

私が口を挟んだ途端、全員がはっとしたようにこちらを見た。

私の存在を忘れていたでしょ。

「帰っていいですか？」

「すまない、カーラ」

「マドリン、カーラはわざわざ帝国から来てくださったのよ。きちんと話をしなさいよ」

「シュタルクは今、復興を進めていますでしょ？」

挨拶も謝罪もなし？

この人は何を考えているの？

「マドリン！」

「いいのよ、ギヨーム。続けて」

「……でも男性方は農業や街の復興にばかり目を向けて、優れた技術を持つ職人の仕事がなくなり、収入が見込めないことを忘れていたんです」

なるほど。

シュタルクでは今、華やかな集まりは行われていないから、貴金属やドレス、食器や布製品、他にもあらゆる産業の仕事がなくなっているんだわ。

「このままでは復興が進んで必要になった時には、職人はいなくなり、シュタルクの文化が消えてしまいますわ。それで帝国に国営の店を出して、そこで商品を売りたいと思いますの」

マドリンが説明している間に、ふたりの御令嬢がテーブルの上に扇やアクセサリーを並べだした。

私が生まれる前の時代では、シュタルクの文化は世界一だと言われていたそうだ。

格式と伝統の国、古い歴史を持つ文化の中心地。祖母が若い頃にはシュタルクは憧れの国だった。

「失礼ですけど、カーラ様はその……コルセットの閉め方が緩すぎるのではないですか？　それが帝国式だとおっしゃるのでしたら、少々やぼったいと言いますか……美しくありませんでしょ？」

この人たち、最初から帝国の文化や私を馬鹿にしているんだわ。

まだ十四歳になったばかりの子供がひとりで異国に来ているのだから、強く出れば何も言い返せないで、自分たちの思い通りの話が出来るとでも思ったのかしら。

「ふふっ」

私がおとなしい御令嬢だと思っているのなら、おあいにくさま。

「あら、失礼。あまりに自分勝手なお話なのでおかしくて」

「な、なによ」

「帝国ではもう、十年近く前にコルセットは禁止になったんです。無理に細く見せようときつくコルセットを絞めると、骨にひびが入ったり歪んだりすることはご存じですか？　若い方は成長に問題が起こり、出産の負担が重くなり、亡くなるリスクが増えるんですよ？」

そちらがその気なら遠慮なんていらないわよね。

扇を取り出して口元を隠し、ディアがよくやっていたみたいに顎をあげて目を細めた。

鏡がないからわからないけど、確かこんな感じだったはずよ。

「……でも」

「十年近く他国との交流がなかったんですもの。遅れていても仕方ありませんわ。もうどの国でも若い方はコルセットは使用しません。女性の健康を考えずコルセットを使用させる殿方は罰せられることもあります。それに私たちは精霊を育てていますから、出産で危険な状況になっても、患者や医師の精霊が全力で回復魔法を使うようになったので、死産になる件数が劇的に減っているんです」

「まあ、素敵だわ。私もビスチェを使うようになってから、呼吸がしやすくて動きやすいの」

「ライラの精霊は、そろそろ精霊獣に変化する頃だから、私の精霊と話をさせて魔法をもっと覚えさせるといいですよ。そういえばみなさんは、精霊を育てていないんですね？」

にっこり笑顔を向けると、マドリンだけがきっと私を睨み、他のふたりは慌てて下を向いた。

「精霊を育てるというのは、精霊王との約束ですよ。妖精姫も何度も要請していたはずです。約束を守らないのに要求や希望ばかり言うなんて、そんな甘い考えは通用しませんわ」

これでも皇帝陛下も参加する会議に何度も出席させられて、報告や意見を言わなくてはいけない経験をしているの。

シュタルクの首脳陣や精霊王とも話をしてきたのよ。

たかが世間知らずの御令嬢が三人、今の私にはこわくもなんともないの。

「それに……アクセサリーもみなさんのドレスも、かなり古臭いデザインですよ？　私の祖母が十年くらい前に、使っていたアクセサリーにとてもよく似ています」

「え？」

「そんな」

よほどびっくりしたのか、三人とも椅子から少し体が浮いていた。

「い、いい加減なことを言わないで！　シュタルクは文化の中心で……」

「世界が大きく変化している中で、シュタルクだけ取り残されたんです。それにあなた方は、周りの国から自分たちがどう見られているかわかっていませんよね」

途中で話を遮られて、マドリンは怒りと羞恥で顔が真っ赤にしている。

本当に、どうしてこんな女性に重要な話をさせようってシュタルクの首脳陣は考えたのかしら。

職人の仕事を作ろうと彼女が言い出したのなら、着眼点は素晴らしいのに残念過ぎるわ。

「諸外国に、立て続けに王家がふたつもニコデムスに騙された国。貴族たちが積極的にニコデムス教の教えに従った犯罪者の国と思われているのをご存じですか？　帝国民の多くがシュタルクを敵対視し、シュタルク製の物はいっさい身に着けません。少女を誘拐しようとしたこと、妖精姫を勝手に聖女認定して利用しようとしたことをお忘れですか。まさか帝国貴族を何十人もニコデムス教徒が毒殺した事件は、忘れていませんよね」

「……」

シーンと静まり返った中、呑気な鳥の鳴き声が響いた。

はあ、すっきりした。

冷めてしまったけど、たくさん話したからお茶が美味しいわ。

「そうだわ。王宮にお戻りになったら、首脳陣に伝えてくださいな。シュタルクの精霊王がみなさんに失望しているそうです。妖精姫はかなり怒っているので、近いうちに連絡がいくでしょうって」

「ディアが……怒ってる……」

ギヨームが青くなってどうするのよ。

「シュタルクの人たちは、外の世界がどうなっているのか、その目で確認したほうがいいのではないですか？」

「それは俺も思った。帝国の街の様子を見たら、精霊を育てないなんて選択肢はないってわかるはずだ」

「あなたからベリサリオに相談してみたら？　私ばかりが動くより、そのほうがいいわよ」

「でもディアが怒っているんだよな」

情けない声を出さないでよ。マドリンがまた私を睨んでいるじゃない。

これでも私は、だいぶシュタルク寄りの立場にいるのよ。

我が身を犠牲にしても国を守ろうとした人たちがいることを知っているから。

だからどうにかしたいんだけど、シュタルク人の考えを変えるのは難しいわ。

◆

シュタルク貴族は他国の現状を知らなすぎて、昔の栄光に縋り付いている。

精霊を育てさせるには現実を認識させたほうがいい……と、帝国に戻って進言したところ、二週間後シュタルク首脳陣と若手の貴族男女五人ずつを帝国に招待することになった。

たった二週間後よ？

これって招待というより招集よね？

シュタルクの精霊王が王宮に出現して、妖精姫の指示に従い帝国に行けと命令したらしいし、来ないなら援助を打ち切ると皇帝陛下が脅しのお手紙をお送りしたらしいわ。

元ニコデムス信者で礼儀知らずのお嬢さんに、貿易なんて任せようとするからよ。

「カーラに対してその態度？　なに？　ふざけてんの？」

「ディア、落ち着いて。帝国の現状を見せつけて、新しい文化と豊かな生活で殴りつけてやればいいんだよ」

「私、拳でも殴りそうですわ」

「二発くらいはいいんじゃないかな？」

ディアとクリスの会話を聞いて、これは大ごとになっちゃったなとは思ったけど、でも帝国見学を出来るのは、とてもいい経験になるでしょ？

「お久しぶりです。妖精姫」

いつものように空間を繋いだディアに、ハドリー将軍やエヴァレット騎士団長、ローンズ伯爵など現在のシュタルクの首脳陣は笑顔で話しかけてきた。

「ハドリー将軍、本日は急な御招待でしたのにいらしてくださってありがとうございます。あら？

まだ精霊がいらっしゃらないみたいですね。まあ、他の方たちも？」

「うっ……あ、その……」

でもその笑顔は一瞬で引っ込み、目を丸くして驚いている演技をしているディアを相手に、肩を小さくして目を泳がせている。

「皆さんには、ゆっくりとお話を伺いたいですわ。このあと王宮に向かいますのでこちらへどうぞ。精霊たち、危険物のチェックをお願い」

彼らの後ろにいる若い貴族たちの中には、首脳陣相手に危険物のチェックをするディアの態度に驚き、怒りをあらわにする者もいたけど、首脳陣は親に叱られるとわかっている子供みたいな顔になっていて、文句を言うなんて考えつかないみたい。

あ、ギヨームとライラもいるのね。

ライラは笑顔で小さく手を振ってくれたけど、ギヨームはこの場から消えたそうな顔をしているわ。

「ギヨーム、あなたもこっち。隠れようとしないの」

ああ、ディアに見つかっちゃった。

「いや、ほら、女性陣を案内するのがカーラだけでは心配で」

「はいはい。カーラが心配なのね。うちのお母様とスザンナが同行するから大丈夫」

「……強力な布陣だな」

ディアのあけた穴を通ってきた若手の貴族たちは、たいていみんな、同じような様子を見せた。

いまだにシュタルクのほうが上だと思っていたのか、最初は気取った足取りで顎をつんとあげて帝国側に移動し、ベリサリオの大気中に含まれる魔力量に驚いて周囲を見回し、緑豊かな庭と豪奢《ごうしゃ》なベリサリオ城に圧倒される。

今回はいつも使っている中庭の転移場所ではなく、彼らの宿泊に使用する別邸近くに穴をあけたので、眼下に街と港を一望できるの。

ここからでも街が賑わっている様子がよくわかるはずよ。

出迎えたベリサリオ側の人間は、みんな複数の精霊や精霊獣が傍にいて、少し離れたところをフライに乗った兵士たちが飛んでいく。

多くの街が魔力不足で暮らせなくなり廃墟となっているシュタルクとは、別世界みたいでしょ？

「そこのあなた、口を開けて立ち止まっていては次の人がこちらに来られないわ」

「あ、すみません！」

そして男子は特に、必ずと言っていいほどディアに見惚れて、急に自信なさげになってしまう。

女性たちも、出迎えに来た帝国の女性たちの服装を見て不安そうな顔になっている。

シュタルクの女性たちは、きついコルセットでウエストを細くし、フリルやリボンがあしらわれたドレス姿だけど、帝国ではそれはもう古い。

今はあまり大きくスカートを膨らませるより、スリットを入れて中のレースを見せたり、透けた素材やレースを重ねて、動くとひらりと揺れるドレスが人気よ。

「ねえ、ドレスが……」

「……あの柔らかい素材は何？」

マドリンたちは帝国がシュタルクの首脳陣や若手を招待するって決めたのは、やっぱりシュタルクと貿易したいからだ。カーラの言っていたことはでたらめで、彼女は本当は帝国では相手にされていないんだ。今回の招待は自分の成果だって言いふらしていたってライラが教えてくれた。

「あなたがマドリン？」

唖然と街と港を眺めていたマドリンは、ディアに声をかけられて笑顔で振り返った。

「は、はい。妖精姫様、あの……」

「ずいぶんとカーラに無礼な態度を取ったんですってね。精霊を育ててもいないのに、帝国に店を出したいんですって？ 約束を守らず謝罪もしないのに、要求ばかり並べるのがシュタルク人のやり方なのかしら？」

妖精姫が突然きついことを言い出したので、歩き始めていたシュタルクの首脳陣まで足を止めて振り返っている。

しんと静まり返り誰ひとり動こうとしない中で、マドリンはディアに気圧されて真っ青になって震えていた。

まさかここまで直接的な表現で文句を言われるとは思わなかったんだろうな。

マドリンだけじゃなくて、ここにいるシュタルク人全員を震え上がらせるなんて、私には無理だわ。

「あ、あの……」

「次は許さないわよ」

友人の私でも少しこわい。

今、一瞬、その場の空気が急激に冷えた気がしたわ。

もしかして精霊王が見に来ているのかも。

「まずはフェアリー商会最新の精霊車に乗って、ベリサリオの街を見てきなさい。そのあとは王都といくつかの店も見学してもらうわ。男性は精霊車の工場や近衛騎士団の訓練場を見学してもらいます。他国がどれだけ進んでいるのか、自分の目で確かめてきてください」

「もしかしてディアはマジで怒っているのか？」

いつの間にかギヨームがすぐ横に来ていて、小さな声で聞いてきた。

「当たり前でしょ。精霊王を本気で失望させたら、シュタルクに未来はないのよ」

「そうなんだよな。なんでわかってくれないのかね」

ガシガシと頭をかきながらギヨームは肩を落とした。

オベール辺境伯家は昔から精霊を育てるように、シュタルク王宮で説得を続けてきたんだもんね。

「ベジャイアも最初は同じようなものだったそうよ」

帝国もそう。

ベリサリオが何年もかけて広めたの。

「中心になって動く人が必要だな……」

ギヨームはガイオと話をしたらいいんじゃないかしら。

きっといろいろと相談に乗ってくれると思うわ。

その日の夕刻、シュタルクの貴族たちは茫然とした面持ちで、それぞれに用意された部屋に消えていった。

男性陣の様子はよくわからないけど、女性陣は空間魔法を利用した広い精霊車の内部にまず驚き、柔らかいクッションや椅子の座り心地に驚き、車窓から見る豊かな街の様子に驚いていた。

たぶん驚きすぎて精神が疲れてしまったんだと思う。

「平民の女性もアクセサリーをつけているわ」

「赤ん坊の肩に精霊がいる」

「このお菓子、すごい美味しい」

「精霊車の内装だけで、どれくらいするのかしら」

「精霊獣があそこにも……あっちにも……」

説明しても、この状況では頭に入らないだろうからとしばらく好きにさせて、王都に行き宝石店で事件が起きた。

「こんな質の悪い宝石を帝国の貴族は買いませんよ」

マドリンが自信満々に持ち込んだアクセサリーを鑑定した店員が、全て売り物にならないと言ったからだ。

「なんですって。いい加減なことを言わないで」

「シュタルクは精霊王に見放され、自然の魔力がどんどん失われていたんですよね。この世界の全ての物に魔力は含まれていて、それが失われれば壊れるんです。そのせいで多くの人が亡くなったと聞きます。この宝石も同じです。魔力を失ってすかすかになって内部にひびが生まれてしまっています。このままだとあと何年かでバラバラに崩れますよ」

「……そんな」

「宝石だけではなく、布も一度失った魔力をすぐに補充しないと劣化します。そのドレスも、いつぼろぼろになるかわかりません。そんなシュタルクの製品を買う人間はいませんよ」

あまりに劣化した物は、今から魔力を補っても遅くて、むしろ衝撃で崩れてしまうんですって。

魔力を放出して、自然界の魔力を増やすように精霊王に命じられていたのに、何もしなかったからこうなるのよ。

「私でさえ少し落ち込んでいるんですもの。他の子はもっと悲惨だと思うわ」

ライラもすっかり意気消沈している。

王宮でも王都でも、シュタルク人だからと彼らに嫌がらせをしたり嫌味を言う人はひとりもいなかったけど、冷たいまなざしや憐憫《れんびん》に満ちた顔を向けられて、プライドがずたずたになったらしい。

首脳陣はもっとたいへんよ。

「あなたたちにはシュタルクをどういう国にしたいか展望もなければ、精霊を育て共存し、新しい生活を始める覚悟もない。決断する勇気のないまま、無駄に答えの出ない会議を続けるような首脳陣なんて、全員辞めてしまいなさい！」

シュタルクの水の精霊王が現れ一喝されて、首脳陣は震え上がったらしい。

ここで見捨てられたら、もう後がないんだから。

「古い王都を捨てて、国民が出稼ぎで精霊を育てていたおかげで緑豊かだった街を新王都に指定して乗り込んで、精霊の力を利用するだけ利用して、自分は魔力を放出しなければ精霊を育てもしない？　今までやってきたことと今のあなたたち、何も変わっていないんじゃありませんか？」

ディアも怒り心頭で、陛下がたまに言い方がきつすぎるとたしなめるくらいだったそうだ。

「ベジャイアでも言いましたがここでも言わせていただきます。素人の武人が政治をしようとするからこうなるんです。あなた方は椅子に座って事務仕事をするより他にすることがあるんではないですか？」

ニコデムス討伐に活躍した人が首脳陣に選ばれてしまった弊害ね。

「帝国ではベリサリオが中心になり、皇帝が後押しをしただろう？　ベジャイアではバルタークス国王と精霊の集う大樹の存在があった。我が国には何もないんだな」

「じゃあ、あなたがやりなさいよ」

ギヨームの話を聞いていたら、いつの間にかディアが来ていた。

最近、気配を消すのがうまくなっていない？

歩くときに足音がしない令嬢って、ちょっと不気味よ。

「俺は……その……」

ギヨームはなんで私を見るの？

「はっきりしないわね」

「いやだからさ、カーラは王妃にはなりたくないだろう」

「え？　あ……え？」

この話の流れでなんで私が王妃になるって話題になるの？

「この子、驚いているじゃない。もっとちゃんと口説いておきなさいよ」

「相手にされていないってわかっているんだ」

「え？　そんなことはない……いえ、なんでもないの」

そんな話、今までギヨームはしなかったじゃない。

避難所に行くために精霊車で話をしたり、一緒に精霊を探したりするのは楽しかったけど。

それに……マドリンの態度はムカついたけど。

でも、これは恋なんかじゃないのよ。……ないのよね？

「カーラもそろそろ覚悟を決めなくちゃ駄目なんじゃない？」

「え？」

ディアは私とギヨームの座る椅子の間に立ち、テーブルに手をついて上体を屈《かが》めて声を落とした。

「まだ功績が足りないって言うのなら、シュタルクに嫁いで両国の懸け橋になるという手もあるわ。政略結婚はこういう時は重要よ。それにシュタルクが心配なら、結婚してシュタルクの人間になってしまえば、もっと動きやすくなる。あなたたちがふたりで協力して精霊を増やしてくれたら、シュタルクは精霊王に見捨てられずに済むわ」

「そんな、政略結婚なんて」

確かに私がシュタルクの高位貴族に嫁げば、ハミルトンの力になれるかもしれない。

精霊の育て方を広めるのは、シュタルクにとっても悪い話じゃない。でも……。

「ただの政略結婚なら、私も勧めたりしないわよ？」

ディアがにっと笑って、私とギヨームの顔を交互に見た。

「政略結婚として成り立つうえに、お互いに恋愛感情があるって最高じゃない？」

恋愛感情⁉

はっとしてギヨームを見たら、彼も私を見ていてしっかり目が合ってしまった。

どうしよう。なんで私は赤くなってるの？

違うのよ。私は功績のためにシュタルクを利用した嫌な女なのよ。

「まあゆっくり考えて……あら？」

「ちょっと待ちなさい！」

「嫌よ！　私はもう帰るの！」

ライラの静止を振り払って、マドリンがバタバタと階段を駆け下りてきた。

私たちがいたのは、廊下の一部が広くなっていて、そこにテーブルと椅子が置かれているスペースだったので、建物の外に出るには私たちの横を通って行かないといけない。

「ギヨーム！　シュタルクに帰るわ。送って行って！」

ディアを無視？

私ならいいけど、公爵家より上の待遇のベリサリオのディアを無視？

「何をやっているんだ。みっともない」

「なんですって！　招待するなんて言って、私たちをがっかりさせて絶望させたかっただけじゃない！　あんたが……」

たぶん怒りで我を忘れていて、椅子に腰を下ろしていた私とギヨームしか視界に入っていなかったのね。

それかもしかして、ディアは姿を隠していたのかも。

「それ、私に向かって言っているのかしら？」

だから、ディアがにこやかに問いかけたら、マドリンはぎょっとした顔をして慌てて駆けだした。

「捕まえて」

もちろん逃げられるわけがない。

精霊獣と警備兵に囲まれてしまっている。

「逃げれば無礼を働いた罪が消えてなくなるとでも思っているの？　そうはいかないわよ」

「ち、違います。ディア様ではなくそこの女に」

「そこの女？　もしかして私の友人のカーラのことを言っているの？　シュタルク復興に力を貸して聖女とまで言われている女性を捕まえて、その女呼ばわり？　次は許さないと言ったわよね」

ディアの大きな精霊獣に囲まれたのがこわかったのか、ディアがこわすぎたのか、マドリンはその場にへなへなと座り込んでしまった。

「ま、待って。ディア。ディア」

急いで立ち上がり、マドリンに歩み寄ろうとしたディアを止めた。

「今日はいろいろありすぎてショックで混乱しているのよ。砂にするのはやめてあげて」

「ひぃ」

「そうね。石像にして、何時間か海の底で反省してもらいましょうか」

「マドリン、謝って。自分の行動には責任を取りなさい！　石像になりたいの！」

ライラも必死だ。マドリンの襟首を掴んで揺さぶった。

マドリンの友人ふたりは、階段を降りたところで動けなくなっている。

「もうしわけ……ありません」

「それは誰に対する謝罪？」

「妖精姫……様と……カーラ様に」

騒ぎに気付いて、何人かのシュタルクの人たちが様子を窺っている。

帝国側も人が集まってきている。

でもディアはいっさい気にしないで、マドリンの前に腕を組んで立った。

「私たちが、シュタルク人を絶望させるために招待した？　なんでそんな面倒なことしないといけないの？　たとえそうだとしてもシュタルクの社交界では、自分より身分が上の人相手にそんな態度が許されるの？」

「……」

「顔をあげなさい」

「……」

命じられても俯いたままのマドリンに苛立ったのか、ディアは彼女の前にしゃがみこみ、顎に手を当てて自分のほうを向かせた。

「あなた、自分は美人だと思っているでしょ」

ディアに言われて、そうよとは言える人はいないんじゃないかしら。

「でも肌がガサガサだわ。髪の艶もない」

マドリンがディアの手を振り払おうと手をあげかけた時、偶然私と目が合った。

それをしたら本当に終わるわよ。そう伝えたくて視線を合わせたまま首を横に振る。

伝わったのかどうかはわからないけど、マドリンは手をぐっと握り込んでから下げた。

よかった。

シュタルク貴族にとって、文化の中心、憧れの国と言われた歴史は、つらい状況の中での心のよりどころだったんだと思う。

それが根底から覆されたんだもの。かなりの衝撃だと思うの。

でも新しい一歩を踏み出すためには、必要な痛みなんじゃないかしら。

「痩せるために食事をちゃんと食べていないでしょ。栄養が偏っているのよ。それにコルセットをきつく締めすぎ。早死にしたいの？　痩せたいなら倒れるぎりぎりまで魔力を放出しなさい。魔力はエネルギーなのよ。放出すれば痩せるの」

「……え？」

怒りと羞恥で険しい形相になっていたマドリンは、きょとんとした顔でディアを見返した。

「魔力をいっぱい放出して、しっかり食べてしっかり寝る。見てよ。私の肌も髪も綺麗でしょ。魔力量が少ない人はあまり食べちゃダメだけど、貴族女性はたいてい魔力量が多いんだから賢く痩せなくちゃ。庭で魔力を放出すれば精霊がやってくる。精霊を育てて綺麗に痩せられる。こんないい話はないのよ」

「帝国女性の常識よ」

私が頷きながら言ったら、ライラやマドリンの友人たちだけではなく、離れて見ていたシュタルクの女性たちまで興味津々の顔で近づいてきた。

美しく痩せるって、万国共通の望みよね。

「ライラもそこのふたりも、こっちに来て。あなたたち、回復と浄化魔法を思いっきりやっちゃって」

精霊たちは魔法を使うのが大好きだ。

ディアの精霊獣たちだけじゃなくて、私の精霊獣やギヨームとライラの精霊まで、思いっきり魔法を使ったせいで世界が光に包まれて、眩しくて何も見えなくなった。

「ま、まぶし……」

「えええええ。私の精霊が！」

光が消えた時には、ライラの精霊が小さなウサギの精霊獣に、ギヨームの精霊がもふもふの羽毛に包まれた丸い鳥になっていた。

「シマエナガだったかしら。ギヨームはこういうのが好きだったのね」

「うわ、やわらかっ！　おまえが俺の精霊獣か！　カーラ、見てくれ。とうとう精霊獣になった」

「うんうん、よかったわね」

「かわいいよな。すげえかわいい」

あなたのほうがかわいいわよ。

ライラもギヨームも精霊獣に夢中で、マドリンたちなんてどうでもよくなっていない？

「ほら、肌がつるつる。髪も綺麗になった」

ディアがマドリンの頬を指でつつくと、マドリンははっとして自分の頬を撫でた。

「まあ。本当！」

「私も」

「えぐれた傷でも治す回復魔法よ。肌や髪の痛みを直すのなんて簡単よ」

胸を張ってどや顔するディアを、女性たちはみんな尊敬のまなざしで見ている。

なるほど。こういうやり方をすればよかったのね。

言葉を並べるより、体験するのが一番よね。

「帰りたいのなら止めないけど、明日はあなたがたのために王宮で歓迎の食事会を開くのよ」

「で、でも……私たちは……」

「ビスチェをつけてみたくない？　帝国風のマッサージを受けてみたくないの？　ドレスは？　アクセサリーは？　最新のファッションに身を包んで、最高に美しくなって王宮に行きたくない？」

答えなんて聞かなくても、彼女たちの顔を見ればわかる。

さっきまでの暗い表情が嘘のように、みんなの顔が輝いている。

「男性用の服も用意してあるわ。まだまだ帝国ツアーは始まったばかりよ。夕食も楽しみにしてね」

さすがだわ。もうみんなディアに夢中よ。

しばらくしてスザンナが侍女たちを引き連れてやってきて、女性陣を連れて奥に行き、レックスが侍従たちを連れて男性陣を案内して部屋に消えると、この場には私とディアとギヨームだけが残された。

「センスには全く自信がないから私は帰るわ」

ディアがマッサージしたりドレスを選んだりする姿は想像できないので、そうだろうなと最初から思っていたわ。

「で、さっきの話の続きなんだけど」

不意にディアに言われて私は首を傾げた。なんの話？

「あれはあくまで、あなたがギヨームと結婚したいと思っていると仮定した話だからね？　あなたにその気がないのなら、政略結婚なんてありえないから。あなたと結婚したいって申し込みがベリサリオにたくさん届いているの。選び放題だからよく考えてね」

「おい、そうなのか？　帝国内で結婚の話が出ているのか？」

ギヨームが慌てて尋ねているのに、精霊獣の小鳥が肩から転げ落ちそうになっているほうに目が行ってしまって、助けたくて慌てて手を差し出してしまった。

「世界各国から来ているわよ」

「……そうなのか」

「じゃあ私は行くわね。あなたも早く帰るのよ。あまりギヨームとふたりでいると噂になっちゃうわよ」

え？　この状況で私とギヨームをふたりきりにするの？

私も帰るわよ。

「きみは、彼女に影響を受けすぎていないか？」

慌てて後を追おうとした時、ギヨームが声をかけてきた。

ふたりきりで残されてわたわたしている私と違って、ギヨームは足を組んで背凭れに寄りかかり、腕も組んで落ち着き払っている……というか機嫌悪くない？

「そんなことないわ」

「普通のお嬢さんなら、ニコデムスの残党のアジトを見つけた時点で、すぐにディアに報告してあとは任せる。それでも功績としては充分なはずだ」

「そんなことないでしょ。爵位をもらうって、そんな簡単なことじゃないわよ」

「帝国首脳部が一番欲しがっていた情報を持ち込んだんだ。充分に決まっているだろう。そのうえきみは店の人間に近づいたおかげで、相手が油断している状況のシュタルクに乗り込めた。帝国側は死亡者がひとりもいなかったんだぞ」

それはそうね。

ニコデムスとの戦闘で怪我をした人もいたけど、その場でハミルトンと治療したたし、軽症者ばかりだったわ。

「まだ功績を重ねようって言うなら、聖女と呼ばれるのを受け入れる覚悟が必要だし、狙われる覚悟もしたほうがいい」

「狙われる？」

「妖精姫の親友の聖女と呼ばれる女性。欲しがるやつがどれだけいると思う？　中には無理やり攫って既成事実を作ってでも手に入れようとするやつもいるさ。子供が出来たら逃げようとは思わなくなるかもしれない」

その危険は前から考えていたし、みんなに注意されてはいたけど、ここまではっきりと言われるとは思わなかった。

「私には精霊獣がいるのよ。そんなことさせない」

「でも襲われれば怖いだろうし傷つくだろう。ディアには精霊王がいる。ベリサリオもカミルもいる。きみにも守る者が必要だ。俺が……」

「こんな場所でそんな話は聞きたくないわ」

廊下の端よ。通行人がいつ来るかわからないのよ。

「もう帰るわ！　ふん」

「え？　ちょっと待て。明日の食事会でパートナーを……」

知らない。

噂になったら困るからパートナーにはならない。

私は……シュタルクで生きていく覚悟なんて、まだ出来ていない。

ギヨームを好きかなのかもまだわからない。

……じゃあ、誰なら好きなの？

いつまでうしろめたさを感じて生きていけばいいの？

私はちっとも強くなってなんてない。

中途半端な意気地なしだわ。

◆

翌日、食事会に参加したシュタルクの人たちは、シュタルク風の装いを今の流行でアレンジした服装で食事会に臨んだ。

服もアクセサリーも前もって預かっていた物を、十日ほど前から帝国に来ていたシュタルクの職人たちが修復したものだ。

そこまでディアが考えていたと知って、マドリンたちもすっかりディアの虜よ。

今までの自分が恥ずかしいと言って、今日は礼儀正しい行動をしている。

食事会が終わっても、デザートや軽食、男性はお酒を楽しみながら、少人数に分かれての談笑が続いているけど、私は疲れたので会場を後にして中庭に出た。

食事会の間精霊形になっていた精霊獣たちが、小型化して顕現して楽しそうに走り回っている。

「カーラ」

ギヨームが追いかけてくるのに気付いていなかった。

王宮の中だからって気が緩んでいたのかしら。

彼だからいいけど、悪意のある人だったら面倒ごとに巻き込まれていたかもしれないのに。

「向こうで話をしなくていいの？　今日はブレインの方たちもいるのよ」

「そうだな。……またディアに怒られてしまうな」

「ディアに？」

ぱたぱたと噴水のほうに飛んでいく精霊獣を眺めながら、ギヨームは大きなため息をついた。

「疲れてるみたいね」

「いや、そうじゃなくて。あなたは何をやっているんだって聞かれたよ。王宮に行っても見かけたことがない。復興に関わることから逃げているんじゃないかって」

精霊王と共に各村をまわり、物資と祝福を届けたオベール辺境伯騎士団を率いたギヨームは注目の的だ。

辺境伯は王都には顔を出さず領地経営をしながら、ベジャイアや帝国などと情報交換をしていたこともあって、復興の旗頭にされている。

本当はギヨームも領地に籠っていないで、復興を推し進めないといけない立場だ。

そういえば中心になる人物が必要だって、前に話していなかった？

「これ以上注目されると面倒で逃げていたんだ。でもそろそろ覚悟を決めないといけない。王都に行き、精霊との共存を広めていくために動くつもりだ。そうなるときみにもなかなか会えなくなる」

「え？　会えなくなるの？」

なんで？

「きみは帝国で結婚したいんだろう？　だったら俺とこうして会うのはまずい。それに、俺と行動を共にすればきみに対する期待も強まる。また聖女だと言われるようになるよ」

精霊の育て方を教えるだけで？

期待って、どんな期待をされるって言うの？

「……しばらくシュタルクには来ないほうがいい。復興が進んで、精霊をみんなが育てるようになったら」

「会えなくなるのはいや」

一緒に復興の手伝いをしていたじゃない。

また協力してくれって言ってくれると思っていたのに。

「……」

なんで答えてくれないの？　って顔を見上げたら、額を手で押さえてのけぞっていた。

「カーラ、近い」

ああ、夢中でギヨームの服を掴んでしまっていたわ。

「もう会いたくないいなら」

「そんなわけないだろ。でもきみは俺をなんとも思っていないんじゃなかったのか？　だから俺がいろいろ言ってもはぐらかしていたんだろ」

それはまだ自分でも気持ちがわからなくて……。

でも会えなくなるなんていやで……。

「私、嫌な女だったんだ。性格悪いのね」

「なんでそんな話になったんだ？」

「シュタルクに嫁いだっていいの。功績とかそんなのはもういらない。でも、シュタルクを利用して爵位を取り戻したようで、後ろめたかった」

「…………は？」

「すごい呆れた顔をしている」

「まったく意味がわからない」

「めんどくさい考え方よね。自分でもなんでそうなのかわからない。でも会えなくなるのはいやなの」

いろんな感情が胸の中で渦巻いて、でもその中で揺るがないものもあって。

ギヨームと会う時間は、私にとっては大事な時間だったんだって今はわかるわ。

「じゃあ聖女と呼ばれても噂になってもいいのか？」

「あなたは私と会わなくても平気なの？」

「平気じゃなくてもさ、あんなぼろぼろの国に嫁いでくれなんて言えないだろう」

シュタルクの人たちにいろんな覚悟が足りないのだとしたら、私はきっと、幸せになる覚悟が足りていないんだと思う。

後ろめたいとか、気持ちがわからないと言い訳して、大事なことに気付いていなかった。

なんで私はシュタルクに通っていたの？

ギヨームと会って話をするのが楽しかったから。

ふたりの時間が居心地よくてほっとできたからだ。

「何を言っているの？　帝国では結婚できるのは十八歳からよ。あと五年近くあるのに、シュタルクはその時までまだ今の状態だとでも言うの？」

「あ……そうか。そうだけど」

「そんな国、五年も経たないうちに精霊王に見放されて砂漠になるから」

後ろめたさはそう簡単には消えないかもしれなくても、自分の気持ちに嘘をつくのはやめよう。

私がギヨームの傍にいたいし、シュタルクを放っておけないの。

「カーラ、きみが好きだ」

「うえっ」

と、突然そんなこと言わないで。びっくりしたわよ。

「きみが復興に役立つからじゃない。ディアの親友だからでもない。きみが好きだから一緒にいてほしい」

か、顔が熱い。

胸がどきどきして倒れそう。

でも嬉しい。

「まかせて。聖女でもなんでもなってみせる」

「いや、そんなことはどうでもよくて」

「あなたの隣にふさわしいって、シュタルク人に認めさせてみせるわ」

「うん。あー、嬉しいんだけども……きみ、実は天然？」

ひとりじゃないから。

味方がいるから。

ギヨームがいるから。

暗い私なんてもういらない。

覚悟なんてなくてももう幸せだけど、これからはもっともっと幸せになってみせるわ。

あとがき

この小説が皆様に届くころには少しは過ごしやすい気温になっているんでしょうか。

今は日中は外で過ごすのが危険と言われるような日々が続いています。

家にいるのは少しも苦になりませんけど、家の中でも暑いんですよ。でも冷房は体の芯が冷える感じがするので、せめて湿度だけでもどうにかなりませんかね。


とうとうシリーズ十巻を迎えることが出来ました。

これも読み続けてくださった皆様のおかげです。ありがとうございます。

この小説がデビュー作で出版界のことは全くわからず、TOブックス様にオファーをいただいた時には詐欺かもしれないとネットで検索したのもいい思い出です。

ネットで読んで知っていた小説を出版していると知って、私の本もそこから出版されるのかととても嬉しい反面、何冊出せるんだろうと不安でした。

今でも本が出るたびに胃が痛くなるんですけどね。

そして三年経ち、ネットで連載していた小説は今回で全て書籍化できました。

ネットではここで物語は幕を閉じましたが、ありがたいことにディアの物語の続きが出版されることになりました。

実はネットで完結させるのをどのタイミングにしようかというのは、物語が終盤に近付くにつれてずっと迷っていました。

ネットの完結は一番早い完結ポイントでした。

でも完結後もディアを愛してくださる方がいて、いまだにネットでも読んでくださる方がいて、大人になったディアが読みたいと言ってくださる方もいらしたので、続きを書ける機会をいただけたことを大変ありがたく思っています。

生まれた時に物語がスタートしたディアも、物語が進む間に成長し、とうとう十六歳。

そして十一巻では十七歳になっています。

恋愛ファンタジーのヒロインで十七歳の美少女。

ただし中身はあいかわらずのディアが……いえ、中身も少しは成長して女性らしくなっているかもしれません。

なってほしいです。

他の小説もいくつも書いていますけど、なぜかディアが一番書きやすく、さくさくと書けるキャラですので初の全編書下ろしですけども大丈夫でしょう。

皆様に新しい物語も楽しんでいただけるように頑張って書いていきたいです。

コミカライズ　第五話

漫画：はな

原作：凪間レイ
キャラクター原案：藤小豆

いい天気！野外パーティー日和だな
いよいよ 今日は私の誕生日パーティーです

#5

湖はこちらです
キャーあっ♥
魔道契約はしたかな？
はい！もちろん
今日とても楽しみです
ワイ
ワイ

意外と
真剣な人が
多いな…
ほぉ〜
精霊を増やした
クリスお兄様や
珍しい剣精を見せた
アランお兄様の登場で
やる気が
みなぎったみたい
一方私は―…
何この子？
化け物なの？
って顔をされました
ははは…

――1時間後
あっちこっちで新しい精霊をゲットした人が現れた
やっぱり魔法を習っている学生や魔法を使う仕事をしている人が多い
アランお兄様のアドバイスで剣精を見つける人もいるみたい
焦らなくていいからね
魔力を使い切らないように休憩してください
うんうん不安になるのわかる
だがな…
みんなどんだけ精霊と対話してなかったんだよ!?

せっかく素敵な世界なんだからもっと精霊と仲良くしたらいいのに――……
あのよろしいかしら
私からお声を掛けるのは本当は駄目なんですけど……
お気になさらないで？
この子とびっきり可愛い……

ロイド男爵の長女アイリスです お誕生日おめでとうございます
ありがとうございます！ アイリス様はおいくつ？
5歳です
まぁひとつお姉様なのね これから仲良くしてください
はいっ！
うちのアニキのお嫁さんにきませんかね
あの…それで…
精霊が見つからないのですね
なんの精霊がいいですか？
…水？
なんで疑問形っ？ カワイイけど…
きてるきてる！
もう少し掌に魔力をためて…
こう…？ あ…光った！

話しかけてみてください
お友達になってくれますか…？
イイヨー♡
ありがとうございますディアドラ様
アイリス様の魔力ならもう1属性くらい育てられるのではないですか？
そうですか いや ありがたい
ぜひアイリスと仲良くしてくださいな
あ
おおう…
プッシュしてくるな…
4歳児《わたし》に言うより他の家族がいいんじゃないの？
はは…

できればディアドラ様のお傍に置いていただけますとありがたいのですが
そういうのは両親に
こんな妖精のように可愛いらしいお嬢様だとは…
猫かぶりモード発動中
全属性そろっている方などはじめて見ました！
ワラ
将来が楽しみですな
ワラ
待った待った取り囲まないで
なに？私目当てなの？
たじ…
お待ちくださいそういう話は後ほど！
ザッ
ほっ…
大人の方はあちらへ！
ええ…
はい…

驚いた～…
油断しないでくださいっ お嬢目当ての人もたくさんいるんですから
見た目が無駄に可愛いってことと
全属性持ちは我が国に他にいないことを忘れないでください！
無駄って何さ……
見た目は「さぞかし」かわいかろう
…あれ？
今なんて？

キリッ
無駄に可愛い
うっさいわ
そこじゃなくて…私だけ？
知らなかったんですか？
現在全属性持ちはお嬢様だけのはずです
最近ウィキちゃん見ないようにしてたから知らなかった…やばい…目立ってる!?
ぱあっ
すごいです！4色持っている方はいないのですねっ
今はね
アイリス様も魔力をどんどん使って強くなれば全属性持てますよ！
ははは

がんばります！だから私をそっきんにしてくださいっ
ぶっこんできたな
僕は護衛になりたいです！
ん
？
えーと
バックランドってたしか…騎士爵だったような…？
ハリー・バックランドです
剣精も手に入りました
騎士になります

ハリー様はおいくつですか？
4歳です
まじか!?
同い年でそのでかさ
掌も大きいし剣ダコもある…
僕も護衛します！
私はお友達になりたいですっ
私子供にモテモテ
向こうで昼食にいたしましょう～
ごはんっ
ドタ
わーい！
バタ
おいおまえ
AH
HA HA HA

誰だ
この場で一番
身分の高い私を
おまえ呼ばわり
する奴は
ゴゴゴゴ
なんとか
言えよ
俺が声を
掛けてるんだぞ
もしかして
あなた
私に声を
掛けているの？
そうだよ
おまえ
可愛いじゃないか
向こうで一緒に
食事しようぜ
しらっ
いや
4歳児をナンパ!!
しかも台詞が
おじさん臭いよ!!
あああっ

本来身分の低いものから話しかけるのは許されない
いくら子供相手でもお父様の場内で私をおまえ呼ばわりってうちの男性陣に知られたら…ぶっ飛ばされるぞ……
よんさいじのつくりわらい
俺を知らないのかよ
ホルン地域領主長男のデニスだ
あなたは誰？
その領主を任命しているのがうちのお父様なんですが？
んんっ
コフッ
おまえ名前なに？
シャーーッ
おみせできません
おまえに名乗る名前なんざない！

あなたは精霊を探さないの？
俺はもう土の剣精がいる
……光らせてみてくださる？
キッパリ
剣精は光らない
ここに来る前の説明聞いていました？
うるさいな
おまえは女だから剣精について知らないんだ
はぁ…
黙れ
えーーーと
私すっっごい我慢したんですけど
このあたりでグーで殴っていいでしょうか⁈

剣精も光るぞ
……
光るわけないだろう
父上も剣精を持っているが光らないぞ
あなた！さっきからディアドラ様に失礼だわ！
お父様も精霊を持っていないということですね
子供がバラしてますよ
この方は辺境伯のお嬢様なのよ！

はんっ
こいつが辺境伯の子供かよ
せっかく可愛いのに身分が低くて気の毒だな
え
あーこいつ……騎士爵あたりと勘違いしてるな？
うちは伯爵だぞ！
伯爵って一番多いし同じ階級でも権力や財力に大きな差がある
うちは辺境伯のトップで侯爵と同じ扱いを受けているんだけど…
知らないんだろうなぁ……
今の辺境伯は若くて経験がないからダメだって母上が言ってた
あっまた飛び火した……

うわっ
そんなことをおっしゃっていたんですか？
辺境伯だけじゃ何もできないって言ってた
ほー
さすが切れ者と言われるだけありますね
当然だ！うちの領地は税金がいっぱい集まるから母上がまた新しい宝石を…
ぺらぺらぺらぺら
ぺら…
（悪事の数々）
レックス煽るな
いっそ気持ちよく終わっていただこうかと
あなたはもう食事に行ってくださいな
は…て…
一緒に…
お父様を侮辱する方なんかとお話したくありません
…っおまえ！生意気だぞ！
ガァッ
キャッ

この子供はおまえの敵か？

え…あの…あなたたち…

なんだ
わからないのか
赤ん坊の時から
傍にいただろう
火と水の
精霊…？
最近手に入れた
風と土の精霊は
丸い光のまま
だし…
ぽかん…
精霊って育つと
会話できるように
なるの…？
そうだ
そういう姿にも
なれるの？
いろいろだ
人型の
精霊もいる
待って
待って
待って!!
ディアドラ！
どうした!!
ドタ
ドタ
ドタ

お父様っ
精霊って育つと
人型にもなれる
そうです！
おおっ
私…っ
お風呂に入れて
ました！
ばんっ
見られた…！
こんなに
はっきり
意識があると
思わなかった
よーーー！
なあんで
いま
いうかな
娘の裸を
見ただと…！
お父様ーッ
おちついてーー!!!
私の精霊なんで
斬っちゃだめです!!

わ
スリ
スリ
おまえの父は何を怒っている？
お風呂に入っているのを見られたこと
OFURO
風呂？
水浴びか？
風呂についていくことはこれから禁止だ！
かまわない隣の部屋で待つ
そのくらいの距離なら問題ない
平気なの？
ほのぼの

離れられない精霊はまだ自我がない近くにいても問題なかろう
話しかけないと自我は育たない
やっぱり話しかけるのは重要だったね
…ねえ触ってもいい？
当然だ
我らはおまえの精霊だ
モフモフ
わ〜
ひんやり

この子たちはどんな精霊獣になるのかな…
今の話は特に女性陣に伝えなくてはな
はーー…
ディアドラが幸せそうなのでなにもいうまい
わかりました
…彼はどうします？
ビクッ
レックスに話していたことを城で詳しく聞こうか

祖父
孫
は〜
まったく…この馬鹿者がディアドラ様に変なお話を聞かせてしまい申し訳ありません
有意義な話だったでしょう？
彼の親は子供にどんな話を聞かせているのやら…
どうせ話の内容を理解していないと思ったんでしょうね
はあ？
あのくらいの話ディアだって理解するぞ
それはお嬢様が特別優秀だからです
他の子供では無理ですよ
クリス様もアラン様も学園に行ったら周囲が子供ばかりでうんざりするんじゃないですか？
…あいつらも子供だろう
いやうちの兄妹は浮いているけど
お父様が嬉しそうだからオーケーです

きみはちょっと
こっちに
来てくれる？
なんだよ
おまえは！
不敬罪
私としては
注意してくれれば
いいんだけど…
ばらした内容が
やばいよね
本当なら
爵位剥奪
かな…
デニス⁉
やぁ
コールマン伯爵
きみのご子息は
なかなか愉快な
子だね

お父様が本気で怒っている顔を見たことはなかったけど
私に激アマだし
今日わかった怒らせたらまずいタイプだ
セバス 彼らを城に案内してくれ
しばらく滞在してもらおう
承知いたしました
いったい何が…!?
話はあとでするゆっくりとな
なんであいつの命令に従っているんだよ!
黙れ
父上のほうが偉いんだろっ!?
黙れっ!!
すごいわデニスここまで空気を読まない子も珍しい

みなさん精霊は対話して魔力をあげて育てると
精霊獣となって会話できるようになるそうですよ
まだ時間があります
無理しない程度に精霊を探してみてください
ようやく一息つける…
私の誕生日要素のないパーティーになってるな
ふう…
アイリスちゃんとハリーくん
ディアちゃんを守ってくれてありがとう
にこっ
お友達ふたりゲットだぜ
ディア
おつかれさま

はい
アランお兄様
精霊獣は
なんて
呼べばいいの？
はっ
そういえば
名前を聞いて
いませんでしたわ
名前？
生まれた
ばかりだ
あるわけがない
おおう
私がつけるのか
つけてくれ
ディア
精霊と
少し話が
できるかな？

どうでしょう？
もう剣は向けるな
主《あるじ》の父親か いいぞ
スイッ
これだけ大勢の人が集まっているのは精霊にとって迷惑ではないだろうか
こういう集まりをこれからも続けたいのだが
大丈夫だろうか？
我等の意見も聞いてくれるのか
素晴らしい 主の父親はいい人間だ
みんな楽しんでいるとは思うが…精霊王に聞いてみればいい
精霊王？
？

なんか新しい情報きた
ウィナくんにそんなこと書いてあったかな…
読んだの歩く前だから覚えてないや
呼んでみよう
駄目なら我が答えよう
ググ
精霊王おられるか！
人間が多すぎて駄目かもしれんぞ
ううむ…その可能性があったか

いや
かまわん

風間レイ
イラスト：藤小豆
累計
30万部
突破!!
（電子書籍含む）
発売予定!!!!!!

がる
コミックス 第四部
貴族院の図書館を
救いたい! Ⅶ
漫画:勝木光
2023年
11/15
発売!
新刊、続々発売決定!
コミックス 第二部
本のためなら
巫女になる! X
漫画:鈴華
2023年
12/15
発売!
コミックス 第三部
領地に本を
広げよう! Ⅶ
漫画:波野涼
好評
発売中!

シリーズ累計
170万部
突破!
(紙+電子)
小説
第15巻
2023年
12月20日
発売!
TOKYO MX・MBS・BS11にて
放送開始!
※都合により放送日時は変更となる可能性がございます。
帝国物語
餅月 望—著
Gilse—イラスト
式HPへ!
原作HP
TVアニメHP

ティアムーン帝国物語
コミックス
第7巻
2023年
10月14日
発売!
漫画：杜乃ミズ
2023年10月7日から
TVアニメ
ティアムーン
断頭台から始まる、
姫の転生逆転ストーリー
詳しくは公

漫画配信サイト
CORONA EX
コロナEX
TObooks
OPEN!!
詳しくはこちら!
https://to-corona-ex.com/

TOブックス
コミカライズ
連載最新話が
読める!
月額400円(税込)で
全作品が読み放題!

リーズ累計120万部突破!（紙＋電子）

TO JUNIOR-BUNKO

※第4巻書影

イラスト：kaworu

TOジュニア文庫第5巻
2024年発売!

NOVELS

※第25巻書影

イラスト：珠梨やすゆき

原作小説第26巻
2024年発売予定!

COMICS

※第10巻書影

漫画：飯田せりこ

コミックス第11巻
2024年春発売予定!

SPIN-OFF

漫画：桐井

スピンオフ漫画第1巻
「おかしな転生〜リコリス・ダイアリー〜」
好評発売中!

転生令嬢は精霊に愛されて最強です……だけど普通に恋したい！ 10

2023年11月1日　第1刷発行

著　者　風間レイ

発行者　本田武市

発行所　TOブックス
〒150-0002
東京都渋谷区渋谷三丁目1番1号　PMO渋谷Ⅱ　11階
TEL 0120-933-772（営業フリーダイヤル）
FAX 050-3156-0508

印刷・製本　中央精版印刷株式会社

ISBN978-4-86699-966-1